A mulher das dunas

Kobo Abe

A mulher das dunas

Tradução do japonês
Fernando Garcia

Estação Liberdade

Título original: *Suna no onna/The Woman in the Dunes*
© Kobo Abe, 1962
© Editora Estação Liberdade, 2021, para esta tradução
Direitos para a tradução em português acordados com Neri Abe, através da Japan Uni Agency, Inc., Tóquio

PREPARAÇÃO Silvia Massimini Felix
REVISÃO Fábio Fujita e Thaisa Burani
EDITOR ASSISTENTE Luis Eduardo Campagnoli
SUPERVISÃO EDITORIAL Letícia Howes
EDIÇÃO DE ARTE Miguel Simon
EDITOR Angel Bojadsen

CIP-BRASIL. CATALOGAÇÃO NA PUBLICAÇÃO
SINDICATO NACIONAL DOS EDITORES DE LIVROS, RJ

A119m

    Abe, Kobo, 1924-1993
        A mulher das dunas / Kobo Abe ; tradução Fernando Garcia. - 1. ed. - São Paulo: Estação Liberdade, 2021.
        288 p. ; 21 cm.

    Tradução de: Suna no onna
    ISBN 978-65-86068-26-9

    1. Ficção japonesa. I. Garcia, Fernando. II. Título.

21-71691   CDD: 895.63
                                                              CDU: 82-3(52)

Camila Donis Hartmann - Bibliotecária - CRB-7/6472
25/06/2021   25/06/2021

Todos os direitos reservados à Editora Estação Liberdade. Nenhuma parte da obra pode ser reproduzida, adaptada, multiplicada ou divulgada de nenhuma forma (em particular por meios de reprografia ou processos digitais) sem autorização expressa da editora, e em virtude da legislação em vigor.

Esta publicação segue as normas do Acordo Ortográfico da Língua Portuguesa, Decreto nº 6.583, de 29 de setembro de 2008.

EDITORA ESTAÇÃO LIBERDADE LTDA.
Rua Dona Elisa, 116 | Barra Funda
01155-030 São Paulo – SP | Tel.: (11) 3660 3180
www.estacaoliberdade.com.br

砂の女

Se não há castigo, tampouco há prazer na fuga.

Capítulo I

1

Foi em certo dia de agosto — um homem desapareceu. Ele havia tirado folga do trabalho para ir até uma praia que ficava a meio dia de viagem de trem e, desde então, não deu mais sinal de vida. O pedido de busca junto à polícia, os anúncios nos jornais, tudo acabou sendo em vão.

É certo que pessoas desaparecidas não são algo tão raro. As estatísticas afirmam que, a cada ano, são emitidas centenas de registros de morte presumida com declaração de ausência. Além disso, a taxa de pessoas encontradas é surpreendentemente baixa. Assassinatos ou acidentes sempre deixam evidências claras, e, no caso de sequestros, ao menos os motivos são esclarecidos às partes interessadas. Quando o desaparecimento não pertence a nenhuma dessas categorias, acaba sendo muito difícil obter alguma pista. Se por acaso disséssemos que tais desaparecidos são meros fugitivos, isso significaria então que muitos dos desaparecimentos que ocorrem se enquadram como simples fugas.

Também no caso desse homem, a ausência de pistas não foi exceção. Ainda que ao menos se fizesse ideia de qual havia sido seu local de destino, não surgiram da região relatos de mortes suspeitas que parecessem dizer respeito a ele; igualmente, não era possível cogitar, julgando pelas características de sua ocupação, que ele houvesse se comprometido com algum tipo de segredo que justificasse seu sequestro. E, segundo diziam, ultimamente ele não havia dito ou feito nada que sugerisse um desejo de fuga.

Era natural que, a princípio, houvessem imaginado que se tratava de uma relação amorosa secreta ou algo do gênero. Contudo, ao ouvirem de sua esposa que o objetivo da viagem era coletar insetos, tanto o policial encarregado quanto os colegas de trabalho logo descartaram a hipótese. De fato, um frasco de inseticida e uma rede para capturar insetos seriam um tanto ingênuos como disfarce para uma fuga amorosa. E mais: segundo o testemunho de um funcionário da estação S., que recordava ter visto um sujeito descer do trem com ares de quem ia percorrer alguma trilha nas montanhas, trazendo penduradas aos ombros, em forma de cruz, uma caixa de madeira como aquelas em que pintores levam suas tintas e uma garrafa térmica, confirmou-se que o homem andava completamente sozinho, o que tornou tais especulações infundadas.

Surgia também a suspeita de suicídio por aversão ao mundo. O proponente foi um colega de trabalho aficionado por análises psicológicas: "afinal, se ele era capaz de se dedicar a algo inútil como colecionar insetos apesar de ser um homem-feito, isso mesmo já serve como prova de uma mente falha. Dizem, inclusive, que crianças que mostram predileção por colecionar insetos estão, em muitos casos, dominadas pelo complexo de Édipo, e sentem vontade de prender com alfinetes cadáveres de bichos — os quais sequer teriam meios de considerar a fuga — para poder compensar algum desejo não satisfeito. Não abandonar o hábito mesmo depois de adulto, ainda por cima, é sem dúvida um sinal de que os sintomas se agravaram. Não é de modo algum coincidência que colecionadores de insetos também são, não raras vezes, dotados de uma possessividade exacerbada, exclusivistas ao extremo, cleptomaníacos ou padecentes de distúrbios sexuais. E daí para a aversão ao mundo e para o suicídio é apenas um passo. Dizem que, com efeito, entre os maníacos pelo colecionismo, há aqueles que são atraídos mais pelo cianureto de potássio do inseticida do que pelo ato de colecionar em si, e que não conseguem se expurgar de maneira alguma... A propósito, o próprio fato de aquele homem não ter revelado nem uma vez para nós seu passatempo não seria prova de que ele estava ciente de seu caráter duvidoso?"

Mas esse minucioso raciocínio também foi em vão: não lhe fizeram caso, pois a realidade é que não foi descoberto nenhum cadáver.

Desse modo, havendo passado sete anos sem que ninguém soubesse o verdadeiro motivo do desaparecimento, o homem, enfim, foi dado como morto de acordo com o artigo 30 do Código Civil japonês.

2

Em uma tarde de agosto, desceu à plataforma da estação S. um homem que parecia estar rumando para alguma trilha nas montanhas, trazendo cruzadas aos ombros as alças de uma grande caixa de madeira e de uma garrafa térmica, com a bainha das calças metida para dentro das meias e usando um chapéu de piquê cinza.

Por aquelas redondezas, porém, não havia nenhuma montanha digna de ser trilhada. Os olhos do funcionário da estação que recebeu seu bilhete junto à catraca acompanharam-no com uma involuntária expressão de suspeita. Sem sequer demonstrar hesitação, o homem foi se acomodar no último banco ao fundo do ônibus diante da estação. Era o ônibus que seguiria na direção oposta às montanhas.

O homem continuou até o fim da linha. Ao descer do ônibus, deparou-se com uma geografia repleta de grandes desníveis. As partes mais baixas do terreno formavam um arrozal minuciosamente retalhado, em cujos intervalos despontavam, ilhados, pequenos pomares de caquis. Ele atravessou o vilarejo sem fazer caso e continuou caminhando rumo ao litoral, com o terreno cada vez mais esbranquiçado pela falta de vegetação.

As habitações, por fim, terminaram, convertendo-se em um bosque de pinheiros. Ele mal percebera que o solo agora era formado por uma areia de finos grãos, desses que grudam na sola do pé. Aqui e ali, moitas secas criavam sombras nas reentrâncias da areia, ou se viam ainda hortos de berinjelas com cerca de dois metros quadrados, tão miseráveis como se estivessem ali por engano; qualquer coisa com ares de gente, contudo, não havia. O mar ao qual ele se encaminhava estaria logo em frente.

Pela primeira vez, o homem estancou o passo. Enxugou o suor com a manga do casaco enquanto avaliava os arredores. Abriu morosamente a caixa de madeira e, da tampa superior, retirou um maço de sabe-se lá quantas varetas. Armou-as em uma rede para capturar insetos. Voltou a caminhar enquanto ia batendo nas moitas com a ponta do bastão. A areia estava coberta pelo cheiro da maresia.

Não conseguia ver o mar, por mais que andasse. Talvez pela má visibilidade em função da ondulação do solo, perdurava sempre a mesma paisagem, indelével. No entanto, em seguida a vista se alargou de repente, com o surgimento de uma modesta aldeia. Um lugar do qual emanava uma sensação de miséria, com telhados de tábuas sustentados por pequenas pedras, aglomerados ao redor de uma alta torre de vigília contra incêndios. É claro que, dentre as habitações, algumas também tinham telhas negras de cerâmica; uma delas ostentava telhas de ferro corrugado, de cor avermelhada. Essa construção se situava na esquina do único cruzamento da aldeia, parecendo tratar-se do local de reuniões da cooperativa de pescadores.

Mais além deveriam estar as dunas e o mar. Mas a aldeia era inesperadamente grande. Embora também houvesse trechos em que a terra ligeiramente se revelava, boa parte do local era coberta pela areia branca, seca. Mesmo assim, plantavam-se ali amendoins e batatas, e, misturado ao cheiro do mar, sentia-se também o de animais de criação. Junto à beira das ruas, enrijecidas como gesso por causa da mescla de areia e barro, fragmentos de conchas esmagadas formavam montes brancos.

À medida que o homem foi atravessando por esse caminho, as crianças que brincavam no terreno vazio em frente à cooperativa dos pescadores, o ancião que remendava uma rede de pesca sentado em uma varanda inclinada, as mulheres de cabelos já escassos que formavam um bando à porta da única loja de miudezas, todos descansaram mãos e bocas por um instante para lançar sobre ele um olhar de desconfiança. O homem, porém, não se importou nem um pouco. Seu interesse estava voltado inteiramente à areia e aos insetos.

O inusitado não se restringia ao tamanho da aldeia. O caminho, cada vez mais, se convertia em uma subida. Isso contrariava qualquer expectativa. Não seria óbvio e natural esperar uma descida, posto que ele se dirigia rumo ao mar? Será que ele havia interpretado mal o mapa? Aproveitou para chamar uma jovem que passava por ali. Ela desviou os olhos apressada, deixando-o para trás com jeito de quem nem sequer o escutara. Não havia o que fazer. Decidiu ignorar o fato e seguir em frente. Afinal, julgando pela cor da areia, pelas redes de pesca ou pelos montes de conchas, era certo que o mar estava próximo. A verdade era que ainda não havia nada que o fizesse pressentir algum perigo.

O caminho se tornava um aclive mais e mais íngreme, e a areia tinha cada vez mais jeito de areia.

Ao homem, parecia bizarro o nível do solo nos trechos onde estavam construídas as casas não se elevar nem um pouco sequer. Só o caminho continuava ascendente, enquanto a aldeia em si mantinha-se sempre plana. Aliás, não era apenas o caminho, mas também os limites entre cada residência que cresciam em altitude. Por isso mesmo, dependendo do ponto de vista, apesar de a aldeia como um todo ser uma ladeira, parecia ainda que o local das construções era mantido em um nível constante. Essa impressão se tornava mais intensa conforme ele avançava, até que todas as casas aparentavam ter sido erguidas em uma concavidade solapada na superfície inclinada das dunas. Ademais, a crista das dunas ultrapassava a altura dos telhados. O povoado ia se afundando pouco a pouco para dentro das reentrâncias na areia.

A ladeira se tornou absolutamente íngreme. Ali devia haver pelo menos uns vinte metros até o topo das telhas, calculando por baixo. "Que diabos de vida eles levam aqui?" — no momento em que o homem deu uma volta junto à beira das dunas com esse estranho pensamento, fazendo menção de espiar o fundo de um dos altos buracos, teve a respiração sufocada subitamente por um vento intenso. Seu campo de visão se abriu de repente: o mar turvo espumava enquanto vinha umedecer as areias da orla. Ele estava parado em pé sobre o local que buscava: o topo das dunas.

No lado voltado para o mar, contra o qual soprava o vento sazonal, plantas gramíneas de folhas delgadas escolhiam trechos ligeiramente mais suaves na ladeira, inclinada como uma protuberância na areia, para se aglomerarem de forma meticulosa; formavam assim um padrão de jogo de tabuleiro. Ao se voltar para o lado da vila, o que havia era um sem-número de grandes buracos escavados na areia, tão profundos quanto alto era o ponto mais elevado das dunas. Os buracos enfileiravam-se na direção do centro do povoado e se assemelhavam a uma colmeia em ruínas. Era uma vila que acabara dividindo seu espaço com as dunas. Ou eram as dunas que acabaram dividindo seu espaço com uma vila. De todo modo, a paisagem era enervante, tirando a paz de espírito de quem quer que a visse.

Bastava-lhe, entretanto, a chegada às dunas que ele almejava. O homem encheu a boca com a água da garrafa e, em seguida, com o vento, que, apesar de invisível, lhe causou uma sensação de aspereza.

Coletar insetos que habitavam a areia era o objetivo do homem.

É certo que os insetos da areia são pequenos de tamanho e desinteressantes de aspecto. Porém, em se tratando de completos fanáticos pelo colecionismo, ninguém tem olhos para borboletas ou libélulas. O que os colecionadores almejam não é enfeitar com extravagância sua caixa de espécimes, tampouco satisfazer um interesse taxionômico, e muito menos buscar ingredientes para remédios da medicina tradicional chinesa. Para os colecionadores de insetos, existe uma alegria mais singela, mais direta. É a descoberta de uma nova espécie. Se ao menos isso ele conseguisse, ao lado do longo nome científico, em latim, apareceria então escrito nas enciclopédias entomológicas seu próprio nome em fonte itálica, talvez ficando assim preservado de maneira mais ou menos perpétua. Ou seja, se pudesse permanecer na memória das pessoas, ainda que tomando emprestada a forma de um inseto, então lhe valeria a pena o esforço.

Com isso em mente, tal chance era de fato maior entre os pequenos insetos, com suas muitas e imperceptíveis variedades. Por isso, ele estava, já por longo tempo, focado na ordem dos dípteros — moscas e seus parentes próximos —, tão odiados pelas pessoas. É verdade que a espécie da mosca doméstica é impressionantemente abundante. Ainda assim, as pessoas parecem pensar sempre mais ou menos do mesmo jeito, pois no Japão as moscas foram todas perseguidas à exaustão, aliás tendo sido descoberta uma rara oitava mutação. Dizem ser porque, de certo modo, o ambiente de vida das moscas é próximo demais ao ambiente humano.

Teria sido melhor se ele houvesse, pelo contrário, se dedicado desde o início ao ambiente. Se as variedades são muitas, não quer dizer então que, por conseguinte, a espécie tem uma grande adaptabilidade? Ele deu pulos de alegria quando chegou a essa conclusão. "Minha ideia não é de todo ruim." Caso a adaptabilidade seja alta, as moscas devem poder habitar tranquilamente ambientes inóspitos que outros insetos não poderiam. Por exemplo, uma região desértica, onde todos os outros seres vivos já foram extintos...

Com esse raciocínio, ele passou a mostrar interesse pela areia. E não tardou para que surgissem frutos. Certo dia, às margens de um rio perto de sua casa, ele descobriu um minúsculo inseto levemente rosado, semelhante à cicindela japonesa (*Cicindela japana*, Motschulsky), do gênero cicindela, ordem dos coleópteros. É fato de conhecimento geral, evidentemente, que as cicindelas japonesas apresentam muitas variações de cores e padrões de coloração. Mas, quando se trata do formato das patas anteriores, a história é outra. As patas anteriores dos coleópteros são um fator importante em sua classificação, porque, se seu formato é diferente, significa então que a espécie também é diferente. Acontecia que, no inseto que chamara sua atenção, a segunda articulação das patas anteriores possuía uma peculiaridade.

Normalmente, as patas anteriores das cicindelas são negras e delgadas, de modo a sugerir uma soberba agilidade. Nessa cicindela, as patas anteriores eram grossas como se cobertas por uma espessa bainha, com uma tonalidade amarelada. É verdade que poderiam estar apenas cobertas de pólen. Mesmo assim, era bastante plausível pensar que, para que o pólen se aderisse a elas, haveria talvez certo tipo de artifício — como alguma pelugem. Aquilo viria a se tornar uma relevante descoberta, se não estivesse enganado.

Apesar dessa chance de entrar para a história, ele acabou deixando o inseto escapar. À parte o fato de ele haver se alvoroçado excessivamente, essas cicindelas possuem um método de saltar muito ardiloso. Cada vez que saltam para fugir, dão meia-volta e aguardam, como se pedissem que, por favor, as agarrassem. Se lhes damos confiança e nos aproximamos, fogem com um salto e dão novamente meia-volta, aguardando.

Seu plano é, depois de nos deixar assaz exasperados, por fim desaparecer para dentro de um matagal.

Foi assim que ele acabou se tornando completamente refém daquela cicindela de patas anteriores amareladas.

Sua ideia de concentrar a atenção em terras arenosas, de qualquer modo, não parecia estar errada. De fato, o gênero das cicindelas era representativo dos insetos do deserto. Segundo uma hipótese, o modo bizarro de a cicindela saltar era uma armadilha para atrair pequenos animais para fora de seus ninhos. Por exemplo, ela conduziria ratos ou lagartos para dentro do deserto até que estes se perdessem, e esperava que caíssem de fome e cansaço para então se alimentar de seus corpos. Apesar de serem conhecidas no Japão pelo gracioso nome popular de "entregadoras de cartas", aparentando à primeira vista serem requintadas mensageiras, na verdade são donas de mandíbulas afiadas e têm um caráter tão feroz a ponto de não hesitarem perante o canibalismo. Deixando de lado a veracidade dessa hipótese, era agora inquestionável que ele ao menos se deixara encantar por completo pelo movimento misterioso da cicindela.

Assim sendo, seu interesse em relação à areia, a qual era a condição de existência da cicindela, não podia deixar de aumentar. Ele começou, entre outras coisas, a passar os olhos por referências bibliográficas relacionadas à areia. Conforme foi investigando, descobriu que a própria areia era, também ela, deveras interessante. Por exemplo, ao consultar o verbete "areia" na enciclopédia, encontrou escrito o seguinte:

Areia. *Conjunto de partículas de rocha. Às vezes inclui magnetita, cassiterita ou, raramente, pepitas de ouro. Possui diâmetro de 0,0625 a 2 milímetros.*

Era de fato uma definição clara. Em resumo, entre as partículas de rocha, a areia é como um ponto intermediário entre os seixos e a argila. Entretanto, é difícil afirmar que a explicação estaria completa apenas dizendo que se trata de um meio-termo. Pedra, areia e barro — dentre essas três misturas complexas de solo, por que apenas a areia, em especial, foi escolhida para poder formar desertos ou areais independentes? Se fosse apenas um meio-termo, o intemperismo ou a erosão hídrica deveriam ter permitido a geração de inúmeras topografias intermediárias que migrassem em ambos os sentidos, entre superfícies rochosas e solos argilosos. O que na realidade existe são apenas três formas claramente distinguíveis: pedra, areia e barro. E o mais bizarro, contanto que se esteja falando de areia, é que praticamente não há diferença na proporção de seus grânulos, sejam estes da areia de Enoshima ou da do deserto de Gobi: os tamanhos se distribuem desenhando um arco semelhante a uma curva de erro gaussiana, com o valor de 0,125 milímetro ao centro.

Em certo manual se explica que isso é tão somente o resultado de a terra decomposta pelo intemperismo ou pela erosão da água ser carregada para longe, a começar pelas partículas mais leves. Mas assim não se esclarece o significado peculiar do diâmetro de 0,125 milímetro. Em relação a isso, outro livro de geologia adicionava a seguinte explicação.

Todo fluxo, seja de água, seja de ar, gera turbulências. E o menor comprimento de onda de tais turbulências é equiparável ao diâmetro das areias do deserto. Em virtude dessa característica, apenas a areia em especial é retirada de dentro da terra para ser sugada em uma direção perpendicular ao fluxo. Se a força de aderência do solo for fraca, a areia é temporariamente levantada para o ar mesmo por brisas sutis que não fariam voar as pedras ou o barro, para depois ser derrubada novamente enquanto vai sendo movida a sotavento. No fim das contas, parecia que a questão da peculiaridade da areia pertencia unicamente ao campo da mecânica de fluidos.

Desse modo, é possível adicionar à definição anterior:

... Ainda, dentre os fragmentos rochosos, as partículas de areia são as mais facilmente movidas por fluidos.

Dado que existem ventos e córregos na superfície terrestre, a formação de regiões arenosas talvez seja difícil de evitar. Enquanto os ventos soprarem, os rios correrem e as ondas do mar quebrarem, a areia continuará a ser gerada de dentro do solo, rastejando indiscriminadamente como se fosse de fato um ser vivo. A areia nunca descansa. Em silêncio, porém de modo constante, ela vai violando a superfície terrestre e aniquilando tudo...

Essa imagem da areia em fluxo causou no homem um choque e uma empolgação indescritíveis. A infertilidade da areia não era simplesmente culpa da falta de umidade, como se costuma imaginar, mas parecia residir em sua relutância absoluta em aceitar toda e qualquer forma de vida em virtude de seu fluxo perpétuo. Que grande diferença se comparada à melancólica realidade dos humanos que, durante uma vida inteira, impõem a si mesmos e aos outros uma mesmice nas relações.

De fato, a areia não é adequada para a vida. Entretanto, seria a permanência em um mesmo lugar indispensável à sobrevivência? Não é justamente pela insistência em permanecer no mesmo lugar que tem início a conhecida e desagradável competição contra o meio ambiente? Se desistíssemos da permanência e deixássemos nosso destino nas mãos do fluxo da areia, o antagonismo também deveria logo deixar de existir. Com efeito, mesmo no deserto nascem flores, e mesmo nele habitam insetos e mamíferos. Estes são seres vivos que empregaram sua forte capacidade adaptativa a fim de escapar do círculo competitivo. Por exemplo, as cicindelas que ele buscava...

Esboçando na mente as formas da areia em fluxo, vez ou outra o homem chegava a ter a ilusão de que ele próprio começava a fluir.

3

Acompanhando a crista das dunas que cercavam o povoado como a parede de um castelo, erguendo-se em forma de meia-lua, o homem começou a caminhar com o olhar levemente voltado para baixo. Não dispensava quase nenhuma atenção à paisagem distante. O essencial, para um colecionador de insetos, é reservar todo o seu cuidado à área coberta por um raio de cerca de três metros a partir de seus pés. Evitar a qualquer custo trazer o sol às costas é outra tática de conhecimento imprescindível. Quando o sol bate às costas, os insetos se assustam com a sombra projetada. É por isso que a testa e o nariz de colecionadores fanáticos estão sempre queimados.

O homem continuou a caminhar lentamente, com a passada constante. A cada passo dado, a areia se levantava e fluía por cima de seus sapatos. À exceção de algumas ervas que espraiavam aqui e ali suas raízes rasas, as quais poderiam brotar em um único dia caso tivessem a umidade adequada, não havia indício de nada que parecesse vivo. De vez em quando passava algo voando, mas não era mais que alguma mosca da família *Dryomyzidae* seguindo o cheiro do suor humano. De todo modo, era justamente em um lugar assim que ele podia ter esperanças. As cicindelas, em especial, detestam a vida gregária; em casos extremos, áreas de um quilômetro quadrado são dominadas por um único espécime. Ele não podia fazer nada exceto andar pacientemente pelos arredores.

Ele parou de repente. Sentiu algo que se movia junto às raízes de uma erva. Uma aranha. Ele não tinha o que fazer com aranhas. Sentou-se para fumar. O vento continuava a soprar ininterrupto, vindo da direção do mar, enquanto o sopé das dunas, distante abaixo de seus olhos, era mordiscado por retalhos de ondas brancas. Onde as dunas terminavam na direção oeste, um pequeno monte rochoso protuberava sobre o mar. Acima dele, o sol dispersava por todo o céu raios de luz que se assemelhavam a um buquê de agulhas afiadas.

O fósforo não queria acender. Dos dez palitos que riscou, dez foram em vão. Ondulações de areia se moviam junto aos palitos atirados ao chão, à velocidade do ponteiro dos segundos de um relógio. O homem fixou o olhar em uma das ondulações e, assim que ela chegou à ponta do calcanhar de seu sapato, levantou-se. A areia transbordou das pregas de suas calças. Ele cuspiu e descobriu uma sensação áspera também no interior de sua boca.

A propósito, não era baixo demais o número de insetos ali? Poderia ser que o movimento da areia fosse muito violento. Não, ainda era cedo para se desesperar. Afinal, a teoria garantia a possibilidade da existência.

Havia um trecho em que o horizonte das dunas se aplainava, projetando-se para o lado contrário ao mar. Convidado pela sensação de que lá haveria de encontrar sua presa, ele desceu o suave declive e, na área que se deixava ver além dos vestígios esporádicos de uma cerca feita de tiras de bambu para proteção contra a areia, encontrou uma zona plana em um nível ainda mais rebaixado. Atravessou os padrões feitos pelo vento na areia, gravados de modo tão regrado como se tivessem sido postos ali por alguma máquina, e de súbito seu campo de visão foi restringido. Ele, pois, se encontrou de pé à beira de um paredão que se erguia sobre uma profunda fossa.

Esse buraco formava uma elipse distorcida de pouco mais de vinte metros de largura. Embora o aclive oposto aparentasse ser relativamente suave, o lado em que estava dava a impressão de ser quase perpendicular ao solo. Como o bocal espesso de um artefato de cerâmica, a borda da fossa se erguia sobre seus pés, traçando um leve arco. Ele pôs um pé temeroso na beira e espiou lá dentro. O interior do buraco acusava já o fim do dia, em contraste com a claridade dos arredores.

No fundo da escuridão, via-se imersa em silêncio uma casa pequena, com uma das pontas da viga mestra como que perfurando enviesada a parede de areia. "Exatamente como uma ostra", pensou o homem.

Não há como se opor às leis da areia e, ainda assim, eles tentavam...

Ao mesmo tempo que empunhou sua câmera, a areia a seus pés iniciou um fluxo áspero. Ele recuou o pé, assustado, mas, por algum tempo, o fluxo não fez questão de parar. Que equilíbrio delicado e perigoso! Enquanto ainda ofegava, esfregou repetidas vezes a palma da mão irrequieta na lateral da calça.

Alguém tossiu ao pé de seu ouvido. Sabe-se lá desde quando, um senhor que parecia ser um dos pescadores da vila estava parado tão perto dele que quase lhe roçava os ombros. Enquanto olhava para a câmera e então para o buraco, o idoso sorriu e encheu a face de rugas, deixando-as tais como pele de coelho curtida. Prendiam-se camadas espessas de remela acumulada nos cantos de seus olhos vermelhos.

— É para pesquisa?

Entrecortada pelo vento, sua voz tinha o comprimento tão estreito como as ondas de um rádio portátil. Mas seu sotaque se fez ouvir com clareza, não sendo particularmente difícil de entender.

— Pesquisa? — Atarantado, o homem ocultou a lente da câmera com a palma da mão e mudou a posição da rede para capturar insetos, de modo que seu interlocutor pudesse vê-la com facilidade. — Não sei do que o senhor está falando, mas... veja, estou só coletando insetos! É que sou especialista em insetos de areais como este.

— O que disse?

Parecia que o ancião não havia engolido a história.

— Coleta! De! Insetos! — repetiu o homem em voz alta e pontuada. — Insetos, ora, bolas! Insetos!... Eu agarro insetos, deste jeito, ó!

— Insetos?

O velho fechou os olhos, expressando dúvida, e deu uma cuspida. Ou melhor, talvez fosse mais correto dizer que deixou a saliva escorrer da boca. Cortada pelo vento, a baba formou um fio no canto de seus lábios e voou longe. Com que diabos ele estaria tão preocupado?

— Existe alguma pesquisa sendo feita nesta região?
— Olhe, se não é pesquisa, eu nem me importo...
— Não é, não!

O idoso lhe deu as costas sem sequer acenar a cabeça em consentimento e, enquanto ia como que chutando o solo com a ponta de seus chinelos de palha, retornou vagarosamente para o lugar de onde viera, seguindo a crista das dunas.

Cerca de cinquenta metros mais adiante, outros três homens com a mesma vestimenta, surgidos também sem aviso, permaneciam agachados e imóveis, como se esperassem pelo ancião. Um deles girava algo sobre os joelhos; pareciam ser binóculos. Enfim se reunindo com o velho, iniciaram todos uma discussão. O debate pareceu ser bastante intenso, visto que chutavam areia sem parar.

Quando o homem já fazia menção de ignorá-los e continuar procurando por cicindelas, o ancião veio de novo até ele, afobado:

— Então você não é mesmo do pessoal do governo?
— Do governo? Que mal-entendido mais disparatado...

O homem estendeu com ímpeto seu cartão de visitas, como que para indicar que já bastava daquilo. Depois de um longo tempo movendo os lábios em silêncio, o velho terminou de ler o papel:

— Ha, ha, um professor de escola, é?
— Não tenho nenhuma relação com o governo, nem nada do tipo, viu?
— Quem diria, você trabalha como professor...

Finalmente parecendo ter se convencido, ele arrugou por completo o canto dos olhos e retomou seu caminho enquanto mantinha o cartão de visitas estendido em frente, como se fosse oferecê-lo a alguém. Com isso, os outros três homens também pareceram se dar por satisfeitos, levantando-se sem delongas e deixando o local.

Apenas o ancião voltou ainda outra vez para junto do homem.

— Por sinal, moço, o que você pensa em fazer agora?
— Como assim? Eu já disse, estou procurando insetos!
— É que já não há mais ônibus de volta...
— Mas deve haver algum lugar por aqui para passar a noite.
— Passar a noite nesta vila, você quer dizer?

O rosto do ancião transpareceu um vago espasmo.

— Se aqui não houver, então eu caminho até a próxima vila.
— Caminha?
— Afinal, eu não tenho pressa...
— Não, não, não precisa se dar tanto trabalho assim... — De repente ele se fez prestativo, mudando para um arrazoado que não se deixava interromper. — Como você pode ver, nossa vila é pobre, sem ao menos uma casa decente, mas, se você não se importar, perguntar, ao menos, eu posso perguntar para algum morador.

Ele não dava ares de estar agindo de má-fé. Parecia que o grupo estava apenas cauteloso por algum motivo — talvez estivesse agendada a visita de algum fiscal do governo da província. Uma vez que já não estavam de resguardo, agora não passavam de pescadores de boa índole.

— Ah, se o senhor pudesse fazer isso, seria ótimo... É claro que eu vou dar um jeito de retribuir o favor... Saiba o senhor que adoro passar a noite em casas populares como estas.

4

O sol se pôs, fazendo o vento se acalmar ligeiramente. O homem percorreu o alto das dunas até não poder mais distinguir o padrão gravado pelo vento nas areias.

Não havia feito nenhuma coleta digna de menção.

Uma esperança, da ordem dos ortópteros, e uma tesourinha.

Um percevejo-das-riscas-vermelhas, da ordem das hemípteras, e outro que também devia ser um percevejo, mas cujo nome ele não tinha certeza.

Da ordem dos coleópteros, que ele almejava, um gorgulho de abdômen branco e outro de pernas longas.

Já o mais importante para ele, insetos do gênero cicindela, acabou sem se deparar com nenhum sequer. Entretanto, era por isso mesmo que podia se manter na expectativa pelas glórias da batalha no dia seguinte.

O cansaço vinha se tornando um débil ponto de luz que dançava no fundo de seus olhos. A cada momento, ele interrompia o passo sem querer e fitava a superfície escurecida das dunas. Sempre que havia algum movimento, ele achava que era de uma cicindela.

O ancião o aguardava, conforme prometido, em frente ao escritório da cooperativa.

— Obrigado.

— Não há de quê. Se você gostar, eu já fico feliz...

Parecia haver uma reunião, pois, no fundo do escritório, quatro ou cinco homens sentados em roda soltavam risadas. Em frente à entrada, via-se pendurado um grande quadro com a inscrição na horizontal ESPÍRITO DE AMOR À TERRA NATAL. Bastou o ancião dizer algo para que as risadas estancassem por completo. Ele logo começou a andar à frente, como se mostrasse o caminho. Graças à rua onde estavam atiradas as conchas vazias, uma brancura pálida flutuava em meio ao lusco-fusco.

O homem foi conduzido para dentro de um dos buracos junto à crista das dunas, na parte mais periférica do povoado.

Depois de dobrar à direita em uma viela estreita antes de chegar à crista e caminhar um bom trecho, o ancião curvou o corpo na escuridão e gritou enquanto batia palmas:

— Ei, velhota!

De dentro do breu abaixo, tremeu a chama de um lampião e veio então uma resposta:

— Aqui, aqui... Há uma escada do lado dessa saca de arroz aí.

De fato, sem algo como uma escada não haveria jeito de enfrentar um paredão como aquele. E não se podia dizer que seria uma tarefa fácil ainda que usasse a escada, pois o precipício tinha cerca de três vezes a altura do telhado, embora em sua memória a inclinação parecesse um pouco mais tênue durante o dia. Olhando assim, agora, ela estava perto de ser perpendicular. A escada era de corda, tão tosca que causava medo, e possivelmente viria a se retorcer e enroscar se ele perdesse o equilíbrio no meio do trajeto. Era como viver dentro de uma fortaleza natural.

— Não precisa fazer cerimônia, pode descansar à vontade...

O ancião deu meia-volta e retornou, sem descer até o fundo. Mesmo com a areia a cair dispersamente sobre sua cabeça, o homem não pôde deixar de sentir uma sensação curiosa, como se houvesse voltado a seus tempos de juventude. Ademais, pelo fato de a hospedeira ter sido chamada de velhota, ele imaginava se tratar de alguém já de bastante idade; contudo, a pessoa que veio recebê-lo carregando o lampião ainda estava por volta dos trinta. Era uma mulher de pequeno porte e aparência dócil que, apesar de talvez estar usando maquiagem, tinha a pele inusitadamente branca para quem vivia na praia. Mais gratificante que qualquer coisa foi o modo radiante como ela o recebeu, sem conseguir esconder sua alegria.

É evidente que, fosse de outra maneira, ficar naquela casa seria difícil de suportar. Talvez ele tivesse dado meia-volta imediatamente, achando que o houvessem ludibriado. As paredes estavam descascando, havia esteiras no lugar das portas corrediças, os pilares estavam tortos, tábuas cobriam todas as janelas, e os tatames estavam a um passo de apodrecer, fazendo ruído de esponja molhada quando se andava sobre eles. Além de tudo, um fedor de areia queimada e bolorenta se espalhava por todo o local.

Toda situação, porém, depende de como a interpretamos. Com o coração desarmado pelos modos da mulher, ele disse a si mesmo que essa noite de estadia seria uma experiência única, de outro modo difícil de obter. Ademais, se ficasse atento, quem sabe poderia ainda se deparar ali com algum inseto interessante. Era possível dizer que os insetos viriam habitar com prazer aquele ambiente.

Ele não teve nenhum pressentimento anormal. Tão logo se sentou no local que lhe foi indicado junto ao *irori*[1], ao lado do chão de terra batida dentro da casa, ouviu ao seu redor um som como o de gotas de chuva. Era uma grande infestação de pulgas. Mas ele não era de se espantar com coisas assim. Um colecionador de insetos está sempre preparado. Tudo que precisava fazer era borrifar dedetizador no lado de dentro da roupa e, antes de dormir, untar as partes expostas da pele com pomada repelente.

— Eu vou preparar a comida. Enquanto isso... — A mulher agarrou o lampião e se agachou — aguente um pouco a escuridão, por favor.

— Só tem um lampião?

— Sim, infelizmente.

Ela sorriu desconcertada, e uma covinha se abriu em sua bochecha direita. Ele até que achou o rosto dela charmoso, ignorando o olhar. Algo em seus olhos parecia ser consequência de alguma doença oftalmológica. Ao menos a

---

1. Espécie de fogareiro cavado no piso de casas tradicionais japonesas. [N.T.]

inflamação vermelha nos cantos não era algo que ela podia ocultar, por mais que se maquiasse. Ele pensou que, antes de dormir, seria bom passar também um colírio.

— Não faz mal. Mas, antes de mais nada, eu queria tomar um banho...

— Banho?

— Não é possível?

— Sinto muito, mas vai ter que deixar para depois de amanhã.

— Depois de amanhã? Depois de amanhã eu já não estarei mais aqui — gargalhou ele sem querer.

— É mesmo?

A mulher desviou o rosto, deixando pairar uma expressão um tanto retesada. Talvez estivesse decepcionada. Ora, essa gente do interior não sabe manter as aparências. Sentindo-se como se lhe fizessem cócegas, ele ficou passando a língua sem parar pelos beiços.

— Se não é possível um banho, posso me virar só com um pouco de água, então. Estou cheio de areia...

— Que pena! De água, agora, só tenho um jarro... É que o poço fica tão longe...

Como ela aparentava estar bastante constrangida, ele desistiu de dizer mais que isso. De qualquer modo, ele sem demora seria obrigado a entender que limpar o corpo com água não serviria para nada.

A mulher trouxe a refeição. Era peixe assado com molho e sopa de mariscos. Ainda bem que se tratava de uma comida de fato digna de beira-mar! Mas sua satisfação foi interrompida, porque, assim que ele começou a comer, a mulher abriu um guarda-chuva e foi ajeitá-lo sobre sua cabeça.

— Que isso?

Seria um costume especial daquela região?

— Bem... se a gente não faz isso, a areia cai em cima da comida...

— Por quê? — disse ele olhando espantado para o teto, mas não viu sequer um buraco.

— É que a areia... — começou a dizer a mulher, também voltando os olhos para o teto — vem caindo, de qualquer lugar que seja... Se eu passo um dia sem fazer a faxina, chega a acumular uns três centímetros.

— Será que o telhado está quebrado?

— Não, mesmo nos telhados novinhos, recém-construídos, o senhor veja só, a areia vem entrando sem parar... É de assustar, mesmo, nem dá para acreditar. Ela é ainda mais terrível que besouro de casca.

— Besouro de casca?

— É um bichinho que abre buracos na madeira.

— Você quer dizer cupins.

— Não, são deste tamanho, ó, com a casca dura...

— Ah, então deve ser um tipo de serra-pau...

— Serra o quê?

— É avermelhado e tem uns bigodes longos, não tem?

— Ué, não; é esverdeado, com o formato de um grão de arroz.

— Já entendi, então é um besouro cai-cai.

— Se não faço nada, até mesmo uma viga grande assim fica logo molenga de tão podre.

— Pelo besouro cai-cai?

— Não, é pela areia...

— Por quê?

— Ela entra não sei por onde e, nos dias em que o vento sopra de alguma direção ruim, se eu não passo todo o dia no telhado removendo a areia, ela chega a se acumular tanto que as tábuas do telhado não aguentam...

— Realmente, deixar a areia acumulada no telhado não é bom... Mas daí a dizer que ela apodrece as vigas é um tanto estranho, não é?

— Apodrece, sim.

— Mas areia, para começo de conversa, é algo seco, viu?

— Só que apodrece... Dizem que, se a gente deixar esquecido algo cheio de areia, até um tamanco recém-comprado se desfaz todinho antes de passar meio mês.

— Não entendo como é possível.

— A madeira apodrece, mas a areia também... Teve até uma vez que tiraram as tábuas do telhado de uma casa soterrada e lá dentro encontraram uma terra tão fértil que até um pepino nasceria ali...

— Que asneira! — retrucou o homem de modo violento, torcendo a boca. Sentiu que a imagem da areia que tinha para si havia sido blasfemada pela ignorância. — Pode não parecer, mas, sobre areia, eu sei um bocado. A areia é algo que está em movimento o ano inteiro, ouviu bem? Esse... esse fluir é a própria vida da areia... Ela jamais ficaria parada em um só lugar, de jeito nenhum. Seja dentro da água ou no ar, ela está sempre se movendo a seu bel-prazer. É por isso que os seres vivos comuns nunca conseguem viver por muito tempo na areia. Nesse quesito, as bactérias que poderiam causar o apodrecimento não são exceção. Enfim ela é, por assim dizer, um tipo de sinônimo de limpeza, podendo até servir como antisséptico; por isso, dizer que ela causa podridão é um disparate! E ainda por cima quer afirmar que a própria areia apodrece? Antes de qualquer coisa, a areia é um exemplo perfeito de mineral, entende?

A mulher acabou se calando, com o corpo retesado. Debaixo do guarda-chuva que ela segurava, o homem também terminou de comer em silêncio, às pressas. Muita areia já havia se acumulado sobre o guarda-chuva, o bastante para que se pudesse escrever nela com o dedo.

Ainda assim, ele não conseguia suportar aquela umidade. Não, é evidente que não era a areia que era úmida; era seu próprio corpo. O vento soprava sobre o topo do telhado. O homem foi sacar o cigarro e descobriu que seu bolso também estava cheio de areia. Teve a sensação de degustar o amargor do tabaco antes mesmo de acender o fogo.

Retirou os insetos de dentro do frasco mortífero. Decidiu prendê-los com um alfinete e arrumar a disposição das patas antes que enrijecessem. Da pia do lado de fora veio o som da mulher lavando os pratos. Será que não morava mais ninguém naquela casa?

A mulher das dunas

A mulher voltou e começou a estender um colchonete em um canto do cômodo, sem dizer nada. "Se esse vai ser meu colchonete, onde diabos pretende dormir ela?", questionou-se ele. Naturalmente, só poderia ser no quarto dos fundos, além das esteiras. Não havia nada mais ali com jeito de quarto. Entretanto, a dona da casa dormir no cômodo dos fundos e dar o cômodo da entrada para a visita era uma forma bastante esquisita de fazer as coisas. Ou será que, no quarto de dentro, estava deitado algum enfermo com doença tão grave que não conseguia nem mover o corpo? Quem sabe fosse isso. Com efeito, era muito mais natural pensar assim. Em primeiro lugar, não havia por que acolherem um viajante que estava só de passagem justo em um lugar onde vivia uma mulher desacompanhada.

— E onde estão os outros?
— Outros?
— Sua família...
— Que nada, sou só eu, moro sozinha. — Ela também pareceu haver se dado conta da situação, soltando de repente uma risada afetada e sem jeito. — Eu vou lhe contar! Por causa da areia, até o colchonete fica assim, todo cheio de umidade...
— E seu marido?
— Pois é, com a ventania do ano passado... — dissimulou ela, batendo, alisando e fazendo outros movimentos desnecessários sobre o colchonete já estendido. — É que por estas bandas as ventanias são de cair o queixo. A areia vem caindo aos borbotões, como se fosse uma cachoeira, aí é só

a gente se descuidar que em uma noite chega a acumular um, até dois *jô*...²

— Dois *jô*, isso quer dizer uns seis metros?

— Nessas horas não importa o quanto a gente remova a areia, é impossível dar conta dela. Mas ele disse que estava preocupado com o galinheiro e saiu com nossa filha, que estava na escola secundária. E eu, eu estava aqui cuidando da casa, então tinha as mãos atadas... Ficamos assim durante a noite, até que eu fui dar uma olhada depois que o dia clareou e o vento já tinha acalmado, mas eles haviam desaparecido por completo junto com o galinheiro, sem deixar rastro...

— Eles acabaram soterrados?

— É, não ficou nem sinal...

— Isso é terrível... Que coisa assustadora que é a areia... Isso é mesmo terrível...

A chama do lampião começou a tremular de repente.

— É a areia.

A mulher se pôs de gatinhas e estendeu o braço, endireitando o pavio do lampião enquanto sorria. A chama logo voltou a arder brilhante. Ainda na mesma posição, a mulher continuou deixando pairar sobre o rosto um sorriso como que afetado, enquanto se demorava na chama do lampião. Percebendo que ela estava exibindo de propósito a covinha do rosto, o homem enrijeceu o corpo, por reflexo. Pareceu

---

2. Unidade de medida tradicional japonesa. Um *jô* equivale a cerca de três metros. [N.T.]

uma atitude obscena demais para alguém que havia acabado de falar sobre uma morte próxima.

5

— Ei, eu trouxe lata e pá para mais uma pessoa!

Talvez estivesse usando um megafone, pois a voz que quebrou a tensão foi clara, apesar da distância que havia. Em seguida, ouviu-se o som de objetos feitos com folhas de flandres batendo um contra o outro enquanto desciam. A mulher se levantou em resposta.

Desconfiado e um tanto irritado, ele acusou:

— Ora, então havia mais alguém, sim!

— Ai, não diga esses gracejos... — A mulher serpeou o corpo como se lhe houvessem feito cócegas.

— Mas tenho certeza de que eles acabaram de dizer "para mais uma pessoa"!

— Ah, isso... não, eles estavam falando do senhor.

— De mim? E por que eu precisaria de uma pá ou coisa do gênero?

— Deixe para lá, não precisa se preocupar... é que esse pessoal é mesmo intrometido.

— Será que eles cometeram algum engano?

A isso, contudo, a mulher não respondeu; girou o corpo sobre os joelhos e foi para a parte de terra batida dentro da casa.

— O senhor ainda vai usar o lampião?

— O melhor seria ficar com ele, mas... você precisa?

— Deixe assim; afinal, eu já estou acostumada com o trabalho...

Enfiando na cabeça um chapéu trançado, desses que os camponeses usam nas plantações de arroz, a mulher como que deslizou para dentro da escuridão.

O homem inclinou a cabeça e acendeu um novo cigarro. Sua sensação era de extrema contrariedade. Decidiu se levantar e espiar o que havia detrás da esteira. De fato, tratava-se de um quarto, mas não havia leito. Em vez disso, a areia vinha caindo desde o lado oposto da parede, traçando um suave arco. Sentiu um frio na espinha e se quedou inerte, inconscientemente. "Esta casa já está com um pé na cova... Metade dos órgãos já foi devorada pelos tentáculos de areia que fluem sem parar... Essa areia que, salvo pelo diâmetro médio de 0,125 milímetro, nem sequer possui uma forma própria... E não existe nem um mísero ser que consiga se opor a essa força amorfa de destruição... Ou, ainda, não seria justamente o fato de ela não ter forma a expressão mais elevada de sua força?"

Ele foi logo trazido de volta à realidade. Se aquele quarto não podia ser usado, onde diabos pretendia dormir a mulher? Além das tábuas da parede, fazia-se sentir a presença da mulher, que se movia incessante para lá e para cá. Os ponteiros do relógio marcavam oito e dois. Que afazeres ela poderia ter a uma hora dessas?

O homem desceu até a parte de terra batida para procurar água. A quantidade ínfima de água que havia no fundo do

A mulher das dunas

jarro deixava flutuar partículas vermelhas de ferro. Ainda assim, era melhor que ter de suportar a areia dentro da boca. Ao lavar o rosto e esfregar o pescoço com a água que restava, seu humor melhorou consideravelmente.

Um vento frio passava pelo piso de terra batida dentro da casa. Parecia ser mais fácil de suportar estando do lado de fora. Ele passou por baixo da porta deslizante, já imóvel por estar enterrada pela areia, e saiu. O vento que descia da rua lá de cima era de fato muito mais refrescante. Esse vento trouxe o som do motor de um triciclo. Ao aguçar os ouvidos, além do triciclo, ele pôde discernir também a presença de várias pessoas; talvez fosse impressão sua, mas sentiu que o povoado estava ainda mais animado do que durante o dia. Ou seria o rugir do mar? No céu, estrelas que pendiam baixas carregavam a paisagem.

A mulher se virou, alertada pela luz do lampião. Ela usava com habilidade uma pá para jogar areia dentro de uma lata de querosene. Além dela, a escura parede de areia se erguia alta, como que a sufocá-los. Lá no topo estaria o lugar onde ele havia procurado por insetos durante o dia? Quando duas latas de querosene já estavam cheias, a mulher agarrou uma em cada mão e veio na direção do homem. Ao cruzar seu caminho, ela lançou um olhar lânguido sobre ele, acompanhado de uma voz nasalada: "Essa areia..." Ela esvaziou a areia das latas de querosene perto de onde estava pendurada a escada da rua de trás. Secou o suor com uma toalha. A areia carregada por ela já formava um monte considerável naquele lugar.

— Está retirando a areia?

— Nunca termina, por mais que a gente trabalhe...

Dessa vez, ao passar por ele, a mulher enfiou nas costelas do homem a ponta dos dedos que estavam livres, como se para lhe fazer cócegas. Surpreendido, ele saltou para se esquivar e quase deixou cair o lampião. Viu-se, de súbito, forçado a realizar uma escolha inusitada, vacilando entre continuar a segurar o lampião ou depositá-lo no chão para retribuir as cócegas à mulher. No fim, venceu a manutenção do *status quo*, e ele manteve o lampião empunhado. Abriu no rosto um leve sorriso do qual ele próprio desconhecia o sentido e foi se aproximando com um passo desajeitado na direção da mulher, que já havia começado a usar novamente a pá. Conforme ele chegava perto, a sombra dela ia se espalhando por toda a superfície da parede de areia.

— Não venha, não — disse ela, ainda de costas, com a voz ofegante. — Até chegar o cesto, tenho que terminar de carregar pelo menos outras seis latas...

A fisionomia do homem se enrijeceu. Sentiu-se desgostoso, como se a emoção que estava se empenhando por reprimir houvesse sido atiçada à força. Algo dentro de suas veias vinha intumescendo por conta própria, sem qualquer relação com sua vontade. Era como se a areia que trazia grudada à pele houvesse se infiltrado em suas veias e, pouco a pouco, lixasse seus sentimentos de dentro para fora.

— Se é assim, que tal se eu ajudar com uma lata?

— Não se incomode. Mesmo que eu quisesse, não poderia pedir para o senhor me ajudar já no primeiro dia...

— No primeiro dia? De novo com essa história... Eu só vou ficar esta noite, certo?

— Pois é, né?

— É que eu não sou tão desocupado... Bem, eu fico com essa pá, pode deixar!

— A pá do senhor está ali...

Agora ele podia ver que, com efeito, abaixo do beiral do telhado e próximo à entrada, se encontravam enfileirados à parte uma pá e mais duas latas de querosene com alça. Não havia dúvida de que eram as tais ferramentas "para mais uma pessoa", baixadas havia pouco da rua lá de cima. Tinha a sensação de que haviam adivinhado suas intenções com preparativos para lá de oportunos, mas ele próprio ainda não sabia que malditas intenções eram essas. De qualquer modo, pensou ser uma maneira muito jactante de tratar as pessoas, sentindo um quê de aversão. O cabo da pá era um pedaço grosso de alguma madeira qualquer, cheio de saliências e do brilho negro do sebo de mãos alheias. Ele já havia perdido a vontade de empunhá-la.

— Veja só, o cesto já chegou até a casa ao lado!

Aparentando não ter se dado conta da hesitação do homem, a voz da mulher soava animada. Animada e, ademais, contendo um ar de confiança sem precedentes. Nisso, as pessoas que ele pressentia estarem nas redondezas começaram a se aproximar deles. As falas curtas, com a respiração sincronizada, iam se repetindo diversas vezes até que, após certo intervalo, davam sequência a sussurros misturados a risadas, para logo se tornarem falas novamente. O ritmo de trabalho aliviou de súbito os sentimentos do homem. Em um mundo singelo como esse, não há nada de mais em um visitante agarrar uma pá e trabalhar. Hesitar de modo estranho, sim, é que seria uma atitude questionável. Ele fez um recôncavo na areia com o calcanhar e depositou ali o lampião, de modo que este não tombasse.

— Não faz diferença o lugar, ou seja, o importante é cavar a areia, não é?

— Bem, não é que não importe o lugar...

— Que tal aqui, então?

— Tente fazer o possível para cavar em linha reta desde o paredão, como se estivesse derrubando a areia.

— Todas as casas cavam a areia a estas horas?

— Sim, é que de noite a areia está mais úmida e o trabalho fica mais fácil... Se a areia estiver seca, aí em algum momento — ela olhou para o céu — ela pode desabar lá de cima, sem aviso...

Ao voltar os olhos, viu que de fato um beiral de areia se projetava rechonchudo na borda do paredão, como neve acumulada.

— Não é perigoso isso?!

— Não tem problema. — Sua voz continha um riso próximo de um flerte. — Veja só, já começou a cair a neblina...

— Neblina?

Falando nisso, sabe-se lá quando, em toda a extensão do céu as estrelas começaram a se amalgamar e a se tornar opacas. Algo como um emaranhado de membranas iniciava um movimento sem direção na fronteira entre o firmamento e o paredão de areia, enquanto remoinhava de modo irregular.

— É que a areia também já absorveu um bom tanto da neblina... E, quando a areia salgada suga a neblina, ela acaba endurecendo como cola...

— Não pode ser...

— Ora, depois que as ondas da praia recuam, até um tanque de guerra pode passar tranquilo, não é?

— Será mesmo?

— Pois é verdade... É por isso que, durante a noite, aquela saliência vai ficando cada vez maior. Nos dias em que a direção do vento é ruim, ela vem pendendo para baixo, assim deste jeito, como se fosse um chapéu de cogumelo, eu juro... Quando chega a tarde e ela seca por completo, bam!, cai toda de uma vez. Aí, se ela acertar algum lugar que não deve, um pilar mais fino, por exemplo, não aguenta nem um segundo...

Os tópicos de conversa da mulher eram restritos. Mas, em se tratando de assuntos das coisas de seu dia a dia, ela de imediato demonstrava uma disposição a ponto de parecer outra pessoa. Talvez fosse esse um caminho para chegar até seu coração. Não que o homem estivesse atraído por tal caminho, mas as palavras da mulher tinham uma vibração que o fazia sentir as carnes ocultas debaixo das grossas calças que trajava.

O homem, então, com toda a sua força, enfiou a lâmina da pá, cuja ponta era retorcida para cima, na areia próxima a seus pés.

6

Quando acabou de carregar as latas de querosene pela segunda vez, uma voz chamou e um candeeiro tremulou na rua ao alto.

Com um tom que poderia parecer quase rude, a mulher disse:

— É o cesto! Senhor, aqui já é suficiente, ajude lá, por favor!

Somente agora ele pôde conceber a utilidade da saca de arroz que se encontrava enterrada no alto da escada. O pessoal dali atava nela uma corda para fazer subir e descer o cesto. Parecia haver dois ou três grupos distintos encarregados dos cestos, cada qual com quatro integrantes. Em geral eram compostos de gente jovem, cujo trabalho era eficaz e bastante entusiasmado. O ofício era tal que, assim que o cesto de um dos grupos se enchia, o seguinte já estava no aguardo. Depois de seis levantamentos, a areia empilhada acabou se aplainando.

— O trabalho deles também é duro, não?

A inflexão do homem enquanto enxugava o suor com a manga da camisa era bem-intencionada. Havia lhe causado boa impressão o modo como os jovens, sem dizer uma palavra de escárnio sequer pelo fato de ele estar ajudando, se concentravam no trabalho com vigor.

— Sim. É que, aqui em nossa vila, todo mundo compartilha o espírito de amor à terra natal...

— Espírito de quê?
— Espírito de amor ao lugar onde a gente nasceu.
— Que coisa boa!

O homem riu, e a mulher o acompanhou. Mas ela aparentava não saber por que estava rindo.

Fez-se ouvir ao longe o som do triciclo a motor dando a partida.

— Muito bem, acho que vou fumar um cigarro...
— Não, não, a gente não pode, porque o cesto logo vem de novo depois de fazer uma volta.
— Já não está bom por hoje? O resto a gente continua amanhã...

Ele se levantou primeiro, sem dar atenção à mulher, e começou a caminhar em direção à casa.

— Assim não dá. Se a gente não fizer pelo menos uma volta ao redor da casa, aí...
— Uma volta, você disse?
— Ora, se minha casa cair, como fico? É que a areia vem descendo de todas as partes...
— Mas todo esse trabalho vai levar até de manhã!

Bastou dizer isso para que a mulher retorcesse o corpo e se afastasse de um salto, como se houvesse sido desafiada. Ela parecia estar de fato disposta a retornar para baixo do paredão e continuar o trabalho. Era como o *modus operandi* das cicindelas.

Tendo entendido isso, ele não cairia de novo no mesmo truque.

— Que coisa espantosa! É assim todas as noites?

— A areia não dá folga... Mas os cestos e o carro também estão às voltas a noite toda, viu?

— Isso é de se imaginar...

Não poderia ser diferente. A areia jamais daria trégua. O homem se sentiu bastante desnorteado. Estava perplexo como se houvesse pisado por acidente no rabo de uma cobra que julgava ser pequena, mas que era inesperadamente grande e o contra-atacava com a cabeça por detrás, assim que ele se desse conta.

— Mas, desse jeito, não é como se você estivesse vivendo só para cavar areia?!

— Ora, mas eu não posso fugir no meio da noite...

O homem estava cada vez mais desorientado. Ele não tinha a intenção de se envolver desse modo nas intimidades da vida de alguém.

— Pode, sim! Por acaso não é fácil? Se tiver vontade, pode fazer o que quiser!

— Não é tão simples — disse ela, sincronizando naturalmente a respiração com o movimento da pá. — Afinal, se a vila consegue se manter, é graças à gente, que se dedica e se esforça para cavar a areia deste jeito... Se a gente deixar de lado, em menos de dez dias acaba tudinho soterrado... Aí, depois, veja só, junto com a casa anterior vai chegando a vez de cada um...

— Sim, é mesmo uma história comovente e assustadora... Então é por isso que aquele pessoal do cesto também trabalha com tanta dedicação.

— Bem, eles recebem um pagamento diário da prefeitura...

— Se eles têm dinheiro para isso, por que não plantam uma floresta decente como proteção mais eficaz contra a areia?

— Eles fizeram os cálculos, mas parece que essa solução sai muito, muito mais em conta...

— Solução? Como assim, solução?! — Ele enfim já não pôde conter a raiva. Enfureceu-se tanto com aqueles que atavam a mulher ali quanto com a mulher ali atada. — E por que vocês têm de chegar a esse ponto para continuar enraizados nesta vila? Não dá para entender nem um pouco... A areia não é um lugar assim simples para viver! Se acham que podem se opor desse jeito à areia, estão muito enganados! É patético! Já cansei desta palhaçada, já basta... Não tem nem como alguém se compadecer!

Jogou a pá sobre as latas de querosene abandonadas e, de pronto, se retirou para o quarto, sem sequer conferir a expressão da mulher.

Teve dificuldade para dormir. Não deixou de se sentir um tanto envergonhado, pois, enquanto ouvia os sons que a mulher fazia, imaginou se aquele seu modo performático não havia sido, afinal, por ciúmes das pessoas que atavam a mulher ali, e ainda um apelo para que ela largasse o trabalho e viesse se deitar com ele. A verdade era que sua agitação sentimental parecia não ser algo simples como uma mera raiva em relação à estupidez da mulher. Havia algo mais misterioso. O colchonete estava cada vez mais úmido, e a areia cada vez mais grudava à pele. Era injusto demais, e bizarro demais. Ainda assim, não havia necessidade de ele se remoer só porque tinha jogado a pá longe e se retirado.

Ninguém haveria de lhe dizer que arcasse com tal responsabilidade. Mesmo sem mais essa, ele já possuía um bom tanto de obrigações a assumir. No fim das contas, se ele havia ido a esse lugar atraído pela areia e pelos insetos, não era por outro motivo senão justamente fugir, ainda que pelo mais breve momento, da ociosidade e do incômodo das obrigações de sua vida.

Ele não conseguia pegar no sono de modo algum.

O movimento da mulher continuava se deixando ouvir, sem trégua. Ele não saberia dizer quantas vezes o cesto veio e se foi. Essa informação, para ele irrelevante, perturbaria seu trabalho do dia seguinte. Ele tinha a intenção de, ao amanhecer, levantar-se com o sol para aproveitar o dia inteiro. Quanto mais tentava dormir, mais aumentava sua vigília. Seus olhos começaram a arder. As lágrimas e os pestanejos não eram suficientes para fazer frente à areia que continuava a cair incessante. Sacudiu uma toalha e a usou para enrolar a cabeça. Teve dificuldade em respirar, mas se sentia menos mal assim.

Tentou pensar em outra coisa. Ao fechar os olhos, viu flutuarem várias linhas compridas, fluindo como se tivessem vida. Eram os padrões do vento movendo-se pelas dunas. Por tê-los visto continuamente durante metade do dia, deviam ter se gravado no fundo de suas retinas. O mesmo fluxo de areia que, no passado, já destruíra e engolira até prósperas cidades e impérios. Como se chamava aquela do Império romano? Isso, Sábrata... E havia também aquela outra cidade cantada por Omar Khayyām... Lá existiam alfaiatarias, açougues, lojas de variedades, todos costurados por ruas que jamais se moviam, entrelaçadas como a malha de uma rede, sendo preciso lutar por anos a fio contra o governo para fazer alterações em uma única rua. Cidades antigas, cuja imutabilidade não era questionada por ninguém... Tampouco elas, no fim, puderam derrotar as leis dessa areia que flui com seus grãos de um oitavo de milímetro.

A areia...

Ao lado da areia, tudo aquilo que possui forma é vão. A única coisa certa é seu fluxo, refutador de todas as formas. Mesmo assim, além das finas tábuas da parede, o movimento da mulher que continuava a cavar areia não cessava. O que ela achava que poderia realizar com aqueles seus braços magros? Era como se ela estivesse tentando afastar um corpo de água para os lados a fim de montar uma casa sobre o mar.

Sobre a água é preciso, antes, pôr um barco a flutuar, sabendo respeitar as características do líquido.

Essa ideia subitamente libertou o homem do peculiar e forçoso senso de opressão causado pelo som da mulher cavando a areia. Se na água se usam barcos, para a areia eles também devem bastar. Caso as pessoas se livrassem da ideia fixa de manter uma casa, já não haveria necessidade de consumir esforços inúteis na luta contra a areia. Um barco livre, flutuando sobre a areia... Moradas que fluem em uma vila, em uma cidade sem forma...

É claro que a areia não é um líquido. Portanto, não há como esperar que funcionem do mesmo modo. Até uma rolha, que é muitas vezes mais leve que a areia, acaba enterrada se a deixamos ao léu. Um barco que flutue sobre as areias precisa ter características mais diversificadas. Por exemplo, uma casa com a forma de um barril que se mova oscilando. Caso ela se revirasse apenas um pouco, poderia então derrubar para fora a areia que acabou cobrindo-a e logo subir de novo para a superfície. Mas, evidentemente, se a casa inteira estivesse se revolvendo a todo momento, seus habitantes não aguentariam a instabilidade. Por isso, seria necessário algum engenho para criar um sistema de barril duplo. Assim, bastaria fazer com que o barril de dentro estivesse com o fundo sempre apontado para a direção da gravidade, centrado em um eixo. O lado interno permaneceria fixo, enquanto apenas o externo giraria. Uma casa que se mova como os pêndulos de um relógio... Uma casa-berço... Um barco do deserto...

Então teríamos, criadas pelo conjunto de tais barcos, vilas ou cidades sempre oscilantes.

Sem se dar conta, ele já tinha adormecido.

7

Acordou com o galo cantando, e o som parecia o ruído de um balanço enferrujado. Foi um despertar às pressas, extenuante. Sua sensação era de que o dia acabara de raiar, mas os ponteiros do relógio de pulso já haviam girado até as onze horas e dezesseis minutos. Com efeito, os raios de luz tinham a cor do meio-dia. A leve escuridão provavelmente se devia ao fato de que o sol ainda não alcançara o fundo daquele poço.

Levantou de um salto, afobado. A areia que se acumulara em seu rosto, cabeça e peito caiu em um fluxo esfoliante. Ela se agarrava ao redor dos lábios e do nariz, endurecida com o suor. Ele pestanejou repetidamente, receoso, enquanto raspava os grãos com as costas da mão para espaná-los. Seus olhos não paravam de lacrimejar por causa da aspereza das pálpebras, que queimavam ardentes. Mas as lágrimas não eram suficientes para lavar a areia emplastrada de remelas.

Ele foi em direção ao jarro que estava no chão de terra batida, depositando suas esperanças em qualquer gota d'água que pudesse encontrar. Por acaso percebeu que a mulher ressonava no lado oposto do *irori*. Ele esqueceu a dor das pálpebras e prendeu a respiração por um instante.

A mulher estava completamente nua.

Em seu campo de visão turvado pelas lágrimas, a mulher se mostrava flutuando como uma sombra. Ela estava deitada de costas diretamente sobre o tatame, expondo o corpo inteiro, salvo pelo rosto, e pousando com leveza a mão esquerda sobre o ventre firme e adelgaçado. Ela expunha dessa maneira todas as partes que, por costume, as pessoas escondem, enquanto, por outro lado, ocultava com uma toalha apenas o rosto, parte que ninguém hesita em revelar. É claro que sua intenção era proteger os olhos e os órgãos respiratórios contra a areia; o contraste, porém, parecia ressaltar ainda mais o sentido de sua nudez.

A superfície de seu corpo estava coberta em toda a sua extensão por uma fina película de areia. Os grãos escondiam os detalhes e exacerbavam a curva feminina, fazendo-a parecer tal qual uma escultura chapeada de areia. Na base da língua do homem começou a brotar involuntariamente uma saliva viscosa. Melhor seria se não a engolisse, porque a areia concentrada entre seus lábios e dentes sugaria o líquido e se espalharia por toda a sua boca. Ele cuspiu na direção do piso de terra batida. Por mais que cuspisse, no entanto, a sensação de aspereza em sua boca não sumia. Ainda que a boca secasse por inteiro, sempre havia areia restante. Era como se mais e mais areia estivesse sendo criada a partir dos vãos entre seus dentes.

Por felicidade, a água do jarro fora reabastecida até a borda. Enxaguou a boca, lavou o rosto e se sentiu renovado. Nunca havia sentido tão visceralmente como a água é fantástica. Apesar de ela, assim como a areia, ser um mineral, é algo inorgânico, singelo e transparente, que se adapta com suavidade ao corpo mais que qualquer ser vivo. Deixando-a fluir vagarosamente até o fundo da garganta, ele imaginou uma fera devoradora de pedras...

Experimentou voltar-se outra vez em direção à mulher, e percebeu não ter vontade de se aproximar. A mulher salpicada de areia era um atrativo visual, mas seria difícil considerá-la um atrativo tátil.

Assim que o dia clareou, a excitação e a irritação da noite anterior já haviam desaparecido. É claro que, por algum tempo, viriam a se tornar um bom assunto para conversa.

A mulher das dunas

Com a perspectiva de quem comprovava coisas que já haviam se tornado uma distante lembrança, o homem passou os olhos novamente pelos arredores e começou a se arrumar às pressas. Encontrou a camisa e a calça, ambas pesadas pela areia que continham. Porém, ele não podia ficar se preocupando com coisas assim. Peneirar por completo a areia das fibras da roupa seria algo ainda mais complicado que tentar esfregar toda a caspa para limpar a cabeça.

Os sapatos também estavam enterrados na areia.

Será que deveria dizer algumas palavras à mulher antes de ir? Pensando bem, despertá-la é que seria algo inconveniente, na verdade. Como fazer então para pagar pelo pernoite? Bem, bastaria passar no escritório da cooperativa no caminho de volta e confiar o dinheiro ao ancião que lhe apresentara o local no dia anterior.

Ele saiu abafando os passos.

O sol pendia sobre a beira do paredão como mercúrio em ebulição, começando a tostar estralejante o fundo do buraco. O homem tapou afobado os olhos, devido ao clarão repentino, mas, no momento seguinte, esqueceu inclusive a ofuscação, fitando inerte o paredão de areia.

Acontecera algo difícil de acreditar. A escada de corda havia desaparecido do local onde estivera na noite passada.

A saca de arroz que servia de ponto de chegada ainda se deixava ver bem, meio enterrada na areia, assim como antes. Sua memória do lugar não estava errada. Ou será que a escada acabara apenas sugada para dentro da areia? Ele correu para cima do paredão quase que de um só salto, enfiando os braços na areia e agitando-os. A areia desmoronou sem oferecer resistência, fluindo para baixo. Embora não fosse um alfinete o que buscava, tendo falhado na primeira tentativa, o resultado seria o mesmo, a despeito de quantas vezes repetisse a ação. Ao mesmo tempo que buscava suprimir a ansiedade que lhe crescia, ele reavaliou estupefato o grau de inclinação da areia.

Não haveria algum ponto que pudesse subir rastejando? Experimentou dar duas, três voltas na casa. O lado norte, voltado para o mar, era o que apresentava a distância mais curta do telhado até a borda do paredão, porém, ainda assim, restariam mais de dez metros até o topo, sem contar que esse era o ponto mais íngreme. Além disso, o beiral de areia que pendia pesado para baixo dava a impressão de ser deveras perigoso.

O lado que parecia ter uma inclinação relativamente suave, com uma curva similar à superfície interna de um cone, era o oeste. Com sorte, teria um ângulo de mais ou menos cinquenta graus; talvez quarenta e cinco. Ele experimentou dar o primeiro passo com precaução. A cada passo dado, ele resvalava outro meio passo para baixo. Mesmo assim, intuía que conseguiria escalar até o topo, se se esforçasse.

Até o quinto, sexto passo, correu tudo como imaginado. Depois disso, os pés começaram a afundar areia adentro. Acabou enterrado até o alto dos joelhos e não pôde mais progredir. Jogou então o restante do corpo e fez menção de subir rastejando, em uma atitude imponderada. A areia quente lhe queimava a palma das mãos. O suor lhe brotou de todo o corpo, ao qual se mesclou a areia, tornando-se impossível até mesmo abrir os olhos. Não tardou para que sentisse cãibra nos músculos da perna e já não pudesse se mexer.

Com a intenção de fazer um intervalo, imaginando já ter avançado uma boa distância, recobrou o fôlego e entreabriu os olhos para confirmar o êxito, mas se espantou ao ver que ainda não subira nem cinco metros. Para que diabos havia se estrebuchado tanto? Para piorar, o aclive parecia ser duas vezes mais inclinado que quando visto lá de baixo. E o cenário dali para cima era ainda mais tenebroso. Tentando rastejar até o alto, seu esforço só o fazia se cravar dentro do paredão de areia. O beiral de areia lhe bloqueava a passagem logo acima de seu rosto.

Desesperado, debateu-se uma vez mais para estender a mão até o ponto acima de sua cabeça, instante em que a pressão da areia cedeu de repente. Cuspido pela areia, ele caiu rolando para o fundo do buraco. Seu ombro esquerdo deixou escapar um som como o de hashis sendo partidos em dois, mas ele não chegou a sentir nenhuma dor. Como se dizendo desgostar da cicatriz deixada pelo homem no paredão, por um curto tempo a areia continuou a cair áspera e inexpressiva, fluindo sobre a superfície do buraco, para logo estancar. A cicatriz era minúscula, no entanto.

Ainda era cedo para se afligir.

Ele voltou vagaroso para a casa, aguentando firme a vontade de começar a gritar. A mulher ainda estava adormecida, sem sequer ter se revirado. Ele experimentou chamá-la, primeiro aos sussurros, depois erguendo a voz gradualmente. Em vez de responder, ela apenas mudou o corpo de posição, como se incomodada pela balbúrdia.

A areia escorreu do corpo da mulher, e, com isso, foi possível espiar parte de seus ombros, braços, costelas e quadris. Mas ele não tinha tempo para pensar em tais coisas. Apenas se aproximou e puxou a toalha que ela tinha sobre o rosto, retirando-a. O rosto estava repleto de manchas, e parecia terrivelmente natural quando comparado com o corpo envolto pela areia. Se na noite anterior ela aparentara ser alva a ponto de dar repulsa, foi mesmo devido à maquiagem. A brancura agora estava arruinada, começando a descamar. A descamação dava a impressão de um bife à milanesa barato no qual não haviam usado ovos; surpreendentemente, a substância branca talvez fosse de fato farinha de trigo.

Enfim a mulher entreabriu os olhos, como se desembaçando as vistas. Agarrando-lhe o ombro, o homem a sacudiu e disse atabalhoadamente, fazendo-lhe um apelo:

— Ei, cadê a escada? Por onde diabos eu vou subir?! Sem escada, é impossível escalar uma subida daquelas!

Ao que a mulher recolheu a toalha com um gesto apressado, bateu-a duas ou três vezes contra o rosto com um ímpeto extraordinário, girou o corpo, dando as costas ao homem, e pôs-se de bruços. Seria o movimento devido à vergonha? Era algo muito inadequado à situação. O homem se pôs a bradar como uma represa que rompera:

— Não é piada! Eu vou ter problemas se vocês não puserem a escada agora mesmo! Eu tenho pressa! Onde afinal a esconderam? Já chega de gracinhas, tragam a escada de uma vez!

A mulher não respondeu. Ainda na mesma postura, tudo o que ela fazia era balançar a cabeça de um lado para o outro.

O corpo do homem se enrijeceu abruptamente. Seu campo de visão se tornou vazio, perdendo o foco, e a respiração também se contraiu, quase estancando. Ele, então, entendeu que suas interrogações não faziam sentido. Verdade, aquilo era uma escada de corda... Escadas de corda não têm força para se pôr em pé por si sós. Mesmo que, digamos, ele pudesse obtê-la agora, não haveria como pendurá-la desde lá de baixo. Ou seja, isso significava então que quem a removera não havia sido a mulher, mas alguma outra pessoa que pudesse subtraí-la por cima? O desleixo da barba por fazer, suja de areia, de súbito começou a sobressair.

Os gestos e o silêncio da mulher passaram a assumir um sentido extraordinariamente assustador. Ele não queria acreditar, mas a suspeita que mais o preocupava, no fundo do coração, acabara por acertar o alvo em cheio. Não havia como entender tais gestos e silêncio senão como um reconhecimento claro de que a remoção da escada fora realizada sob o consentimento da mulher. Ela era cúmplice inequívoca do crime. Essa sua postura, naturalmente, não advinha de algo ilusório como vergonha, sendo antes, sem dúvida, a postura de um criminoso, ou vítima, que busca atenuar qualquer que venha a ser sua pena. Ele havia caído por completo na artimanha. Acabou preso dentro do buraco de uma formiga-leão. Aceitou distraído o convite de uma cicindela, como um filhote de rato faminto levado para o meio de um deserto sem escapatória.

Levantou de um salto e correu para a porta, olhando mais uma vez para fora. Começara a ventar. Com o sol praticamente a pino, um brilho tremeluzente devido ao calor se erguia da areia quente como um filme fotográfico virgem que fora embebido em água. E o paredão de areia se levantava ainda mais alto que antes, com a expressão altiva e reveladora de quem pretendia ensinar aos músculos e às juntas do homem a futilidade de sua resistência. O ar quente lhe penetrou a pele. A temperatura já começava a subir vertiginosamente.

Ele se pôs a gritar de súbito, enlouquecido. Como não sabia o que dizer, seus gritos não formavam nenhuma palavra dotada de sentido. Ele apenas bradou com todas as forças que tinha, levantando a voz ao máximo. Como se fazê-lo fosse forçar aquele pesadelo a deixá-lo despertar estupefato, pedindo desculpas pelo erro inconcebível e repelindo-o do fundo da areia. Devido à falta de uso, sua voz estava débil, enfraquecida. Assim, ela era ou sugada pela areia, ou quebrantada pelo vento, diminuindo seu alcance.

Um eco medonho selou abruptamente sua boca. Conforme as palavras da mulher na noite anterior, a borda protuberante de areia ao lado norte perdeu a umidade e desmoronou. A casa inteira soltou um gemido lamentoso, como se houvesse sido contorcida à força. Em seguida, dos vãos do beiral e das paredes, ela começou a derramar dolorosamente um sangue áspero de cor cinza. O homem encheu a boca de saliva e começou a tremer. Era como se o alvejado fosse ele mesmo.

Porém, de qualquer maneira, era algo inconcebível. Tratava-se de um acontecimento sobremaneira descarrilado. Por acaso haveriam de perdoar o aprisionamento de um homem-feito, com registro civil, bem empregado e que, além do mais, pagava impostos e possuía plano de saúde, como se fosse um rato ou um inseto? Era inacreditável. Talvez fosse algum mal-entendido; sim, só poderia ser um mal-entendido. Não existia outro modo de pensar no caso senão como um mal-entendido.

"Em primeiro lugar, não é inútil que eles façam uma coisa dessas? Afinal, eu não sou nem cavalo, nem boi, então não podem me fazer trabalhar à força, contra meu desejo. Não sendo eu útil como mão de obra, não existe nenhum motivo para me manter aprisionado entre as paredes de areia. Mesmo para a mulher, tudo que ela vai ganhar é a presença de um parceiro incômodo e disparatado."

Mas ele não tinha confiança absoluta. Ao olhar para o paredão de areia que o cercava opressivamente, a contragosto foi lembrado da triste derrota de há pouco, quando tentou subi-lo rastejando. Era um sentimento de impotência que paralisava todo seu corpo, pois conseguira apenas se debater sem nenhum resultado. Talvez já estivesse em uma nova realidade erodida pela areia, onde as convenções do dia a dia deixaram de valer. Se fosse para achar a situação suspeita, motivos para isso havia em abundância. Por exemplo, se era verdade que tinham preparado para ele latas de querosene e pá, também era verdade que a escada de corda fora removida sem que ele soubesse; e não era lógico pensar que o fato de a mulher não providenciar uma palavra sequer de justificativa, contentando-se em manter descontraidamente um silêncio de vítima, com uma franqueza até desconfortante, só evidenciava o perigo da situação? Aliás, talvez não houvesse sido um mero equívoco a maneira como a mulher falara repetidas vezes, na noite passada, como se tivesse por premissa sua estadia duradoura.

Ocorreu ainda outro pequeno desmoronamento de areia.

O homem se meteu de novo para dentro da casa, irrequieto. Aproximou-se em linha reta da mulher, que permanecia de bruços, e ergueu de repente a mão direita com veemência. Sentimentos difusos saltavam por todas as partes no fundo de seus olhos, e ele se contorcia de dor. Porém, desencorajado, no meio do trajeto do golpe, acabou abaixando com calma o braço que se dera ao trabalho de erguer. Talvez não fosse se sentir tão mal ao dar um tapa em uma mulher desnuda. Mas, desse modo, não estaria ele atuando exatamente conforme queria ela? Ela também devia estar esperando por isso. O castigo é, com efeito, nada mais que o reconhecimento da expiação da culpa.

Deu as costas para a mulher e sentou-se no limite do elevado do piso, deixando-se cair, e abraçou a cabeça, desolado. Começou a gemer baixinho. Fez menção de engolir a saliva acumulada, mas entrou em pânico quando foi impedido por sua garganta. A mucosa da garganta parecia ser particularmente sensível ao sabor e ao cheiro da areia, nunca conseguindo se adaptar. A saliva se tornou uma massa castanha, repleta de bolhas, e começou a brotar pelos cantos dos lábios. Ao cuspir, a aspereza da areia se fazia sentir ainda mais intensa. Tentou expelir os grãos de outro modo e passou a ponta da língua por trás dos lábios, mas a saliva não cessava, por mais que ele cuspisse. Por fim, o interior de sua boca secou por completo, ardendo como se estivesse inflamado.

Esse comportamento não o ajudava em nada. Por ora, decidiu falar com a mulher e forçá-la a explicar a situação em detalhes. Se ao menos as circunstâncias se aclarassem, ele poderia decidir seu próprio rumo de ação. Para ele, era impossível não existir alguma ação a ser feita. Por acaso ele aceitaria uma estupidez dessas? Mas o que ele faria se a mulher não respondesse a nada do que ele perguntasse? O silêncio seria a resposta mais assustadora de todas. Tal possibilidade era bastante plausível. O silêncio obstinado da mulher... Sua postura de vítima perfeitamente indefesa, de bruços, com os joelhos dobrados...

A figura da mulher desnuda, ali de bruços, era extremamente lasciva, com um quê de bestial. Parecia até ser possível agarrá-la pelo útero e virá-la do avesso. Porém, tão logo pensou nisso, teve a respiração obstruída por um intenso constrangimento. Teve também a sensação de que, em um futuro pouco distante, se veria projetado como um carrasco sobre as nádegas salpicadas de areia da mulher, a torturá-la. Ele sabia... em algum momento, iria chegar a isso... e, nesse dia, seu direito de fala deixaria de existir.

Uma dor penetrante lhe perfurou de súbito o ventre. Quase estourando, a reverberação de sua bexiga chegou até o fundo dos ouvidos.

8

O homem foi urinar; depois se manteve petrificado em meio àquele ar excessivamente pesado, como se houvesse perdido todo o ânimo. Não havia esperança que, com o passar do tempo, as coisas melhorassem. Ele não conseguia, de maneira alguma, encontrar determinação para retornar à casa. Ao se afastar da mulher, entendeu ainda melhor o quão perigoso era ficar ao seu lado. Não, o problema não era a mulher em si, mas aquela sua posição de bruços. Ele ainda não havia visto na vida algo tão libidinoso. Não podia voltar de jeito nenhum. Sem dúvida, aquela pose era perigosa demais.

Existe uma palavra chamada "tanatose". Refere-se ao estado de paralisia em que entram certas espécies de insetos e aranhas ao receber um ataque inesperado. Uma imagem destruída. Um aeroporto cuja torre de controle fora ocupada por um maníaco. Do mesmo modo que o inverno não existe para um sapo em hibernação, ele queria poder acreditar, se possível, que sua própria inércia acabara paralisando o movimento do mundo.

A luz do sol, porém, impetuosa, não deixava que seu pensamento adquirisse realidade. O homem encolheu o corpo em um átimo, em um gesto de quem queria se desfraldar dos espinhos de luz, e, retraindo o pescoço, agarrou a gola da camisa e deu nela um puxão com todas as suas forças. Os três botões mais de cima se desprenderam e saíram voando. Enquanto raspava a areia grudada à palma das mãos para derrubá-la, lembrou as palavras da mulher na noite anterior, a qual dizia que a areia não era em absoluto algo seco, mas antes um corpo absorvente a ponto de fazer ir apodrecendo gradualmente tudo que estivesse à mão. Aproveitando que já estava despido da camisa, relaxou o cinto e fez passar o ar também por dentro das calças. Porém, não foi nada para causar alarde. A sensação de desconforto foi embora para longe com uma velocidade similar à que havia chegado. Pelo visto, bastava a areia ser tocada pelo ar para que sua capacidade de absorção da água perdesse de imediato o poder mágico.

Nesse instante, ele se deu conta de que cometera um grave engano. Ao que tudo indicava, sua interpretação da nudez da mulher fora simplória demais. Embora não fosse possível afirmar que a mulher não tivera em segredo a intenção de preparar uma armadilha para ele, talvez aquilo fosse, inesperadamente, um mero hábito corriqueiro nascido das necessidades de sobrevivência. A mulher certamente havia ido dormir depois do nascer do sol. Durante o sono, é mais fácil transpirar. Considerando que ela era obrigada a dormir durante o dia, e ainda por cima dentro de um buraco de areia escaldante, não seria antes natural que ela despisse a roupa? Se ele estivesse sob as mesmas condições, com efeito, não havia dúvidas de que, na medida do possível, também optaria pela nudez.

Essa descoberta logo relaxou sua tensão, como se o vento esvoaçante houvesse separado, ali em frente a seus olhos, a areia e o suor que trazia sobre a pele. De nada lhe servia amedrontar-se por coisas imaginadas. Há homens que já escaparam de suas prisões rompendo várias camadas de grades de ferro e paredes de concreto. Não há por que se retrair de medo somente ao ver um cadeado, sem ao menos confirmar se ele de fato está trancado à chave. Vagaroso, como se seus passos aderissem ao chão, o homem voltou à casa. Dessa vez, sim, iria se acalmar e fazer a mulher dizer tudo aquilo de que ele precisava saber. Do modo como ele havia se exaltado antes, fazendo escândalo, não era de se espantar que a mulher acabasse permanecendo calada. Além disso, aquele silêncio não seria talvez somente a vergonha pelo descuido, por haver deixado, sem querer, que a vissem nua ao dormir?

9

Para os olhos uma vez expostos à areia quente, o interior da casa dava a sensação de ser extremamente lúgubre, além de úmido e fresco. Mera ilusão. Encerrava-se ali um calor diferente do de fora, empestado de mofo.

A mulher não estava onde ele a procurou. Ele se alarmou por um instante. Já bastava de brincar de adivinhações. Mas não, não havia nada ali com ares de charada. A mulher de fato estava lá. Em pé, diante do jarro de água ao lado da pia, levemente arqueada para a frente, de costas para ele.

Havia, inclusive, acabado de se vestir por completo. Era possível sentir um odor mentolado sendo exalado do *kasuri*[3] em tons de verde-claro das calças e do quimono combinando. Portanto já não havia nada de que ele pudesse reclamar. Ele realmente havia imaginado coisas. Um ambiente inusitado como aquele, aliado à sua falta de sono, haveria mesmo de lhe causar um tanto de devaneios.

A mulher pôs uma das mãos na borda do jarro de água e, enquanto espiava dentro dele, com as pontas dos dedos da outra mão, repetiu devagar um movimento sobre a superfície da água, remexendo-a. O homem sacudiu com ímpeto a camisa, que havia se tornado pesada pela areia e pelo suor, e a enrolou apertada ao redor do pulso.

O rosto da mulher, ao virar-se, estava rígido, com um tom de alarme. A expressão de súplica lhe parecia inerente, a ponto de se pensar que ela, decerto, havia passado a vida inteira com aquele semblante. O homem decidiu agir do modo mais natural possível e disse:

— Este calor, vou lhe contar... Com um calor destes, não tem como ficar de camisa.

Ainda assim, a mulher não deixou de lançar-lhe um olhar lânguido e apelante, com ar de dúvida. Uma tímida risada falsa lhe entrecortava a voz:

— Pois é... É verdade... É que, se eu suo vestindo o quimono, acabo ficando toda assada...

---

3. Tecido tingido de modo a criar padrões e imagens difusas na malha. [N.T.]

— Assada?

— É... A pele estraga, fica cheia de pólipos, que nem cicatriz de queimadura.

— Sério? Pólipos? Deve ser porque a pele fica abafada com a umidade.

— É, é por isso — disse ela, e sua fala se tornava mais leve, talvez porque ela também pôde enfim se acalmar. — Quando a gente sabe que vai suar, tira o máximo de roupa possível... Afinal, do jeito que é aqui, a gente não precisa se preocupar com alguém bisbilhotando...

— Entendi... Bem, então quero pedir um favor: você poderia lavar esta camisa para mim?

— Sim, amanhã eles vêm de tonel para distribuir água...

— Amanhã? Amanhã não dá — disse o homem e começou a dar risadinhas. Ele conseguira levar a conversa até o tópico principal sob uma condição de fato favorável. — Falando nisso, quando será que vão me tirar daqui? Assim não dá... É que, para um sujeito como eu, que tem trabalho, se meus planos se atrasam meio dia que seja, acabo arcando com um bom prejuízo... Não quero desperdiçar nem um minuto. Há um inseto chamado cicindela que anda assim, saltitando pelo chão... Existem muitos deles em areais como este, será que você conhece? Eu tinha a intenção, durante esta minha folga, de apanhar uma nova espécie desse inseto a qualquer custo...

A mulher fez um movimento ínfimo de lábios. Mas não proferiu palavra. Talvez tenha apenas experimentado repetir "cicindela", esse nome que não estava habituada a ouvir. O homem entendeu assim, de modo quase palpável, que o coração da mulher estava voltando a se fechar. Para se manter em seu encalço, ele disse por reflexo:

— Hein, não tem nenhum jeito de entrar em contato com o pessoal da vila? Olha, que tal se a gente tentar bater nas latas de querosene?

Como imaginado, a mulher não respondeu. Acabou voltando àquele seu silêncio passivo com a velocidade de uma pedra que afunda.

— O que foi, hein? Por que fica calada?! — Ele refreou por pouco os sentimentos que voltavam a se exaltar, bem como a vontade de explodir. — Não dá para entender... Se cometeram um erro, é só dizer... Afinal, não adianta ficar se remoendo por águas passadas. O que não pode, mesmo, é ficar calada desse jeito. Muitas crianças se comportam desse jeito, mas eu sempre digo a elas: ficar apenas fazendo parecer para os outros que você se sente culpada por algo, esse, sim, é o jeito mais covarde de agir. Se você quer se explicar por algum motivo, que tal fazer isso de uma vez?!

— Mas... — a mulher fez flutuar sua linha de visão para perto do próprio cotovelo, mas continuou com uma voz inesperadamente livre de perturbação. — Já deu para entender, não?

— Entender? — Foi difícil esconder seu choque.

— É... eu pensei que o senhor já tinha entendido...

— Entendi, uma ova! — gritou, enfim, o homem. — Quem vai entender uma coisa dessas?! Como diabos vou entender, se você não diz nada?!

— Mas é que a vida aqui é mesmo impossível para uma mulher sozinha...

— E o que isso tem a ver comigo?

— Pois é... eu sei que é feio o que eu fiz...

— Feio, você disse? — Ele tinha apenas o espírito atarantado, enquanto a língua parecia enredada. — Ou seja, resumindo, quer dizer que você foi cúmplice? Deixaram uma isca dentro da armadilha, achando que era só haver uma mulher para eu logo cair de boca, como se fosse um cachorro ou um gato?

— Tudo bem, mas é que daqui para a frente a gente vai entrando na estação do vento norte, e eu fico preocupada com as tempestades de areia... — lançando uma olhadela para a porta escancarada, seu tom dissimulado e monótono continha uma confiança quase tola.

— Não estou de brincadeira! Até a falta de bom senso tem limites! Se é assim, o que vocês estão fazendo não é, por acaso, cárcere privado? É um belo crime, viu? E pensar que nem precisavam fazer essa insensatez, porque afinal há gente desempregada o bastante por aí que quer ganhar um dinheirinho para o pão de cada dia!

— Mas não é boa ideia deixar o mundo lá fora saber da gente...

— Ah, e comigo não existe perigo? Que besteira! Isso sim é um engano disparatado! Para o azar de vocês, eu não sou vagabundo. Não só pago impostos, como também tenho registro civil. Não vai demorar para emitirem um pedido de busca, e aí a coisa vai ficar séria! Não conseguem entender nem ao menos isso? Que diabos vocês dirão para se justificar? Já chega, vá lá chamar o responsável. Que eu vou fazer com que ele ouça umas poucas e boas sobre como é estúpido tudo isso!

A mulher baixou os olhos e soltou um tênue suspiro. Permaneceu como estava, deixando apenas que caíssem os ombros e já não fazendo menção de se aprontar, igual a um triste cachorrinho ao qual lançaram uma exigência difícil e descabida. Resultou que isso, pelo contrário, alimentou ainda mais a raiva do homem.

— Existe algum motivo para ficar aí hesitante, perdendo tempo? O problema não sou só eu, entendeu bem? Você é tão vítima quanto eu, não é? Ora, você mesma disse que não era boa ideia deixar o mundo lá fora saber da vida de vocês aqui, não foi? Isso não é prova de que você mesma reconhece como esta vida é injusta?! Pode parar com essa cara de porta-voz da vila, quando, na verdade, você é tratada igual a uma escrava! Ninguém tem o direito de manter você presa aqui! Vamos, chame logo alguém! Vamos sair daqui! Ha, ha, entendi... Você tem medo, não é? Que bobagem! E por acaso existe algo a temer?! Eu estou com você... Tenho até um amigo jornalista. Não seria uma boa tornar isso algo público? O que foi? Por que está calada? Já disse que não existe nada com que se afligir!

Passados alguns instantes, a mulher disse pontualmente, como que se fazendo de atenciosa:

— Que tal se eu preparar a comida?

10

Enquanto com o canto dos olhos seguia a figura da mulher de costas, que começara a descascar batatas, o homem só tinha espaço na cabeça para ponderar com franqueza se devia ou não aceitar a refeição que ela preparava.

Era certo que, naquele instante, se fazia necessário ter sangue-frio e compostura. As intenções dela estavam claras. Então, antes de andar perdido para lá e para cá, ele devia encarar a realidade e criar um plano de fuga concreto. Reclamar da atitude ilegal podia ficar para depois. Só que, de barriga vazia, ele estava indisposto e sem capacidade de concentração. Sendo assim, se ele tencionava refutar a situação atual, não deveria refutá-la em sua totalidade, incluindo, naturalmente, a refeição? Comer com o estômago revoltado de raiva seria cômico. Até os cachorros abaixam a cauda no momento em que metem a ração na boca.

Ele não podia se precipitar. Não haveria necessidade de se tornar tão defensivo antes mesmo de averiguar até que ponto ia a obstinação dela. Além do mais, não era como se ele estivesse pedindo que lhe doassem algo por caridade. Ele se certificaria de pagar pela refeição. E, pagando, não sentiria que devia algo a ela. Até os comentaristas das lutas de boxe na televisão dizem com frequência: a melhor defesa é o ataque.

Desse modo, encontrando um ótimo pretexto para fazer a refeição sem receios, sentiu como que um alívio. Seu campo de visão se abriu de súbito, e uma pista para seu raciocínio começou a se desenredar. Seu adversário não era apenas a areia? Isso mesmo, não era como se lhe tivessem lançado um problema difícil e ilógico; não tinha de quebrar grades de ferro ou nada do tipo. Se lhe haviam usurpado a escada de corda, bastava fazer uma de madeira. Se o paredão de areia era demasiado íngreme, bastava ele mesmo fazê-lo desmoronar para tornar o aclive mais suave. Colocaria a cabeça para trabalhar ao menos um pouco, e tudo sairia mais ou menos como imaginado. Talvez seus planos pudessem parecer simples em excesso; mas, cumprindo o objetivo, não existe nada melhor que a simplicidade. Como o exemplo do ovo de Colombo, a solução de fato correta é, por vezes, tola de tão simples. Contanto que não tivesse aversão à azáfama... Contanto que tivesse a intenção de lutar... Ainda faltava muito para se dar por vencido.

 A mulher acabou de descascar as batatas, cortou-as em cubos e as uniu a pedaços de nabos picados junto com as folhas, para enfiar tudo na panela sobre o fogão à lenha. Era uma grande panela de ferro. Retirou um palito de fósforo de uma sacola plástica com um gesto que sugeria a grande importância do objeto e, ao terminar de usá-lo, enrolou a sacola de novo com firmeza, atando-a com um elástico. Pôs o arroz lavado dentro de uma peneira e jogou água por cima. Era provável que fosse para remover a areia. O cozido da panela passou a soltar um som borbulhante, e o cheiro do nabo começou a vagar pelo ar, revelando certo amargor.

 — Sobrou um pouco de água, o senhor quer lavar o rosto?

— Não... Em vez de me lavar, prefiro que me deixe beber...

— Ai, desculpe... A água para beber está separada. — Ela retirou de baixo da pia uma grande chaleira, esta obviamente enrolada em uma sacola plástica, escondida. — Ela está um pouco morna, mas é porque eu fervi uma vez para descontaminar...

— A propósito, não vai ter problemas para lavar as coisas depois se não deixar um pouco de água no jarro?

— Não. Se o senhor está falando dos pratos, é só esfregá-los com areia que a sujeira sai bem.

A mulher, então, pegou da janela um punhado de areia e o jogou dentro de uma louça que tinha à mão, revolvendo-a de modo a revesti-la com o mineral, a fim de mostrar ao homem, na prática, como funcionava. Embora ele não soubesse dizer bem se a louça ficara de fato limpa, teve a sensação de que aquilo bastava. Ao menos essa utilização coincidia bem com a imagem da areia que ele vinha tendo até então.

A refeição ocorreu novamente sob o guarda-chuva. Cozido de legumes com peixe seco tostado. Qualquer dos pratos, pouco a pouco, ganhava o sabor da areia. Pensou que a mulher poderia comer junto a ele se pendurassem o pano do guarda-chuva no teto, mas não foi capaz de achar a força de vontade para se dar ao trabalho de convidá-la. O *bancha*[4] tinha uma cor escura, apesar do gosto extremamente ralo.

---

4. Chá-verde de baixa qualidade, feito por exemplo com folhas de colheitas tardias. [N.T.]

Quando ele terminou de comer, a mulher voltou até a pia, ajeitando sobre a cabeça uma proteção de plástico e lançando-se à própria refeição ali embaixo. Vendo-a de costas, ele a achou parecida com um verme. Será que ela pretendia continuar para sempre, dali em diante, com uma vida daquelas? Visto de fora, o terreno talvez parecesse estreito como a testa de um gato, mas, olhando desde o fundo do buraco, tudo que se refletia nos olhos eram o céu e a areia sem limites. Uma vida monótona, como se houvesse sido aprisionada dentro dos olhos. Ali dentro, decerto a mulher devia viver sem qualquer recordação de ter ouvido uma palavra de compadecimento que fosse. Quem sabe não estivesse com o peito palpitando por ter recebido o homem como dádiva, apanhado em uma armadilha. Era de dar muita pena...

Levado pela tentação de dizer alguma coisa à mulher, ele resolveu dar antes umas tragadas para passar o tempo e experimentou acender um cigarro. Concordou que, de fato, o plástico seria um bem essencial ali, do qual não se podia prescindir. Até conseguiu de algum modo acender o fósforo, mas o cigarro lhe pareceu repugnante. Mesmo tragando com todas as forças, a ponto de as carnes das bochechas se enterrarem entre os dentes molares, tudo que conseguia era sentir o gosto de fumaça. E de fumaça que, ainda por cima, lhe pungia a língua com um cheiro pertinaz de gordura, não tendo nem de longe utilidade alguma. Com o humor em bom grau arruinado, ele perdeu a vontade de passar o tempo e, inclusive, de abrir a boca.

A mulher pôs toda a louça suja no chão de terra batida e, enquanto acumulava areia sobre os pratos com um movimento vagaroso, disse com certa dificuldade:

— Senhor, agora eu tenho de ir logo começar a derrubar a areia do sótão, então...

— Derrubar a areia? Sim, como não... — disse o homem, indiferente. Perguntava-se, então, se a esta altura ela ainda achava que ele se importaria mesmo com tudo aquilo. Por ele, as vigas poderiam apodrecer, os pilares poderiam se quebrar, que ele não estaria nem aí. — Se eu estiver incomodando, posso ir para outro lugar.

— Sinto muito...

Interpretou como sonsa aquela resposta e quis que ela fosse direta pelo menos uma vez com ele, porque por dentro, claramente, ela tinha a sensação de alguém que mordeu cebola podre. A mulher, todavia, com aquela agilidade imperturbável encontrada apenas nas ações que já se tornaram hábito, enrolou uma toalha na metade inferior do rosto, amarrando-a atrás da cabeça, e, pondo debaixo do braço uma vassourinha e um pedaço de tábua, subiu rastejando a divisória interna do armário do qual restava apenas uma porta corrediça.

— Se eu posso dar minha opinião sincera, com uma casa destas, acho que seria um alívio muito maior deixá-la vir toda abaixo!

Ele mesmo se espantou com o berro reverberante que escapou de súbito por sua boca, diante do qual a mulher se voltou com uma expressão ainda mais alarmada. Então ela ainda não havia se tornado um verme por completo...

— Digo, não que eu esteja irritado com você em particular... O que eu não suporto são as segundas intenções de quem pensou que, desse jeito, poderia prender uma pessoa aqui. Você entende, não? Bem, não estou nem aí se você entende ou não. Mas vou lhe contar uma história interessante. Antigamente eu criava um vira-latas qualquer em meu alojamento. Era assustador como ele tinha a pelagem espessa; nem no verão ele perdia um pouco do pelo. Como diziam que dava angústia só de ver, decidi tosá-lo, resoluto... Só que, quando terminei o serviço e chegou o momento de jogar fora o pelo tosquiado, o tal cachorro, não sei o que deu na cabeça dele, começou a ganir de repente, meteu na boca os tufos do chão e saiu correndo para sua casinha... Ele deve ter imaginado que o pelo cortado era parte do próprio corpo, e não conseguiu se desfazer dele. — Experimentou espiar a fisionomia da mulher. Ela não fez menção de se mover nem um pouco sequer, ainda com o corpo forçadamente retorcido, de cócoras sobre a divisória interna. — Bem, tanto faz. Todo ser humano possui uma lógica interna que as outras pessoas não entendem... Por favor, vá em frente, pode remover a areia ou fazer o que lhe der na telha. Só que eu não aguento, de jeito nenhum. Já estou cheio! Seja lá como for, eu logo terei de ir embora. Não me subestime. Porque, se eu tiver vontade, posso fugir para fora daqui sem pensar duas vezes. Já estou sem cigarro, mesmo...

— Se quiser cigarro... — continuou ela, com uma candura desajeitada de tão tola. — Depois, quando eles vierem distribuir água...

— Cigarro? Cigarro, você disse? — proferiu o homem por reflexo. — O problema não é esse. É o pelo tosquiado, o pelo... Não entende? O problema é que de nada serve fazer um esforço vão, como se estivesse empilhando pedras nas margens do Sai[5], só por causa de uns tufos de pelo.

A mulher estava calada. Não retrucou nem deu sinais de que tentaria se defender. Passados alguns instantes, depois de confirmar que o homem já havia parado de falar, enfim moveu o corpo como se nada houvesse acontecido e começou a se lançar de novo ao trabalho interrompido. Deslocou o alçapão que havia no topo do armário e, apoiando com os cotovelos a metade superior do corpo já metida lá dentro, rastejou para cima enquanto agitava as pernas inabilmente. Aqui e acolá, a areia começou a cair em delgados filetes. O homem pensou que, em um sótão como aquele, poderia existir algum inseto excêntrico... Areia e madeira podre... Mas abandonou o pensamento; de excentricidades, estava farto.

Não tardou para que a areia formasse em um dos cantos do teto múltiplas tiras que cambiavam de modo atordoante,

---

5. Como são conhecidas as margens do rio Sanzu, que, segundo a tradição budista japonesa, separa o mundo dos vivos e o dos mortos. Diz-se que as crianças que morrem antes dos pais são obrigadas a empilhar pedras à beira do rio em um trabalho perpétuo, pois um demônio sempre derruba a pilha antes que ela esteja completa. [N.T.]

caindo em rajadas. A violência do fluxo da areia, quando comparada à quietude desagradável, lhe causou certa sensação peculiar. Sobre os tatames, a disposição e o tamanho dos orifícios deixados pelos nós da madeira, bem como dos vãos entre as tábuas do teto, se reproduziam fielmente em relevo. O cheiro da areia feriu suas narinas. Invadia-lhe também os olhos. Saiu apressado da casa.

A paisagem se assemelhou a um cuspe de fogo repentino, causando-lhe a sensação de que seu corpo começava a derreter a partir dos calcanhares. Entretanto, dentro de seu corpo restava algo como uma estaca de gelo, que não derreteria de jeito nenhum. Sentia culpa em algum lugar do peito. Uma mulher similar a um animal selvagem... Um coração pontual, sem ontem nem amanhã... Um mundo em que acreditam ser possível apagar por completo a existência de outrem, como quem apaga marcas de giz sobre um quadro--negro... Ele não podia sequer ter sonhado que, em algum canto do mundo moderno, ainda se aninhariam tamanhos bárbaros. Mas não fazia diferença. Se pensasse que isso era um sinal de que ele havia se recuperado do choque e enfim começado a recobrar certa compostura, o sentimento de culpa não era de todo mau.

E ele não podia se descuidar. Se possível, pretendia chegar à conclusão antes do escurecer. Estreitou os olhos e, sob a película de brilho tremeluzente criada pelo calor, similar a vidro derretido, avaliou o paredão de areia ondulante. Não podia deixar de sentir que se tornava mais alto a cada vez que olhava. Porém, o que ele queria não era contrariar a natureza e tornar íngreme um aclive ameno, mas apenas dar mais suavidade a algo íngreme. Não deveria haver motivo para estar relutante.

O mais certo seria, obviamente, ir aplainando-o cada vez mais a partir de lá de cima. Se isso não fosse possível, não haveria o que fazer senão ir cavando desde o fundo. Primeiro, escavaria de qualquer maneira a parte de baixo, para então esperar que a parte de cima desmoronasse; depois, escavaria mais areia abaixo, fazendo desmoronar de novo o topo. Repetindo a ação, a área a seus pés se tornaria gradualmente mais alta até que, em algum momento, haveria de chegar ao topo. É evidente que, durante o trabalho, ele seria empurrado e levado pelo fluxo da areia. Entretanto, por mais que a areia possa fluir, ainda assim ela é diferente da água. Ele nunca ouvira falar de alguém que tivesse morrido afogado na areia.

A pá estava ancorada de pé contra a parede externa da casa, enfileirada com as latas de querosene. A ponta da lâmina, arredondada pelo desgaste, emitia uma luz branca semelhante a uma rachadura em uma cerâmica da região de Seto.

Por algum tempo, ele se concentrou em cavar a areia. Sentiu que podia levar o trabalho a cabo, pois a ferramenta funcionava muito bem. Tudo que marcava o compasso era o som da pá enterrando-se na areia e sua própria respiração. No entanto, não tardou para que o cansaço dos braços começasse a emitir-lhe sinais de alerta. Imaginou já ter cavado uma boa quantidade de areia, mas com certeza não havia feito nenhum progresso aparente. O que sempre desmoronava era apenas uma ínfima porção de areia imediatamente acima do ponto cavado. Era notável a discrepância entre a realidade e o simples processo geométrico que ele desenhara dentro da cabeça.

Antes que sua insegurança se agravasse ainda mais, e aproveitando para fazer um descanso, ele decidiu criar uma miniatura do buraco para confirmar suas hipóteses. Por sorte, havia material em abundância. Escolheu a sombra abaixo do beiral e experimentou cavar uma abertura de apenas cinquenta centímetros. Por algum motivo, no entanto, a inclinação das faces laterais não ficava com o ângulo desejado. No máximo, chegava a quarenta e cinco graus. Não passava de um almofariz com o bocal mais aberto. Ao tentar remover a areia a partir do fundo, embora ela caísse em um fluxo paralelo à inclinação, esta se mantinha como antes, imutável. Pelo visto, a areia possui algo como um ângulo de repouso. A resistência e o peso dos grãos deviam estar em equilíbrio. Se isso fosse mesmo verdade, a parede que ele agora desafiava teria também um aclive similar?

Não, isso não era possível. Não poderia nem mesmo ser ilusão de ótica. Qualquer ladeira, quando vista de baixo, pareceria antes menos íngreme do que na realidade.

Deveria pensar então ser um problema a quantidade de areia? Afinal, se a quantidade for diferente, naturalmente a pressão também acaba divergindo. E, se a pressão for diferente, é claro que há de surgir uma discrepância também no equilíbrio entre peso e resistência. Talvez existisse, inclusive, algum problema estrutural com os grãos de areia. No caso da argila vermelha, por exemplo, dizem que, entre a argila extraída naturalmente e aquela usada em aterros, é completamente diferente a resistência de cada uma à pressão. E ele não podia deixar de considerar também a umidade. Em suma, talvez seu modelo estivesse operando sob outras leis.

Mesmo com todas essas incertezas, o experimento não foi de todo um fracasso. Entender que a inclinação da parede se encontrava em um estado de superestabilidade já havia sido um excelente progresso. Levar um estado de superestabilidade a um de estabilidade não é, de modo geral, tão difícil assim.

Basta agitar um pouco soluções supersaturadas para que os cristais precipitem, causando a migração para o ponto de saturação.

De repente, o homem deu meia-volta, por sentir a presença de alguém, e viu que a mulher, sabe-se lá desde quando, estava parada de pé junto à porta e sondava-o com atenção. Não era de se espantar que ela se mostrasse acanhada, recuando uma perna em um movimento brusco e desviando os olhos como se buscasse ajuda. Ao percorrer o trajeto traçado pelo olhar da mulher, ele viu que três cabeças se alinhavam perfeitamente no alto do paredão ao leste — para o qual ele estivera de costas —, observando-o igualmente do alto. Teve a impressão de que as cabeças eram do senhor e seus companheiros da noite anterior, mas, como estavam cobertas com toalhas, ocultando também a parte inferior dos rostos, não era possível ter certeza. Em um piscar de olhos, ele assumiu uma postura defensiva, embora logo tenha se recomposto e decidido por continuar o trabalho assim mesmo, ignorando-os. Ser observado serviria, pelo contrário, para compeli-lo ainda mais ao trabalho.

O suor lhe caía nos olhos e escorria também pela ponta de seu nariz. Como não tinha tempo para enxugá-lo, estava disposto a manejar a pá mesmo de olhos fechados. Não podia descansar os braços de jeito nenhum. Se vissem sua velocidade rigorosa, talvez se dessem conta do quão mesquinhos eram, por mais ignorantes que fossem.

Olhou o relógio. Ainda eram duas horas e dez minutos, ele o soube depois de esfregar o visor na calça para limpar a areia. Tinha certeza de que, quando olhara havia pouco, também eram duas e dez. De repente, começou a perder a confiança em sua noção de tempo. Aos olhos de uma lesma, até o sol deve se refletir com a velocidade de uma bola de beisebol. Empunhou melhor a pá e voltou a investi-la contra o paredão de areia.

O fluxo de areia se tornou subitamente mais violento. Um som sem eco, abafado como o de uma borracha, veio assomar-se flácido contra seu peito. Quis erguer o olhar a fim de avaliar a situação, mas não pôde sequer distinguir qual lado era para cima. Uma tênue luz leitosa delineava de forma opaca os contornos do seu vômito negro, que corria pelo chão se dividindo em dois.

Capítulo II

11

"Chape, chape, chape, chape."
Que som é esse?
É o som de sinetas.

"Chape, chape, chape, chape."
Que voz é essa?
É a voz de um demônio.

A mulher cantava em sussurros. Sem nunca se enfastiar, ia repetindo as mesmas palavras enquanto removia a incrustação de minérios dentro do jarro de água.

A canção cessou e deu lugar ao som do arroz sendo lavado. Soltando um tênue suspiro e mudando de posição sobre o leito, o homem retesou o corpo em antecipação e se pôs a aguardar. Imaginou que a mulher em breve traria uma bacia cheia de água para lhe esfregar o corpo. Inchada pela areia e pelo suor, a pele estava a um passo de se inflamar. Só de imaginar o pano frio e molhado seu corpo se retraiu.

Depois de ser atingido pela areia e ter perdido os sentidos, ele passou o tempo inteiro dormindo. Nos primeiros dois dias, foi acometido por uma febre de quase trinta e nove graus e por vômitos contínuos. No terceiro dia, porém, não só a febre baixou, como ele também recuperou o apetite, até certo ponto. Mais que as lesões recebidas pelo desmoronamento de areia, aparentemente a causa de seu mal fora ter trabalhado por longas horas debaixo da luz direta do sol, coisa à qual não estava habituado. No fim das contas, não era lá grande coisa.

Talvez também por isso, sua recuperação foi rápida. No quarto dia, a dor nas pernas e nos quadris já havia desparecido quase por completo. No quinto dia, fora a letargia, já não tinha nenhum sintoma que ele próprio pudesse identificar. Se ele, apesar disso, dissimulava ser um paciente em estado grave, como vinha fazendo, sem deixar o leito, obviamente era porque tinha motivos e planos condizentes com isso. Naturalmente, ele ainda não havia desistido nem um pouco de seu projeto de fuga.

— O senhor está acordado?

A voz da mulher se ouviu tímida. Enquanto ele examinava com o canto dos olhos entreabertos a curva do joelho dela, que sobressaía por debaixo das calças folgadas, respondeu-lhe com um gemido que não chegou a formar palavra. Espremendo devagar o pano dentro da bacia de latão de superfície completamente irregular, a mulher indagou:

— Como se sente?

— Mais ou menos...

— Deixe que eu esfregue suas costas...

A mulher das dunas

Confiar em absoluto seu corpo indolente à mulher não lhe era um incômodo, talvez porque estivesse usando a enfermidade como pretexto. Seria falsa memória sua, ou alguma vez teria lido um poema sobre uma criança febril que sonhou ser envolta por uma fria folha de papel-alumínio? A pele que começava a sufocar pelo emplastro de suor e areia de pronto se refrescou, recobrando a respiração. Sobre sua pele agora ressuscitada, o odor do corpo da mulher rastejou como um sutil estímulo.

Ainda assim, ele não havia perdoado a mulher por completo. Por ora, estava apenas sendo discernente: uma coisa era isso, outra coisa era aquilo. Seus três dias de folga do trabalho já tinham passado fazia tempo. A essa altura, não adiantaria nada espernear. Em vez de considerar um fracasso seu projeto inicial de fazer desmoronar o paredão e suavizar o aclive da areia, diria, antes, que foi falta de preparo. Se ao menos não houvesse sido atrapalhado por circunstâncias imprevistas como a insolação, aquele plano deveria ter corrido muito bem. O que aconteceu foi que a tarefa de cavar areia se mostrou uma empreitada mais árdua do que ele havia previsto; portanto, estava claro que precisava de um estratagema melhor, se fosse o caso. Foi então que lhe veio à cabeça a tática de se fingir doente.

Quando se recuperou do desfalecimento e entendeu que ainda lhe mantinham acamado na casa da mulher, o homem se indignou. Pelo visto, essa gente do povoado não possuía um fiapo sequer de consideração para com ele. Compreendeu isso e quis pôr em ação seu próprio plano. Vingar-se-ia por terem feito pouco caso dele, sem ao menos lhe chamarem um médico ou lhe prestarem qualquer socorro, e faria com que se arrependessem. À noite, enquanto a mulher trabalhava, ele intencionalmente dormia como um anjo. Durante o dia, pelo contrário, quando ela precisava descansar, perturbava-lhe o sono reclamando da dor com grande exagero.

— O senhor está com dor?

— Dói, sim... Acho que devo ter mesmo deslocado algum osso da coluna...

— Que tal se eu fizer uma massagem?

— Não diga besteiras! Acha que eu vou deixar qualquer uma botar a mão em mim sem saber o que faz?! Os nervos da coluna são como a malha que sustenta a vida. O que você pretende fazer se eu morrer?! Aí é que vocês vão acabar numa fria, não é verdade? Chame um médico, por favor, um médico! Que dor... A dor é de enlouquecer! Você não vê que, se não se apressar, pode ser tarde demais?!

A mulher cederia mais cedo ou mais tarde, exausta com o peso da situação. A eficiência de seu trabalho diminuiria, comprometendo até a segurança da casa. Isso seria um caso grave e alarmante mesmo para o pessoal da vila. Em suma, era desnecessário dizer que, em vez de força de trabalho, ela, pelo contrário, conseguira um belo estorvo. Caso não o expulsasse o quanto antes, isso sim se tornaria algo irremediável.

Tampouco esse plano, porém, saiu como imaginado. Naquele lugar, a noite respirava com mais vivacidade que o dia. O som da pá que se fazia ouvir por detrás da parede... A respiração da mulher... Os chamados e os estalares de língua dos homens que carregavam os cestos... O rugido abafado do triciclo a motor, absorvido pelo vento... O ladrar distante dos cães... Quanto mais se esforçava por dormir, pelo contrário, mais seus nervos se atiçavam e seus olhos se abriam.

Assim, não conseguia dormir o suficiente durante a noite e acabava cochilando durante o dia. Para piorar, ele acreditava que ainda haveria outros métodos de ação caso esse plano falhasse por infortúnio, e a existência apenas hipotética dessa fuga enfraquecia sua resistência. Desde aquele dia, havia decorrido uma semana. Já era um bom intervalo de tempo para emitirem um pedido de busca. Nos três dias iniciais, sua folga era concordada. Depois disso, no entanto, já se tratava de falta ao trabalho sem justificativa. Não haveria como seus companheiros de trabalho, que por costume eram hipersensíveis às ações alheias, deixarem algo assim passar desavisado. Talvez naquela mesma noite aparecesse algum intrometido para bisbilhotar seu alojamento. O som fétido emanado pelo quarto desolado, bolorento pelo sol poente, acusaria a ausência do dono. Quem sabe o visitante experimentasse uma inveja instintiva em relação ao sortudo morador que fora libertado daquele antro. Então, no dia seguinte, acompanhando maledicências repletas de ódio, o cenho franzido e os dedos dobrados em aspas para expressar seu cinismo, decerto trocaria fofocas com os demais. Não era de se estranhar. Afinal, ele próprio tinha a expectativa secreta de que a folga excêntrica que tomara nessa ocasião causaria tal efeito sobre seus colegas de trabalho. Na realidade, não existe ninguém mais propenso a se tornar vítima do verme da inveja que um professor. A cada ano, os alunos passam pelos professores como as águas de um rio, fluindo para longe enquanto apenas seus mentores se veem forçados a ficar sempre para trás, como pedras enterradas na profundeza do leito fluvial. Embora falem de esperança para os outros, a eles mesmos é negada a capacidade de sonhar. Os professores assumem hábitos masoquistas, sentindo-se como trapos, ou, de outro modo, convertem-se por completo em justiceiros que de tudo suspeitam, estando sempre a denunciar a indisciplina alheia. Em virtude de ansiarem em excesso pelas ações egoístas, não conseguem evitar o repúdio a estas mesmas... "Será que foi acidente? Não, se fosse acidente, pelo menos ele entraria em contato... Se é assim, será que foi morto? Então, como eu suspeitava, é caso de polícia!... Não diga besteira, não vá pensar tanto de um sujeito crédulo como aquele... É isso aí, ele desapareceu por conta própria, não tem por que a gente ficar se intrometendo. Mas, a bem da verdade, já vai fazer uma semana... Vou lhe contar, que sujeitinho espalhafatoso, não faço nem ideia do que passa na cabeça dele..."

Ainda que fantasioso demais pressupor que estivessem de fato se preocupando com ele, não havia dúvida de que, ao menos, um sentimento de curiosidade fuxiqueira devia, por agora, estar amadurecendo como um caqui esquecido no pé. No fim, o procedimento padrão exigiria que o vice-diretor fizesse uma visita à polícia para pedir o formulário de pessoas desaparecidas. Ele dissimularia muito bem o prazer por trás daquele seu rosto dócil. "Nome: Jumpei Niki.

Trinta e um anos de idade. Um metro e cinquenta e oito centímetros, cinquenta e quatro quilos. Cabelo um pouco ralo, penteado para trás, sem usar gel. Acuidade visual de 0,8 no olho direito e 1,0 no olho esquerdo. Pele levemente escura, rosto alongado. Pouca distância entre os olhos, nariz achatado. Queixo proeminente e, à parte uma pinta abaixo da orelha esquerda, não possui nenhuma outra característica distintiva. Tipo sanguíneo AB. Parece ter a língua presa, com o falar vagaroso. É introvertido e teimoso, mas não se dá particularmente mal com as pessoas. É provável que estivesse vestindo roupas próprias para caçar insetos. A fotografia anexada ao topo foi tirada dois meses atrás."

É evidente que mesmo o pessoal da vila, para se arriscar a uma aventura de tal modo irracional, havia de ter no mínimo um plano de contingência. Não seria difícil ludibriarem um ou dois investigadores provincianos. Provavelmente já teriam feito preparativos para não deixar que ninguém se aproximasse muito fácil. Contudo, a utilidade e a necessidade dessa cortina de fumaça estariam limitadas unicamente ao caso de ele estar saudável e suportando o trabalho de cavar a areia. Não haveria sentido em correr tamanho risco para esconder um enfermo que já estava acamado por uma semana. Caso decidissem que ele lhes era inútil, deveria ser mais vantajoso se se livrassem dele rápido, antes que a coisa se tornasse ainda mais enfadonha. Se o fizessem já, ainda poderiam inventar alguma desculpa. Bastava dizerem que o homem caíra no buraco por culpa própria e, devido ao choque, acabou tomado por devaneios estranhos; pois isso, sem dúvida, seria de longe uma explicação coerente muito mais aceitável do que a acusação surreal de que ele havia sido vítima de uma emboscada e mantido preso ali à força.

Em algum lugar cantou um galo, soando como um apito de latão enfiado na garganta de um boi. Dentro daquele buraco na areia, não existia distância nem direção. Foi apenas um aviso de que, fora dali, o mundo continuava como sempre, não havendo absolutamente nada de errado em crianças brincarem de amarelinha à beira da rua, e que, chegada a hora, o dia ainda raiava como sempre. A cor da aurora, aliás, ia aos poucos se mesclando ao cheiro do arroz no fogo.

Além de tudo, o modo de a mulher lhe esfregar o corpo se mostrava diligente, até demais. Após tirar o grosso do suor com um pano molhado, usava então um pano torcido com tanta força que mais se assemelhava a um pedaço de pau, a fim de roçá-lo como se estivesse limpando uma janela embaçada. Somado à recordação de que a manhã havia chegado, esse estímulo rítmico logo o convidou a um sono irresistível.

— Por sinal... — Segurou entre os dentes um bocejo que parecia querer abrir-lhe a boca à força. — Veja só, já faz tempo que eu não leio um jornal. Será que não teria como?

— Pois é... Depois eu pergunto.

Ele sentiu que a mulher tentava se mostrar sincera. Mesmo naquele tom tímido e comedido de sua voz, era vívida a deferência para com ele, a fim de não lhe estragar o humor. Porém, isso deixava o homem ainda mais irritado.

A mulher das dunas

Em boa medida ele duvidava que ela de fato perguntaria; achava absurdo ter de pedir permissão pelo simples direito de ler um jornal. Ele foi acometido pelo impulso de empurrar para longe a mão da mulher, dizendo-lhe desaforos e virando a bacia junto com toda a água de dentro.

Mas, enfurecendo-se agora, estaria pondo tudo a perder. Um paciente em estado grave não se exaltaria tanto por um reles jornal. É claro que gostaria de lê-lo. Quando não há paisagem, deve ser próprio do sentimento humano querer ao menos ver a pintura de uma. É por isso que as pinturas paisagísticas se consolidaram em regiões de natureza escassa e que os jornais se desenvolveram em zonas industriais, onde se tenham atenuado as relações humanas — foi o que ele lera certa vez em algum livro. Além disso, quem sabe com um pouco de sorte estaria publicado um anúncio de pessoas procuradas, e era plausível esperar que, com mais sorte ainda, ele estivesse a ilustrar um dos cantos da coluna social. Mas era evidente que aquele pessoal nunca lhe entregaria um jornal contendo tal artigo, então o importante agora era se controlar.

De fato, fingir-se de doente não era fácil. Era como manter encerrada dentro do punho uma mola prestes a saltar. Não havia como suportar aquela situação para sempre. Deixar as coisas apenas seguirem seu rumo era para ele algo proibido. Ele tinha a obrigação de mostrar àquele bando, de maneira exaustiva, como sua existência constituía um fardo para eles. Nesse mesmo dia, fizesse o que tivesse de fazer, deixaria a mulher sem pregar o olho uma vez sequer!

"Não durma... Não pode dormir!"

O homem contorceu o corpo e soltou um berro exagerado.

12

Debaixo do guarda-chuva que a mulher segurava para ele, o homem sorveu o caldo de arroz com algas, que estava pelando. Restou no fundo da tigela apenas a areia que havia precipitado.

Sua memória, porém, entrecortou-se nesse momento. Viu-se então metido em um longo e sufocante sonho. Dentro do sonho, ele estava montado em hashis de bambu já desgastados, voando pelo meio de uma cidade desconhecida. Sentia que estar nos hashis era como andar em uma lambreta; não eram de todo ruins, mas bastava desviar a atenção um pouco para que logo deixassem de levitar. Olhando de perto, predominava a cor dos tijolos, e, conforme se ampliava a vista, a cidade ia se esfumando de verde. Algo nesse arranjo de cores lhe atiçava um peculiar sentimento de insegurança. Por fim, chegou a uma longa construção de madeira, similar a uma caserna, que exalava um cheiro de sabonete barato. Enquanto erguia as calças que estavam por cair, subiu as escadas e foi dar em um quarto amplo e desolado, onde havia apenas uma mesa comprida. Esta era cercada por mais de dez homens e mulheres, os quais tinham ares de estar muito entretidos com algum tipo de jogo. O jogador mais ao centro estava repartindo um maço de cartas, em ordem, entre os demais. No mesmo instante em que terminou de distribuí-las, de súbito empurrou contra o homem a última carta restante e berrou algo. Ele a aceitou por impulso e notou que não se tratava de uma carta de baralho, mas, sim, de uma correspondência. A carta era molenga, dando uma sensação estranha ao toque. Segurou-a com força, com a ponta dos dedos, e de dentro dela começou a jorrar sangue. O homem despertou dando um grito.

Seu campo de visão estava bloqueado por algo como uma névoa opaca. Moveu o corpo, e o movimento produziu um som áspero de papel seco. Tinha o rosto coberto pelas folhas de um jornal aberto. "Que merda, acabei caindo no sono de novo!", pensou. Ao afastar o jornal, escorreu da superfície do papel uma película de areia que, a julgar pela quantidade, mostrava já haver passado um bom tempo. A posição dos raios de sol entrando pelos vãos da parede também anunciava quase meio-dia. Porém, mais importante que isso, que cheiro seria aquele? Cheiro de tinta fresca? Duvidando de seus sentidos, verificou o canto da página, que trazia a data: dia 16, quarta-feira. Era mesmo o jornal daquele dia! Ele não podia acreditar, mas era verdade. Será que a mulher tinha dado ouvidos a seu desejo?

Fincou um dos cotovelos no colchonete pegajoso, permeado pelo suor absorvido, e levantou a parte de cima do corpo, mas diversos pensamentos começaram a girar simultaneamente em sua cabeça, e tudo o que pôde fazer com o tão desejado jornal foi correr inutilmente os olhos pelas palavras impressas.

INCLUIRÁ O COMITÊ CONJUNTO JAPÃO-ESTADOS UNIDOS UM NOVO TÓPICO DE DISCUSSÃO?

Como diabos aquela mulher teria arrumado o jornal? Será que o pessoal da vila havia mesmo começado a sentir que ele era um fardo, ainda que pequeno? Mesmo que fosse o caso, julgando pela praxe de até então, o contato com o mundo exterior seria cortado por completo depois do café da manhã. Não havia dúvida de que ou a mulher possuía outro meio de contato especial com a gente de fora, ainda desconhecido por ele, ou ela saíra por si mesma para comprar o jornal.

MEDIDAS DRÁSTICAS CONTRA OS CONGESTIONAMENTOS NO TRÂNSITO!

Mas, alto lá! Se a mulher havia saído do buraco... Não, naturalmente não o teria feito sem a escada de corda. Ele não sabia por qual método, mas, de qualquer maneira, era certo que ela havia usado a escada de corda. Tinha um leve pressentimento de que havia sido isso mesmo. Com um prisioneiro que não pensava em nada além de fugir, talvez pudesse ser diferente; mas a mulher, uma moradora do povoado, não iria suportar ver usurpada sua própria liberdade de ir e vir. "A remoção da escada de corda foi só uma medida temporária para me prender aqui", pensou ele. "Então, se eu continuar fazendo com que ela vá baixando a guarda, em algum momento posso me deparar de novo com uma chance igual."

INGREDIENTES ATIVOS DO TRATAMENTO DE ENVENENAMENTO POR RADIAÇÃO ENCONTRADOS EM CEBOLA.

Sua estratégia de se fingir de doente havia dado frutos inesperados. Bem diziam as pessoas de antigamente que "quem espera sempre alcança".[6] Mesmo assim, por algum motivo, seu coração não se alegrava nem um pouco sequer. Algo lhe causava insatisfação. Seria culpa daquele sonho assustador e bizarro? De fato, aquela perigosa carta — embora ele não soubesse onde residia o perigo — se fixava estranhamente em seus pensamentos. O que ela estaria lhe indicando?

Não chegaria a lugar nenhum, todavia, caso ficasse se preocupando com cada detalhe de cada sonho. Por ora, tudo o que tinha a fazer era concluir o que havia começado.

Ao lado do degrau que separava o *irori* da área de terra batida, à maneira de sempre, a mulher havia jogado sobre a cabeça um *yukata*[7] desbotado de tanto lavar; dobrou então o corpo, abraçando os joelhos, e agora já ressonava de leve. Desde aquele dia quando o homem era ainda recém-chegado, ela obviamente não expunha mais o corpo nu, mas agora, por baixo do *yukata*, ela parecia não vestir nada.

Ele passou ligeiramente os olhos pela coluna social e pelas notícias da região. Não encontrou notícias de

---

6. Ditado em japonês: "O amadurecer dos frutos é preciso esperar dormindo." [N.T.]
7. Quimono simples utilizado no verão ou como roupão de banho. [N.T.]

desaparecimento, nem anúncios de pessoas procuradas. Não havia por que se desencorajar; isso já era esperado. Levantou-se com suavidade e desceu ao piso de terra batida. O homem também estava nu da cintura para cima, vestindo apenas um *suteteko*.[8] Era muito mais fácil suportar o calor desse jeito. A areia se acumulara ao redor do abdômen cingido pelo cordão do *suteteko*, e apenas aquela região se irritara, causando comichão.

Ele parou à porta e ergueu o olhar para o paredão de areia. A luz feriu-lhe os olhos, começando a queimar as bordas com uma cor amarelada. Não viu nem sombra de gente, nem escada de corda, obviamente. Era claro que não haveria. Experimentou averiguar apenas por desencargo de consciência. Não existiam sequer resquícios de que a escada de corda fora baixada. Com um vento daqueles, sem dúvida, qualquer vestígio acabaria desaparecendo em menos de cinco minutos. Mesmo rente à porta, a superfície da areia estava sendo revirada sem trégua, em um fluxo constante.

Ele deu meia-volta e se deitou. Voava uma mosca. Uma drosófila, pequena e de tom rosa-claro. Talvez houvesse algo apodrecendo em algum lugar. Depois de umedecer a garganta com a água da chaleira que estava à sua cabeceira, envolta por um saco plástico, chamou a mulher:

— Você poderia levantar um pouco?

Fazendo tremer o corpo, ela se levantou de um salto. O *yukata* deslizou para baixo e estava a lhe expor o peito. Nos

---

8. Espécie de bermuda folgada usada por baixo da roupa. [N.T.]

seios caídos, porém ainda carnudos, os vasos sanguíneos criavam uma turvação azul. Ela parecia não ter despertado por completo, com o olhar vagando pelo vazio enquanto ajeitava a roupa.

O homem hesitou. Será que deveria engrossar a voz e lhe perguntar agora sobre a escada de corda, como se fosse sua última chance? Ou seria melhor agradecer pelo jornal e aproveitar para apenas especular como quem não quisesse nada? Se seu único objetivo era atrapalhar o sono dela, estava decidido de que o melhor seria agir de modo bem afrontoso. Não lhe faltavam pretextos para admoestá-la. Porém, com isso se afastaria do objetivo pelo qual viera trabalhando, de fingir uma doença grave. Seria difícil sustentar que a atitude ofensiva era condizente com a de um homem que deslocara a coluna. O importante ali seria forçá-los a reconhecer que ele já não servia como mão de obra, de forma a ao menos lhes fazer baixar a guarda. Ele precisava tornar ainda mais maleáveis seus corações, já amolecidos a ponto de lhe darem um jornal.

Mas suas expectativas o decepcionaram.

— Imagine, como vou sair da casa? Por coincidência, uma pessoa da cooperativa agrícola veio trazer o conservante que eu tinha pedido fazia algum tempo... Aí eu aproveitei para pedir a ele, só isso... Mas nesta vila só há mesmo umas quatro ou cinco casas recebendo jornal... Eles se deram ao trabalho de ir até a venda na cidade para comprar um...

Está certo, não era impossível que tivesse sido apenas uma coincidência. Mas, se fosse assim, não era como se ela estivesse aprisionada em uma jaula cuja fechadura não tinha chave? Se mesmo as pessoas nativas dali precisassem aguentar o encarceramento, aquele paredão de areia não haveria de ser pouca coisa. O homem persistiu, exaltado:

— Como pode isso? Você... você é a dona desta casa, não? Não é um cachorro... Você acha que tem cabimento não poder sequer entrar e sair livremente?! Ou será que, por alguma coisa que você fez, não pode nem encarar o pessoal da vila?

Os olhos sonolentos da mulher se abriram de susto. Eram olhos injetados de sangue, tão vermelhos que deviam ofuscar sua visão.

— Não, não tenho absolutamente nenhum motivo para não querer vê-los!

— Então não há nenhuma razão para ficar conformada assim, desse jeito!

— Mas, mesmo que eu saísse para a rua, não há nada que eu queira fazer lá...

— Pois vá caminhar!

— Caminhar?

— Isso, caminhar... Já não basta apenas dar uma caminhada? Até uma pessoa como você costumava andar livre lá fora antes de eu vir para cá, não?

— É que, se eu sair para caminhar sem motivo, vou acabar cansada...

— Não me provoque! Escute bem o que diz seu coração, não tem como você não entender! Até um cachorro, se for deixado preso dentro de uma jaula, acaba enlouquecendo!

— Eu caminhei, viu? — rebateu a mulher inadvertidamente, com a voz sem entonação, como se a boca fosse uma ostra com a concha fechada. — Fui forçada a caminhar muito, de verdade... até chegar aqui. Por um longo tempo, com minha filha no colo... Já estou farta de caminhar...

O homem foi pego de surpresa. Não podia acreditar que ela tinha um pretexto inusitado e não encontrava coragem para retrucar.

Há mais de dez anos, na época da destruição[9], qualquer pessoa daria tudo para não precisar mais caminhar. E seria possível para tais pessoas dizerem hoje, com convicção, que já estão, com efeito, fartas da liberdade de não precisar caminhar? Ele mesmo, na verdade, não fora atraído até aquelas dunas por estar cansado de correr atrás de ilusões? Areia... Um fluxo ilimitado de 0,125 milímetro... Era a sua própria imagem invertida no negativo de um filme, agarrada à liberdade de não precisar caminhar. Por mais empolgada que uma criança esteja com uma excursão escolar, no instante em que se perde do grupo, começa a chorar aos berros.

Mudando por completo o tom da voz, a mulher perguntou:

— O senhor se sente bem?

"Pare de fazer essa cara de peixe!" O homem se enfureceu; pensou em como queria fazer a mulher confessar tudo que vinha escondendo, nem que tivesse de forçá-la. Bastou pensar nisso para que sua pele se eriçasse e lhe parecesse

---

9. Referência à Segunda Guerra Mundial. [N.T.]

cola seca e enrijecida sendo desgrudada. Sua pele pareceu ter feito uma associação a partir da ideia de forçar alguém a fazer algo, sem seu aval. De súbito, a existência da mulher tornou-se uma silhueta destacada do plano de fundo. Um homem aos vinte anos precisa apenas de uma ideia para se excitar. Um homem aos quarenta, da superfície da pele. Mas, para homens de trinta, uma mulher que tenha se tornado apenas uma silhueta é o que há de mais perigoso. Abraçam-na com a familiaridade de quem abraça a si mesmo... Mas eram muitos os olhos por trás daquela mulher. Ela não passava de uma marionete titereada pelos cordões de tais olhares. Caso a abraçasse, seria sua vez de ser titereado. Inclusive o embuste de ter fingido deslocar a espinha dorsal acabaria desmascarada. "Acham que vou deixar a vida que eu vim levando até hoje ser interrompida por uma coisa dessas?!", pensou.

Ainda ao chão, a mulher veio se aproximando dele. Pressionou seus joelhos contra as nádegas do homem. Começou a empestear pelos arredores o fedor espesso de água parada ao sol, devido à fermentação que ocorrera em sua boca, no nariz, nos ouvidos, nas axilas e em outras reentrâncias do corpo enquanto ela dormia. Sem demora, ela se pôs a deslizar acanhadamente os dedos como labaredas para cima e para baixo pela coluna do homem. Ele enrijeceu o corpo inteiro.

Os dedos de repente fizeram a volta até suas costelas, e o homem soltou um grito.

— Faz cócegas!

A mulher riu. Parecia estar tanto brincando com ele quanto ter se constrangido. Ele não pôde julgar de imediato, dado o caráter abrupto do ato. Qual, raios, seria sua intenção? Teria feito aquilo de propósito, ou sua mão teria deslizado inadvertidamente? E pensar que ela tinha despertado havia pouco, não sem certo esforço, com os olhos embaçados. Aliás, já na primeira noite, ela não lhe espetara as costelas ao passar por ele, soltando uma risada peculiar? Será que a mulher queria dizer algo de especial com aquela atitude?

Ou, quem sabe, ela não acreditasse de coração na enfermidade fingida do homem e viera perscrutá-lo, a fim de confirmar suas suspeitas. Existia essa possibilidade; ele não podia se distrair. E se o convite da mulher fora, enfim, nada mais que a armadilha de uma planta carnívora disfarçada por um cheiro adocicado de mel. Ela deixaria a semente do escândalo ser plantada, dizendo que ele a violentara, e, em seguida, manteriam o homem ali de mãos e pés atados com as correntes da chantagem.

13

Ele derretia como cera, úmido pela transpiração. Seus poros estavam encharcados de suor. Não podia saber ao certo, pois o relógio havia parado, mas, do lado de fora daquela cova, ele talvez se surpreendesse ao ver que o dia ainda estivesse claro. Ao fundo do buraco de vinte metros, de todo modo, o crepúsculo já havia chegado.

A mulher permanecia mergulhada no sono. Talvez por estar sonhando, suas mãos e seus pés tremiam com leves espasmos. Não serviria de nada lhe incomodar o sono a essa altura. Ele próprio já havia dormido o bastante.

O homem ergueu o corpo e deixou a brisa passar por sua pele. Aparentemente, a toalha havia caído de seu rosto quando ele mudara de posição enquanto dormia, pois trazia areia grudada atrás das orelhas, nos lados do nariz e nos cantos dos lábios, em uma quantidade que podia ser removida com uma espanadela. Depois de aplicar o colírio e pressionar os olhos com a ponta da toalha repetidas vezes, pôde enfim manter os olhos abertos normalmente. No entanto, o colírio também esgotaria em dois ou três dias. Ele desejava dar cabo daquela disputa o quanto antes, nem que fosse apenas por essa razão. Sentia o corpo pesado como se houvesse dormido em uma cama de ímãs enquanto vestia uma roupa de ferro. Esforçou-se para manter o foco da visão e, fiando-se na luz tênue que escorria pela porta, vagou o olhar pelas letras impressas, semelhantes a patas de moscas mortas.

Na verdade, o melhor teria sido pedir para que a mulher lesse para ele o jornal durante o dia. Desse modo, ele poderia ao mesmo tempo atrapalhar o sono dela, matando dois coelhos com uma cajadada só. Mas, infelizmente, ele acabara dormindo primeiro. Como pôde cometer um deslize desses, apesar de haver estado tão eriçado?

Graças a isso, essa noite também ele decerto viria a se queixar da insuportável insônia. Experimentaria fazer uma contagem regressiva desde o número cem, em sincronia com a respiração. Percorreria diligente o caminho de seu alojamento até a escola, com o qual estava acostumado. Listaria os nomes de todos os insetos que conhecia, separados por ordem e família. Acabaria se irritando ainda mais por saber que isso não surtiria efeito nenhum. O rumor abafado do vento que corria rente à beira do buraco... O som da pá cortando as camadas úmidas de areia... Os latidos distantes dos cachorros... O murmurinho longínquo, fugidio como a chama de uma vela... O raspar da areia que escorria incessante, atacando as extremidades de seus nervos... Ele precisaria suportar tudo isso inerte.

Bem, de algum modo ele conseguiria suportar a noite. No instante em que a luz matinal se infiltrasse pela borda do buraco, porém, ele teria de batalhar contra aquela sonolência que o sugava como uma esponja suga água. A menos que esse círculo vicioso fosse interrompido em algum ponto, ele corria o risco de ver não só o relógio, mas o próprio tempo ter seu movimento detido pelos grãos de areia.

Os artigos do jornal eram os de praxe. Ele mal podia distinguir qualquer vestígio do hiato de uma semana que experimentara. Se aquilo era uma janela que o conectava ao mundo exterior, ela parecia feita de vidro fosco.

CORRUPÇÃO COM TRIBUTAÇÃO DE EMPRESAS SE ALASTRA PELO MUNICÍPIO... CIDADES UNIVERSITÁRIAS EM MECAS INDUSTRIAIS... CONSELHO GERAL DOS SINDICATOS DO JAPÃO ANUNCIARÁ EM BREVE SEU PARECER SOBRE A SUSPENSÃO DE OPERAÇÕES EM SÉRIE... MÃE ESTRANGULA DOIS FILHOS E SE ENVENENA... ASSALTOS PERIÓDICOS DE AUTOMÓVEIS: NOVO ESTILO DE VIDA ACARRETA

NOVOS CRIMES?... GAROTA ENVIOU FLORES ANONIMAMENTE POR TRÊS ANOS A UM POSTO POLICIAL... DIFICULDADES DE ORÇAMENTO NAS OLIMPÍADAS DE TÓQUIO... MAIS DUAS GAROTAS MORTAS HOJE POR UM *TOORIMA*...[10] JOVENS ACADÊMICOS CONSUMIDOS PELO USO DE SONÍFEROS... VENTO OUTONAL PARECE AFETAR TAMBÉM VALOR DAS AÇÕES... MESTRE DO SAXOFONE TENOR BLUE JOHNSON VEM AO JAPÃO... NOVO TUMULTO NA UNIÃO SUL-AFRICANA DEIXA 280 MORTOS E FERIDOS... ESCOLA DE LADRÕES QUE ACEITAVA MULHERES NÃO COBRAVA MATRÍCULA; APROVAÇÃO NO EXAME GARANTIA DIPLOMA.

Não havia uma única reportagem que fizesse falta. Era uma torre ilusória erigida com tijolos ilusórios, repleta de vãos. É evidente que, se todas as reportagens fossem imprescindíveis, a realidade acabaria se tornando um delicado bibelô de vidro, impossível de ser tocada sem o máximo cuidado. Em suma, o cotidiano é isso. É por essa razão que toda pessoa, sabendo que não há sentido nisso, fixa o centro de sua bússola no próprio lar.

Em seguida seus olhos se depararam com um artigo insólito:

> *Por volta das oito horas da manhã do dia 14, na área residencial Toa, ao número 30 de Yokokawa-machi, atualmente em obras pela Corporação Toa, o motorista Tsutomu Tashiro (28), que dirigia um caminhão basculante do Grupo Hinohara, ficou*

---

10. Agressor que causa dano físico a transeuntes aleatórios ao cruzar seu caminho. [N.T.]

gravemente ferido ao ser soterrado por um desmoronamento de areia. O motorista foi levado a um hospital das redondezas, mas morreu instantes depois. Segundo investigação da delegacia de Yokokawa, o próprio motorista teria causado o acidente ao remover material em excesso da parte inferior de um monte de areia de dez metros no qual trabalhava.

Agora ele compreendia então: o objetivo do pessoal da vila era fazer com que ele lesse o artigo? Não haviam atendido sem motivos ao seu apelo. Até se surpreendeu em não encontrar a notícia destacada em vermelho. A propósito, não existia um tipo de porrete violento chamado de *blackjack* em inglês? Uma bolsa de couro recheada com areia, possuindo força de ataque equiparável à de um bastão de ferro ou de chumbo. Por mais que a areia se mova em um fluxo, é diferente da água. Enquanto na água se pode nadar, a areia encerra as pessoas e as mata esmagadas.

Aparentemente, ele vinha lidando com a situação com muita inocência.

14

Como era de se imaginar, ele precisaria de um bom tempo e hesitaria bastante até mudar de estratégia. Desde que a mulher saíra para cavar a areia, já deviam ter se passado pelo menos quatro horas. Era justo o momento em que os carregadores do cesto haviam terminado o trabalho a que vieram e voltavam na direção do triciclo a motor. Depois de aguçar os ouvidos para garantir que os homens já não regressariam, ele se levantou e pôs a roupa. A mulher tinha levado o lampião consigo, então ele dependia do tato para tudo. Seus sapatos estavam entupidos de areia até a borda. Enfiou a bainha da calça para dentro das meias e depois sacou as polainas para metê-las à força nos bolsos. Deixaria seus utensílios de coleta de insetos e outros pertences junto à porta, de modo que pudesse apanhá-los facilmente. Graças ao espesso tapete de areia, não era preciso abafar o som de seus passos depois de descer para a área de terra batida.

A mulher trabalhava compenetrada, sem se distrair. Manejava de modo gracioso a pá ao enfiá-la na areia... Respirava regrada e vigorosamente. Sua sombra espichada dançava com a luz do lampião a seus pés... O homem se escondeu em um dos cantos da construção e controlou inerte a respiração. Agarrando uma em cada mão as pontas da toalha e puxando-as para os lados, estava pronto para saltar, assim que contasse até dez. Avançaria sobre a mulher em um só ataque, escolhendo o instante em que ela estivesse com o centro de gravidade deslocado, ao levantar a pá com a areia escavada.

Ele não podia estar seguro, é claro, de que não existiam riscos. Havia ainda a possibilidade de súbita mudança de atitude do pessoal da vila nos próximos trinta minutos. A história daquele funcionário do governo, por exemplo. No início, imaginando erroneamente que o homem era o tal funcionário, o ancião do povoado deixara transparecer uma terrível fisionomia de alarme. Alguma pesquisa por oficiais do governo devia estar planejada para essa época. Assim sendo, as opiniões dentro da vila haveriam de divergir por causa da possibilidade de realização do levantamento, sendo plausível que desistissem de mantê-lo aprisionado, pelo temor de já não conseguirem ocultar sua existência. Tampouco havia garantias de que esses trinta minutos não se prolongariam por meio ano, ou quem sabe até por mais de um ano inteiro. Nem sonhando ele aceitaria fazer uma aposta assim quando as probabilidades de ter que esperar trinta minutos ou um ano eram ambas de cinquenta por cento.

Mas, se pensasse que por acaso alguém poderia vir para ajudá-lo, não havia dúvidas, é evidente, de que as coisas correriam de modo mais vantajoso se ele continuasse a se fingir de doente. Se ele não sabia bem como proceder era, obviamente, por isso. Seria natural pedir ajuda, considerando que havia leis no país. Embora pessoas desaparecidas às vezes sumam para além das névoas do mistério sem jamais voltar a dar sinal de vida, muitos desses casos devem ocorrer porque o próprio indivíduo assim o quis. E, desde que a coisa não cheire a delito, é tratada não como caso criminal, mas como caso civil, o que impede a polícia de investigar mais que o estritamente necessário, segundo contam as histórias. No caso dele, contudo, a situação era de todo diferente. Como era possível ver, ele estava estendendo uma mão desesperada em busca de ajuda. Mesmo que não pudessem ouvir sua voz ou avistar sua figura diretamente, bastaria uma olhadela sobre seu alojamento, agora desabitado, para sentir com vividez sua súplica. O livro que ele parara de ler no meio, com a página ainda aberta... O bolso da roupa que usava para ir ao trabalho ainda repleto de moedas... A caderneta de poupança do banco, cujo histórico indicava que não havia feito nenhum saque recente... A caixa de insetos que deixara secando, sem terminar de arrumar... O pedido de compra de um novo frasco de coleta com o selo já colado, bastando despachá-lo pelo correio... Todas as coisas que lá havia refutavam a interrupção da vida e sugeriam sua intenção de continuar no mundo. Um visitante não poderia deixar de dar ouvidos, mesmo a contragosto, ao clamor emitido por todo aquele quarto.

Sim... se ao menos não existisse aquela carta... se ao menos não existisse aquela estúpida carta... Mas que ela existia, existia. Se ela já tinha vindo anunciar sua existência para ele daquele modo, mesmo em sonho, de que lhe adiantaria tentar ludibriar a si mesmo a essa altura? Já estava farto de desculpas. Tudo o que deixara para trás já estava morto, tolhido de sua essência vital havia muito tempo, por suas próprias mãos.

Ele tinha assumido uma postura de sigilo extremo em relação aos dias de folga tomados nessa ocasião, terminando por não anunciar o destino de sua viagem a nenhum dos companheiros de trabalho. Não apenas se calou sobre o assunto, como chegou a fazer um esforço consciente para torná-lo um enigma. Para desorientar esse tipo de gente cuja pele se tingiu com o cinza do dia a dia, não existe nenhum método mais eficaz. Se a espécie dos cinzentos imagina que outra pessoa tem uma cor diferente de cinza — independente

A mulher das dunas

de ser ela vermelha, azul ou verde —, acaba acometida por um autorrepúdio intolerável.

Verões plenos de sol resplandecente só existem em romances ou filmes. No mundo real, o que existe são os domingos comedidos da pequena burguesia, que dorme atirada sobre a seção de política do jornal estendido no chão, envolvida pelo cheiro de fumaça de pólvora... Garrafas térmicas com a tampa imantada e latas de suco... Barcos de aluguel obtidos por cento e cinquenta ienes a hora, depois de fazer fila, e as bolhas cor de chumbo que brotam dos cadáveres dos peixes à beira-mar... E, por último, o trem lotado que começa a se putrefazer com o cansaço. Toda e qualquer pessoa cobre ávida essa tela cinzenta com a farsa de um festival ilusório, mesmo estando completamente ciente de tudo, apenas por não querer se sentir o tolo que caiu no conto do vigário. Pais miseráveis, com barba por fazer, que sacodem os filhos buliçosos a fim de fazer com que digam, à força, como fora divertido o domingo... Uma pequena paisagem que todos já viram alguma vez de alguma janela do trem... A frustração e a inveja quase comoventes em relação ao sol alheio.

Mesmo assim, se fosse apenas isso, nada justificaria ele se pôr de tal modo circunspecto. Não se poderia afirmar se ele teria ou não se tornado de fato tão contumaz se um certo sujeito não houvesse exibido uma reação igual à dos demais colegas.

Por esse tal sujeito, ao menos, ele costumava sentir certa confiança. Um tipo de olhos inchados, como se houvesse sempre acabado de lavar o rosto, obcecado pelos movimentos sindicais. Já ocorrera, inclusive, de o homem dizer com seriedade a esse sujeito o que realmente pensava — algo raro.

— O que você acha? Eu não consigo deixar de duvidar desse método de ensino que encontra uma base de apoio para a vida humana...

— Que base é essa que você diz?

— Resumindo, esse ensino fantasioso que faz os jovens acreditarem que existe algo que, na verdade, não existe... Veja só: a areia, apesar de ser um sólido, apresenta em boa dose propriedades da mecânica de fluidos, uma coisa que me interessa muitíssimo...

O esguio interlocutor, perplexo, arqueara ainda mais suas costas já normalmente curvadas, apesar de sua fisionomia ter se mantido franca como antes. Não aparentou estar desgostoso em particular. Alguém já havia comentado antes que esse sujeito era similar a uma fita de Möbius. Trata-se de uma tira de papel cujas pontas são coladas juntas depois de a tira ser torcida uma vez, formando um laço; ou seja, é um espaço sem verso nem anverso. Será que queriam dizer que sua vida privada e suas atividades sindicais estavam ligadas como uma fita de Möbius? O homem pensou que, ao mesmo tempo que isso soava como sarcasmo, a comparação parecia, de certo modo, conter uma espécie de elogio.

— Ou seja, você está falando de um ensino realista?

— Não, eu dei o exemplo da areia porque... no fim das contas, não seria o mundo como a areia? Não se pode compreender bem a essência da areia quando ela está em estado de repouso. Não é a areia que flui, mas o próprio fluxo em si que é a areia. Parece que não consigo explicar bem...

— Mas eu entendo, sim. Afinal, na educação prática, sempre vem misturado um elemento de relativismo.

— Não, não é isso. É a própria pessoa que precisa se tornar como a areia... Ver as coisas pelos olhos da areia... Afinal, depois que a gente morre, já não pode mais ficar andando para lá e para cá, preocupado com a morte...

— Meu amigo, você é um idealista, não? Em minha opinião, você está com medo dos estudantes.

— Mas eu acho que também os estudantes, a bem dizer, são como a areia...

Diante de uma discussão desencontrada como essa, aquele sujeito não demonstrara absolutamente nenhum sinal de enfado, sorrindo de modo agradável enquanto mostrava os dentes brancos. Os olhos inchados chegavam a se esconder entre as dobras da carne. Sem poder se conter, o homem também retribuía com um sorriso vago. O sujeito era tal e qual uma fita de Möbius. Tanto no bom quanto no mau sentido, era uma fita de Möbius. O homem reconhecia no sujeito valor suficiente para respeitá-lo, embora considerasse apenas seu lado bom.

E até mesmo essa fita de Möbius não escondera uma inveja cinzenta a respeito dos dias de folga do homem, da mesma maneira que os demais colegas de trabalho. Tinha sido algo que não se esperava dele. Foi desapontador e, ao mesmo tempo, revigorante. Quando o assunto é virtude, qualquer pessoa tende enfim a se tornar maldosa. A reação do homem a esse desapontamento foi passar a se divertir para irritar os outros.

E foi assim que nasceu a tal carta. Sem possibilidade de devolução, como uma carta de baralho já distribuída... O pesadelo da noite passada não havia sido infundado.

Caso o homem afirmasse que entre ele e *aquela outra* não existia nenhum sentimento de afeto, estaria mentindo. A relação de ambos era, porém, um tanto sombria, pois só conseguiam se asseverar das intenções um do outro quando se mostravam mutuamente rabugentos. Por exemplo, se o homem dissesse que a verdadeira natureza do casamento era, em suma, semelhante ao desbravamento de uma terra virgem, ela diria que era mais como a expansão de uma casa que se tornara pequena demais, retrucando com uma indignação desprovida de motivos. E o homem dizendo o contrário, ela também, por sua vez, daria a réplica oposta. Era uma brincadeira de gangorra que já vinha se repetindo sem trégua por dois anos e quatro meses. Para não admitir que se extinguira a paixão entre eles, talvez fosse mais apropriado dizer que, como consequência de terem idealizado demais essa paixão, acabaram fazendo com que ela se congelasse.

Foi por essa complicada relação que, de propósito, ele não avisara a ela seu destino às dunas, e decidiu informar, de última hora, por carta, que sairia por tempo indeterminado em uma viagem solitária. Se a folga misteriosa havia causado tamanho efeito em seus colegas de trabalho, não deixaria indiferente *aquela outra*. Porém, embora ele houvesse escrito o destinatário e até colado um selo, na hora da verdade a ideia lhe pareceu tola, como era de se esperar, e acabou largando a carta sobre a mesa do jeito que estava.

Como resultado, essa travessura inocente acabaria desempenhando o papel de uma trava automática com dispositivo antirroubo que apenas o dono pode abrir. Era impensável que aquela carta pudesse escapar à vista dos outros. Com efeito, era como se ele houvesse deixado de propósito uma confissão de seu próprio desejo de fuga. Não havia ele agido à maneira de um bandido inexperiente, que regressa ao local do crime para apagar com cuidado as impressões digitais depois de já ter sido visto, deixando assim mais provas de seu delito?

Suas chances de libertação diminuíam cada vez mais. Mesmo que, a essa altura, ele se fiasse na possibilidade de se ver livre, sofreria com a expectativa. Agora, tudo que lhe restava era deixar de esperar que a porta se abrisse sozinha e forçá-la ele próprio, por dentro, para poder sair. Já não existia nenhuma hesitação que pudesse usar como pretexto para si.

Jogando todo o peso do corpo na ponta dos pés, até que doessem por afundar na areia, ele contaria até dez e então saltaria. Porém, mesmo contando até treze, a resolução não lhe foi suficiente; adicionou à contagem mais quatro tomadas de fôlego e, enfim, se precipitou ao ataque.

15

O movimento do homem foi vagaroso, em contraste com seu entusiasmo. Suas forças eram sugadas pela areia. A mulher já havia se virado para trás e, empunhando a pá na diagonal, fitava-o atônita.

A mulher nem tentou resistir, o que contribuiu para que o homem conseguisse pegá-la desprevenida. Ele agiu com afobação, e a mulher se apequenou de pavor. Ela não teve sequer o reflexo de usar a pá e tentar afastá-lo.

— Não grite... Não tente lutar... É para ficar bem quietinha.

Sussurrando com a voz tensa, o homem empurrou irrefletidamente a toalha para dentro da boca da mulher. Ela não resistiu mesmo diante da ação desajeitada e cega, praticamente se entregando ao homem.

Ele enfim recobrou o autocontrole ao perceber que a mulher se fazia submissa. Primeiro, retirou a toalha, que já estava enfiada na boca da mulher quase até a metade, e fez com que ela a mordesse, para depois atar as pontas apertadas próximo à nuca. Em seguida, usou a polaina que havia deixado preparada e amarrou com todas as forças as mãos da mulher, por trás das costas.

— Agora entre na casa!

O vigor da mulher aparentava ter sido amainado em boa medida, pois não era apenas às ações que se fizera obediente, mas também às palavras. Não deixava transparecer na fisionomia nenhuma intenção de oferecer resistência, muito menos animosidade. Talvez estivesse em um estado peculiar de hipnose. Ele próprio achou que, por ter demonstrado pouca habilidade, acabou tolhendo a mulher de sua capacidade de resistência porque, sem dúvida, seu ataque tivera um efeito agressivo.

Ele seguiu a mulher para a parte do piso com assoalho. Com a outra polaina, prendeu juntos seus tornozelos. Como foi um trabalho tateado às escuras, usou cuidadosamente a parte restante do tecido para dar mais um nó.

— Não é para se mexer, entendeu? Se você se comportar, não vai ficar em perigo... Mas saiba também que eu não estou de brincadeira...

Enquanto mantinha os olhos desviados para o lado de onde se ouvia a respiração da mulher, ele recuou até a porta e, a partir dali, disparando de repente em uma corrida, foi agarrar o lampião e a pá e logo voltou para dentro. A mulher estava caída de lado, levemente voltada de bruços, e movia com constância o queixo para cima e para baixo, em sincronia com a respiração. Se ela projetava o queixo para a frente quando inspirava, provavelmente era porque queria evitar aspirar junto a areia do tatame. Ao expirar, pelo contrário, fazia tremer as narinas, possivelmente para soprar para longe a areia ao redor do rosto.

— Bem, você vai ter de se segurar um pouco. Aguente até o retorno do pessoal do cesto. Comparada à situação absurda e terrível que eu tive de aguentar, você não tem direito nem de reclamar. Além disso, faço questão de pagar certinho pela estadia... Mas, é claro, só o custo real que eu mesmo calculei por minha conta... Você não se importa, não é? Até parece! O justo seria deixar de graça, mas não vou tolerar deixar nenhuma pendência, então vou pagar, nem que seja à força.

Ele puxou um pouco a gola da própria camisa e, enquanto deixava o ar passar por dentro da roupa, aguçou por algum tempo os ouvidos para atentar ao movimento lá fora, aparentando estar irrequieto pela ansiedade. Decerto, seria melhor deixar a luz do lampião apagada. Levantou o anteparo do objeto e encheu a boca de ar para soprar a chama, mas... Não, antes disso, decidiu verificar mais uma vez como estava a mulher. O nó das pernas estava firme o bastante, sem folga para passar um dedo que fosse. Os pulsos também começavam a inchar com um tom vermelho-escuro, enquanto as unhas, parecendo espátulas devido à corrosão, mudavam para uma coloração similar a manchas de tinta velha.

O modo como atou a mordaça também parecia competente. Caso olhasse apenas os lábios da mulher — os quais não costumavam perder a cor facilmente, mas que agora estavam puxados com força para os lados a ponto de perderem quase todo o traço da cor sanguínea —, seria capaz de crer que estava diante de uma assombração. A saliva que escorria tingia de negro o tatame abaixo da face deles. A cada vez que a chama do lampião bruxuleava, ele sentia que podia perceber um grito de desespero inaudível vindo dali.

— Não adianta reclamar, você está colhendo o que plantou — falou rapidamente o homem, sem pensar, com um ar de alvoroço. — Nós enganamos um ao outro, não? Eu também sou humano, por isso não podem me acorrentar fácil como a um cachorro... Qualquer um que visse isto diria que é um caso típico de legítima defesa, entendeu?

A mulher das dunas

Ela torceu o pescoço de repente e buscou o homem com o canto dos olhos.

— O que foi? Quer dizer alguma coisa?

A mulher mal foi capaz de mover a cabeça. Pareceu estar assentindo e negando ao mesmo tempo. Ele aproximou dela o lampião para tentar ler a expressão em seus olhos. O homem demorou um pouco para acreditar. Não era nem de rancor, nem de ódio que eles vinham saturados, mas, sim, de uma tristeza infinita que parecia querer denunciar-lhe algo.

Não era possível... Seria impressão sua? Dizer que os olhos têm expressão deveria ser apenas uma metáfora... Como globos oculares desprovidos de musculatura podem ter fisionomia própria? Embora tivesse tais pensamentos, o homem estremeceu e começou a estender a mão, por impulso, para afrouxar a mordaça.

Mas ele deteve a mão. Afobado, apagou o lampião com um sopro. As vozes dos carregadores de cesto se aproximavam. Dispôs o lampião apagado à beira do degrau que descia para o piso de terra batida, a fim de poder encontrá-lo com facilidade, depois levou diretamente à boca a chaleira que estava sob a pia e bebeu de sua água. Agarrando então a pá, ocultou o corpo ao lado da porta. O suor brotava. Faltava pouco. Tinha de aguentar somente outros cinco ou dez minutos. Com uma das mãos, puxou com firmeza para si a caixa de coleta de insetos.

16

— Ei! — gritou uma voz enrouquecida.

— O que vocês estão fazendo? — Seguiu-se a ela uma voz animada, em que ainda restava uma impressão juvenil.

Embora dentro do buraco o homem estivesse encerrado por uma escuridão tão intensa que era possível senti-la na pele, a lua parecia já haver despontado lá fora, pois, na fronteira entre a areia e o céu, a sombra dos homens se mesclava em um só aglomerado, mostrando-se difusa.

Com a pá na mão direita, ele se aproximou agachado, como que rastejando pelo fundo do buraco.

Do alto do paredão foi emitida uma risada vulgar. A corda com gancho destinada a levantar as latas de querosene começou a ser baixada.

— Senhora, vamos depressa, por favor!

No mesmo instante, o homem fez do corpo inteiro uma mola e saltou da areia, visando a corda.

— Ei, podem puxar! — Ele enroscou os dez dedos na corda cheia de nós com a força de quem pretendia enfiá-los para dentro de uma pedra. — Puxem! Puxem! Não vou soltar as mãos até puxarem...! A mulher, eu a amarrei e joguei dentro da casa! Se quiserem ajudá-la, levantem logo esta corda! Até que façam isso, não vou deixar encostarem nem um dedo nela! Se vierem aqui para baixo, mesmo que por descuido, eu racho a moleira de vocês com a pá! E se a coisa acabar em um tribunal, quem ganha sou eu! Acham que vou pegar leve?! Por que estão se amarrando?! Se me puxarem agora mesmo, posso até fazer vista grossa e desistir de processar vocês... Saibam que o crime de cárcere privado não é pouca coisa! O que foi? Puxem de vez!

A areia que escorria do alto lhe acertou o rosto. Passando do colarinho para dentro da camiseta, o toque frio fazia seu fardo se tornar nitidamente maior. O hálito quente lhe queimava os lábios.

Lá no alto, aparentemente, tinham começado a trocar opiniões. Depois de um súbito e forte puxão, a corda começou a ser içada. A pressão, maior do que havia imaginado, tentava arrancar a corda de seus dedos. O homem redobrou a força e se atracou a ela. Da região do estômago, veio brotando espumante um espasmo violento, similar a uma gargalhada. Parecia que o pesadelo de uma semana agora se despedaçava e era levado pelo vento. Que bom... Que bom... Agora estaria salvo!

De repente, o peso do corpo desapareceu e ele começou a flutuar no ar. Rapidamente, uma sensação de enjoo lhe atravessou por inteiro, e a corda, que até então resistia contorcendo-se contra a pele de suas palmas, manteve-se submissa dentro das mãos.

O pessoal lá de cima soltou a corda! Ele fez uma meia-volta no ar, sendo atirado de cabeça contra a areia lá embaixo. A caixa de coleta fez um ruído desagradável sob seu corpo. Em seguida, algo passou roçando por sua bochecha. Provavelmente o gancho preso à ponta da corda. Que gente cruel. Por sorte, ele não se machucou. Exceto o lado do abdômen onde lhe golpeara a caixa de coleta, não lhe doía nenhum outro lugar. Levantou-se como que por reflexo e procurou a corda. Ela já havia sido recolhida de volta para cima.

— Filhos da puta! — bradou o homem, ainda que com a voz a se engasgar de quando em quando. — Filhos da puta! É vocês que vão se arrepender no final!

Ele não notou nenhuma reação. Apenas um rumorejo silencioso se espalhava como fumaça. Sem conseguir distinguir se aquilo era animosidade ou um deboche com o riso contido, o homem se viu encurralado de modo ainda mais intolerável.

A raiva e a humilhação, convertidas em um só núcleo de ferro, enrijeciam-no desde as entranhas. Cravando as unhas nas palmas das mãos pegajosas, continuou a berrar ainda mais.

— Ainda não entenderam? Vocês não queriam ver, mesmo que eu falasse, por isso fiz questão de mostrar do que sou capaz! Não ouviram eu dizer que a mulher está amarrada? Ou vocês me alçam agora mesmo, ou, do contrário, até que passem para cá a escada de corda, a mulher vai continuar daquele jeito para sempre, ouviram? Vão ficar sem ninguém para cavar a areia... Está bem assim? Pensem bem. Se este lugar for enterrado pela areia, quem vai ter problemas são vocês, não acham? A areia vai continuar avançando e se infiltrar cada vez mais pela vila! O que foi? Por que não respondem?!

Em vez de responderem, os homens foram embora e o deixaram apenas a ouvir o som do cesto sendo arrastado na areia, decepcionando-o sem constrangimento.

— Por quê? Por que vão embora desse jeito, sem dizer nada?

Este último foi um grito já débil, que somente ele pôde ouvir. O homem vergou o corpo tiritante e tateou a areia para reunir o conteúdo da caixa de coleta quebrada. O frasco de álcool devia estar rachado, pois, no momento em que o tocou, espalhou-se de imediato entre seus dedos um frescor vívido. Ele se pôs a soluçar, abafando a voz. Não que estivesse triste, e teve a sensação de que o choro era de um estranho.

Como um animal selvagem e ardiloso, a areia grudava nele. Suas pernas bambeavam, e a muito custo conseguiu encontrar a porta em meio à escuridão. Buscou com as mãos o lado do *irori* para depositar ali a caixa de coleta, já desprovida da dobradiça da tampa. O som do vento ululava pelo céu inteiro. Ele retirou um dos fósforos envolvidos em plástico de dentro da lata vazia deixada a um canto do *irori* e acendeu o lampião.

A mulher não havia mudado de posição: apenas desviara um tanto do ângulo em que estava antes. Devia ter tentado voltar o rosto na direção da porta o máximo que pôde, para verificar o que acontecia do lado de fora. O clarão de luz a fez piscar por um átimo, mas ela logo voltou a fechar os olhos com força. O que será que ela teria pensado daquele tratamento cruel que ele tinha acabado de receber do pessoal da vila? Se ela quisesse chorar, que chorasse; se quisesse rir, que risse. A derrota do homem ainda não estava decidida. Ele se considerava portador da chave de uma bomba-relógio.

Ele abaixou atrás da mulher, levando um dos joelhos ao chão. Hesitou um momento, mas em seguida removeu de repelão a mordaça. Não que estivesse arrependido. Muito menos tinha compaixão ou deferência.

Estava apenas exausto. Não poderia aguentar uma tensão ainda maior. Além disso, desde o princípio, não existira necessidade de amordaçá-la. Ora, se naquele momento anterior a mulher tivesse dado um grito em busca de socorro, talvez tivesse deixado os homens mais atordoados e adiantado assim sua vitória.

A mulher projetou o queixo para a frente, arquejante. Devido à sua saliva e ao mau hálito, a toalha estava pesada como o cadáver de um rato. A marca da toalha na pele, gravada como uma equimose, não dava sinal de que desapareceria logo. A mulher moveu sem parar a mandíbula inferior com a intenção de amolecer o caroço que se formara nas bochechas, endurecidas como peixe seco.

— Já está na hora... — Ele jogou na direção do piso de terra batida a toalha que segurava com a ponta dos dedos. — Logo, logo, eles terminam de discutir o assunto. Vão vir voando para cá com a escada de corda nos ombros. Porque, se continuar assim, são eles que ficarão incomodados... Hein, não é verdade? Se não fosse um problema para eles, não teriam necessidade de ter preparado toda uma armadilha para mim...

A mulher engoliu em seco e umedeceu os lábios.

— Mas... — Sua língua aparentava não ter recuperado adequadamente as funções, pois ela tinha a voz abafada como se houvesse posto na boca um ovo com casca e tudo. — Hoje tem estrela?

— Estrela...? E o que têm as estrelas?
— É que, se não tiver estrela...
— Se não tiver estrela, qual o problema?

Fatigada, a mulher deixou o assunto no ar, calando-se novamente.

— O que foi? Acha que tem cabimento falar as coisas pela metade?! Vai me dizer agora que é astróloga? Ou é alguma crença da região? E aí, hein? Se ficar calada, não posso saber! Bem, se vai me dizer que quer esperar até aparecerem as estrelas, o problema é seu... Imagine que venha um tufão enquanto estiver esperando, o que você vai fazer? Aí, sim, não vai poder ficar enchendo meu saco com estrelas!

— Se as estrelas... — retomou a mulher com uma voz que parecia ser espremida com parcimônia para fora de um tubo. — Se as estrelas ainda não tiverem aparecido a essa hora, o vento não vai ser tão forte...

— Por quê?

— É por causa da neblina que a gente não vê as estrelas...

— Você pode até dizer isso, mas é só prestar atenção: ouça, o vento não está soprando?

— Não, isso é o som do ar dando voltas sem parar lá em cima...

Ouvindo isso, o homem aceitou a possibilidade de que ela tivesse razão. As estrelas estariam ocultas porque, em suma, o vento não tinha força suficiente para soprar para longe o vapor de água contida no ar. Essa noite, o vento não seria grande coisa. Portanto, o pessoal da vila não se apressaria para chegar a uma conclusão. Pensou que a mulher diria uma baboseira sem pé nem cabeça, mas aquela resposta acabou se mostrando surpreendentemente coerente.

— Faz sentido. Mas eu estou bem sossegado. Se essa é a ideia deles, eu também vou me preparar para uma batalha prolongada. Mesmo que esta uma semana acabe virando dez ou quinze dias, no fim, uma coisa não muda a outra...

A mulher dobrou com força os dedos dos pés para dentro. Pareciam as ventosas de uma rêmora. O homem riu; e, ainda rindo, teve vontade de vomitar.

Pensou por que diabos se afligia daquele jeito, já que era quem estava com a faca na garganta do inimigo; por que não conseguia se sentir tranquilo, se sentir como mero espectador. Pensou então que, conseguindo voltar são e salvo, aquela experiência seria digna de relato.

"Uau! Que impressionante, professor, o senhor enfim se resolveu a escrever algo? Nada como a experiência. Afinal, dizem que nem mesmo uma minhoca pode crescer caso não se estimule sua epiderme."

"Obrigado, na verdade já pensei até no título."

"Hmm, e qual será? O demônio das dunas, ou quem sabe O terror da formiga-leão?"

"Mas que gosto tão excêntrico o senhor tem, mesmo. Não acha que vai causar uma forte impressão de inverossimilhança?"

"Você acha?"

"É que, por mais intensa que seja a experiência, apenas reproduzir a superfície dos acontecimentos não faz sentido. Afinal, quer queira, quer não, os protagonistas da tragédia são gente do próprio lugar, então, escrevendo assim, se não for indicado ao menos de

passagem que o caso se resolve no final, mesmo uma experiência valiosa dessas vai acabar sendo desperdiçada... Merda!"

"O que foi?"

"Será que estão limpando o esgoto por aqui? Ou será que o desinfetante que jogaram no corredor e o produto da decomposição do alho que está saindo de sua boca estão causando uma reação química especial?"

"O que disse?"

"Não, por favor, deixe para lá; enfim, por mais que eu tente escrever, um sujeito como eu não está talhado para ser escritor."

"Ora, você não está talhado é para ser tão humilde; pois eu acho que não precisa ver os escritores de maneira tão especial. Qualquer um que escreve é escritor, não?"

"Bem, pode ser, mas, de qualquer modo, é de conhecimento geral que a classe dos professores tem cisma de se meter a escrever algo."

"No entanto, isso é porque, graças à profissão, os professores estão sempre relativamente perto dos escritores, entendeu?"

"Está falando daquela tal educação criativa? Mas você nunca manufaturou sequer uma caixa de giz."

"Ora, sinto decepcioná-lo pela caixa de giz. Mas já não é uma bela criação só o ato de expandir a consciência das pessoas?"

"Graças a isso, um novo sentido acaba sendo adicionado ao corpo, a fim de experimentar um novo sofrimento."

"Mas a esperança existe!"

"Só que, até saber se essa esperança é verdadeira ou não, não se assume nenhuma responsabilidade."

"Daí em diante, se a gente não acreditar na força de cada um deles..."

"Bem, chega de se autoconfortar, perversões assim não são permitidas aos professores."

"Perversão?"

"Estou falando de ser escritor. Querer se tornar um escritor, resumindo, não passa de um ato de egoísmo, de querer se tornar um titereiro para se distinguir das outras marionetes. Não tem a menor diferença, essencialmente, da maquiagem feminina."

"O senhor é bem severo. Mas, professor, se o senhor usa a palavra 'escritor' com esse sentido, de fato, talvez seja preciso distinguir de certa maneira o escritor do ato de escrever."

"Não é mesmo? É justamente por isso que eu queria me tornar escritor. Se não puder me tornar escritor, não existe nenhuma necessidade de escrever!"

A propósito, que cara mesmo faz a criança que não ganhou recompensa depois de cumprir uma tarefa?

17

Perto da base do paredão, fez-se ouvir um breve som como o bater de asas de um pássaro. Ele agarrou o lampião e saltou para fora. Encontrou caído um pacote embrulhado em uma esteira de arroz selvagem trançado. Já não havia sombra de gente. Sem pensar duas vezes, ele fez um chamado em voz alta. Não encontrou nenhum sinal de que obteria resposta. Arrancou então a corda atada à esteira. Uma carga de conteúdo desconhecido é como um explosivo dotado de um detonador chamado curiosidade. Ele não pôde deixar de imaginar se não seriam ferramentas para poder escalar o paredão. Era impensável que aquele bando, a essa altura, apenas jogasse as ferramentas e fugisse assim, sem dar as caras.

O conteúdo do pacote não passava de um pequeno embrulho feito com folhas de jornal e uma garrafa de uns setecentos mililitros firmemente fechada com uma rolha de madeira. Dentro do embrulho de papel, havia três maços de Shinsei com vinte e três cigarros cada. Parecia mentira, mas não havia nada mais. Ele tentou agarrar as pontas da esteira novamente e sacudi-la com força, mas a única coisa que caiu dela foi areia. Não avistou sequer o pedaço de uma mensagem, à qual dirigia suas últimas expectativas. O conteúdo da garrafa era um *shochu*[11] que fedia a *mochi*[12] bolorento.

Qual seria o objetivo deles? Uma negociação? Ele já ouvira dizer de índios que trocavam cigarros como demonstração de amizade. Bebidas alcoólicas, do mesmo modo, são simbólicas de comemorações. Sendo assim, não era razoável supor que tentavam expressar de antemão a intenção de chegarem a um acordo? As pessoas do interior, enfim, possuem a tendência de se acanhar para manifestar em palavras aquilo que sentem. Ou seja, tratava-se, ao menos, de uma gente honesta a esse ponto.

---

11. Tipo de bebida alcoólica japonesa que pode ser destilada a partir de produtos diversos, como batata-doce ou arroz, por exemplo. [N.T.]
12. Pasta de arroz glutinoso. [N.T.]

Uma vez conformado, primeiro e antes de qualquer outra coisa, ao cigarro! Era admirável como ele conseguira se aguentar por uma semana. Com um trejeito habituado, rasgou numa arrancadela o selo retangular ao lado do rótulo. A sensação lisa do papel vegetal! Sacou um cigarro dando pancadinhas com o dedo no fundo da caixa. Os dedos que seguravam o fumo tremiam quase imperceptivelmente. Acendeu-o na chama do lampião. Ao tragar profunda e lentamente até encher o peito, sentiu a fragrância de folhas secas se infiltrando até os cantos mais remotos de seus vasos sanguíneos. Os lábios se entorpeceram e, por detrás de suas pálpebras, baixou-se pesada uma cortina de veludo. Ele se arrepiou com uma vertigem que parecia lhe constringir o corpo.

Abraçando com firmeza a garrafa, enfim pôs o peso do corpo sobre as canelas, as quais ele sentia distantes como se tivessem sido tomadas de empréstimo a alguém, e retornou à casa com o passo cambaleante. A vertigem ainda lhe cingia o crânio, firme como o arco de um barril. Fez menção de olhar na direção da mulher, mas não conseguia virar o rosto de jeito nenhum. A face dela, a qual ele capturou diagonalmente com o canto de um dos olhos, aparentava ser excessivamente pequena.

— Um presente, veja... — disse ele, erguendo a garrafa e balançando-a para mostrar a ela. — Vou lhe contar, esse pessoal não é atencioso? Estão querendo que eu tome um trago para ir comemorando desde agora. É como eu disse...

A mulher das dunas

Desde o comecinho, eu já sabia muito bem... Bem, o que passou, passou... Que tal, não me acompanha em um copo?

Em vez de responder, a mulher manteve os olhos cerrados. Será que estaria emburrada porque ele não havia desatado as amarras? Que mulher idiota. Bastava dar uma única boa resposta e quem sabe ele logo a teria libertado. Ou será que estava abatida, porque, sem conseguir deter o homem que tivera tanto trabalho para capturar, no fim das contas teria de se separar dele? Isso também era plausível... A mulher era uma viúva ainda perto dos trinta.

A divisa entre a sola e o peito dos pés da mulher era marcada por rachaduras asquerosamente nítidas. Sem motivo, uma risada começou a brotar de novo de dentro dele. Por que será que o pé dela era estranho daquele jeito?

— Se quiser fumar, eu acendo o fogo para você.

— Não, porque o cigarro deixa a garganta seca — disse ela com a voz débil e sacudiu o pescoço para os lados.

— Então lhe dou um pouco de água?

— Ainda não precisa.

— Não vá se fazer de coitada. Eu não pus você nessa situação por causa de rixa pessoal ou algo do tipo. Imagino que até você entende como isso foi uma medida inevitável de um ponto de vista estratégico, não? Graças a isso, aquele pessoal também parece ter se dobrado um pouco...

— Nos lugares onde há algum homem trabalhando, eles sempre distribuem bebida alcoólica e cigarros uma vez por semana, sabe?

— Distribuem? — Ele era uma falsa mosca-dos-estábulos que, enquanto imagina a si mesma voando com empenho, na verdade está apenas se batendo contra o vidro de uma janela. Seu nome científico é *Muscina stabulans*. Seus olhos compostos enganam, pois ela quase não possui acuidade visual. Sem tentar esconder a consternação, ele prosseguiu com a voz esganiçada: — Mas não há por que terem esse trabalho, cada um poderia sair para comprar quando bem entendesse!

— É que é difícil; como o trabalho com a areia é pesado, não sobra tempo para essas coisas... Além disso, como é útil para a comunidade, a associação até arca com as despesas.

Sendo assim, acordo uma ova; talvez aquilo fosse uma sugestão para que ele se rendesse! Não, era possível pensar em algo ainda pior. Talvez sua existência já estivesse registrada no inventário deles como mais uma engrenagem que fazia andar o dia a dia do local.

— Escute, só por via das dúvidas, eu prefiro confirmar: até hoje, fui eu a primeira pessoa a passar por isto?

— Não, afinal, veja o senhor, falta gente para trabalhar... Quem tem recursos... e os pobres também, digo, todo mundo que poderia ser útil para o trabalho, acaba indo embora da vila, um depois do outro... É que, no fim das contas, não passamos de uma vila pobre, sem nada além de areia...

— Quer dizer que... — até sua voz se apequenou em um tom defensivo, assumindo a cor da areia. — Isso quer dizer que, além de mim, existe mais alguém que foi preso?

— Sim, acho que foi no início do outono do ano passado, alguém de um negócio de cartões-postais...

— Negócio de cartões-postais?

— Ele dizia que era vendedor de uma empresa que fabricava cartões-postais destinados ao turismo, e foi até o vice-presidente da cooperativa para uma visita... Disse que, aqui, bastava a gente fazer algum anúncio, porque a paisagem era até bonita para as pessoas da cidade grande...

— Ele foi capturado?

— Bem, veja o senhor, justo nessa época, havia uma casa ao lado onde faltava gente para trabalhar...

— E o que houve?

— Ah, ele logo faleceu... Digo, parece que nunca tinha sido muito forte de saúde... Além do mais, que azar, foi bem na época dos tufões, então o trabalho deve ter sido ainda mais duro...

— Como assim? Quer dizer que ele não fugiu?

A mulher não respondeu. Talvez porque para ela fosse óbvio, sem necessidade de resposta. Não fugiu porque não foi capaz... Provavelmente era apenas isso.

— Houve mais alguém?

— Sim. Depois do começo deste ano, acho, um estudante que andava por aí vendendo uns livros não sei de quê.

— Será que era um caixeiro-viajante?

— Se não me engano, vendia um livro fininho, a só dez ienes, com algum protesto escrito.

— Um estudante do movimento de volta à terra natal?[13] Imagino que... ele também foi apanhado?

— Deve estar até agora lá, a três casas daqui.

— Suponho que removeram a escada de corda dele?

— É bem difícil que gente jovem permaneça aqui, veja o senhor... Não querem nem saber, porque lá na cidade o salário é melhor, e os cinemas e restaurantes abrem todos os dias, né?

— Mas não pode ser que nem uma única pessoa sequer tenha conseguido escapar daqui até hoje.

— Não, há um jovem que tinha ido para a cidade, atraído por uns amigos delinquentes, porém... Mais tarde, ele chegou a sair no jornal, foi pego tentando esfaquear alguém ou algo assim... Depois que ele cumpriu pena, foi logo trazido de volta, e parece que agora está morando tranquilo com os pais...

— Não é isso que estou perguntando! Estou falando de alguém que fugiu e nunca mais voltou!

— Há muito, muito tempo... Acho que houve uma família que conseguiu fugir junto no meio da noite... Depois que a casa esvaziou por um tempo, começou a ficar perigoso, já quase sem volta... É perigoso de verdade. Se desmoronar em

---

13. Movimento que urgia os estudantes universitários que haviam participado dos protestos de 1960 contra o Tratado de Cooperação Mútua e Segurança entre os Estados Unidos e o Japão a retornarem a suas respectivas terras natais e transmitirem à população interiorana as experiências e o conhecimento obtidos durante as manifestações, a fim de aumentar o número de militantes da causa. [N.T.]

um ponto que seja, é como se aparecesse uma rachadura em uma represa...

— Depois não houve mais ninguém?

— É, acho que não.

— Que estupidez! — O vaso sanguíneo abaixo de sua orelha se tornou saliente, e sua garganta fechou.

De súbito, a mulher dobrou o corpo, imitando a posição de uma vespa na desova.

— O que houve? Está com dor?

— Sim, dói...

Ele experimentou tocar nas costas das mãos da mulher, que haviam mudado de cor. Passou um dedo pela atadura e leu seu pulso.

— Ainda tem sensibilidade? O pulso está fácil de ler... Não parece ser grande coisa, está bem? Sinto muito, mas acho melhor você levar suas queixas às pessoas competentes da vila.

— Desculpe, mas, o senhor não pode ao menos coçar meu pescoço, aqui, atrás da orelha?

Pego de surpresa, ele não pôde recusar. Entre a pele e a membrana de areia havia uma camada espessa de suor semelhante a manteiga derretida. Ele sentia que estava roçando com as unhas a casca de um pêssego.

— Desculpe... Mas é verdade, ainda não houve nenhuma pessoa que fugiu daqui...

O contorno da porta, de repente, se tornou uma linha incolor que começou a flutuar diante de seus olhos. Era a lua. Um tênue fragmento de luz que fazia lembrar as asas de uma formiga-leão. Conforme seus olhos iam se acostumando, todo o fundo daquele almofariz de areia passou a conter uma umidade cintilante como a superfície oleosa de um rebento a germinar.

— Muito bem, então eu vou ser o primeiro a escapar!

18

O intervalo de espera lhe foi custoso. Como uma sanfona, o tempo criava dobras profundas, embrulhando-se em diversas camadas. Caso ele não as transpusesse todas, uma a uma, não conseguiria seguir adiante. A cada dobra, dúvidas de todas as formas possíveis o aguardavam, cada qual com sua própria arma na mão. Dissuadir, ignorar ou derrubar tais dúvidas com um empurrão a fim de seguir adiante exigia um esforço extraordinário.

No fim, enquanto ele continuava a esperar em vão, o dia raiou. A manhã parecia debochar do homem, pressionando lá fora o nariz e a testa contra o vidro da janela até estes se tornarem brancos como a barriga de uma lesma.

— Por favor, eu preciso de água...

Parece que ele havia dormitado, embora tivesse sido muito, muito pouco. A camiseta, obviamente, e até a parte da calça atrás dos joelhos estavam empapadas com o suor de seu breve sono. A areia grudada ao suor era idêntica em cor e sensação a um *mugi-rakugan*.¹⁴ O nariz e os olhos estavam secos como um arrozal no inverno, porque ele se esquecera de cobrir o rosto.

— Por favor, estou pedindo...

A mulher também tinha o corpo inteiro esmaltado com a cor da areia e, emitindo um som seco, tremia como se tivesse febre. O sofrimento dela foi transmitido ao homem como se estivessem ligados por uma fiação elétrica. Ele tirou a chaleira de sua bolsa de plástico e primeiro levou à própria boca. Experimentou bochechar com o meio gole que deu de início, mas mesmo uma ou duas vezes seriam de todo insuficientes para conseguir limpar a boca. O que cuspiu foi, praticamente, uma massa pastosa de areia. Deixou de se preocupar, no entanto, e em seguida engoliu a areia restante, junto com a água. Era de fato como beber rochas.

A água ingerida logo se converteu em suor e começou a brotar da pele. Das omoplatas até a coluna, das clavículas até a região dos mamilos, das costelas até os quadris, a pele irritada doía como se o tivessem esfolado.

Por fim, parou de beber e pressionou a chaleira contra o rosto da mulher, parecendo se defender de alguma acusação. Ela nem sequer enxaguou a boca ao prender os lábios no bico do objeto; apenas gemeu como uma pomba e engoliu a água. Bastaram três goles para esvaziar tudo. Sob as pálpebras inchadas, os olhos da mulher fitavam o homem e continham

---

14. Espécie de confeito polvilhado e esbranquiçado feito com farinha de cevada ou centeio tostado, açúcar e xarope de amido. [N.T.]

pela primeira vez uma acusação implacável. A chaleira vazia era leve como origâmi.

Tentando dissimular seu desconforto, o homem desceu ao chão de terra batida enquanto espanava a areia do corpo para derrubá-la. E se ele preparasse uma toalha molhada para limpar o rosto da mulher? Seria uma ação muito mais coerente do que acabar desperdiçando a água ao transformá-la toda em suor. Dizem que o nível de cultura é proporcional à higiene da pele. Se o ser humano possui alma, ela, sem dúvida, reside na pele. Só de pensar em água, sua pele suja passou a se converter em dezenas de milhares de ventosas. Um curativo para a alma — frio e transparente como o gelo, porém suave como uma pluma. Caso ele atrasasse um minuto mais, talvez a pele do corpo inteiro apodreceria pegajosa, acabando por descamar e cair.

O homem espiou o jarro de água e depois, desesperado, soltou um lamento:

— Ei, não vá dizer que está vazio! Isso aqui está completamente vazio!

Ele enfiou o braço no jarro e agitou o interior. Tudo o que conseguiu foi manchar de leve os dedos com a areia escura que estava grudada ao fundo. Por baixo de sua pele ludibriada, incontáveis centopeias feridas começaram a se contorcer.

— Aquela cambada se esqueceu de entregar água! Ou será que pretendem vir com ela depois?

Ele próprio sabia que isso não passava de uma consolação para si. Era sempre instantes depois do nascer do dia que o triciclo a motor terminava seu último trabalho e ia embora. Ele sabia o objetivo deles. Interromperiam a provisão de água dali por diante para fazer com que ele se desse por vencido. Pensando bem, essa cambada já havia se mantido calada antes, quando ele começara a desmanchar a base do paredão de areia, mesmo sabendo muito bem como isso era perigoso. Não havia dúvida de que não tinham sequer um fiapo de preocupação para com o bem-estar dele. De fato, não havia como eles o deixarem ir embora com vida, a essa altura, alguém que já se inteirara de tantos segredos; e, se fosse para levar a coisa a cabo, eles deviam ter a intenção de fazê-la bem-feita.

Parou junto à porta e olhou para o céu. Com a gradação vermelha dos raios de sol matinais, ele finalmente pôde distinguir o que via. Nuvens filamentosas e acanhadas... O aspecto do céu não dava nenhuma esperança de chuva. Ele sentiu que ia desidratando o corpo a cada exalação.

— O que pensam em fazer?! Querem me matar?!

A mulher se mantinha calada como sempre, tremendo e mais nada. Possivelmente, ela já estava a par de tudo. Era uma cúmplice disfarçada de vítima. Pois que sofresse! Seu sofrimento era merecido.

Porém, caso o sofrimento dela não chegasse aos demais da vila, não serviria para nada. E ele não tinha nenhuma garantia de que eles seriam atingidos. Atingidos? Era bastante plausível que eles não tivessem escrúpulos em fazer a mulher de vítima, se necessário. Quem sabe era por isso mesmo que ela estava atemorizada. Um animal selvagem que enfim percebeu como o vão da cerca que lhe fizera saltar agitado, imaginando se tratar de uma rota de fuga, na verdade não passava da entrada de uma jaula... Um peixinho dourado descobrindo pela primeira vez que o vidro do aquário, contra o qual se chocara tantas vezes, era uma parede intransponível... Ele acabou sendo abandonado de mãos vazias mais uma vez. Quem tinha a arma nas mãos, agora, eram eles.

Mas ele não podia se deixar atemorizar. Mais do que por deficiências fisiológicas, dizem que pessoas à deriva no mar morrem de fome e de sede devido ao pavor causado por tais deficiências. A derrota começa quando se pensa já ter perdido. Uma gota de suor escorreu pela ponta de seu nariz. Dar atenção a cada detalhe, a cada fração de mililitro de água que ia perdendo, significava cair na artimanha do inimigo. Seria bom pensar quanto tempo leva para evaporar a água de um copo. Não teria cabimento se agitar sem necessidade e tentar aguilhoar esse cavalo a que chamamos de tempo.

— Quer que eu tire as amarras?

A mulher interrompeu a respiração, desconfiada.

— Se não quiser, não me importo. Mas, se quiser, eu a desamarro. Só tem uma condição: não pode pegar a pá sem minha permissão, haja o que houver... Você promete?

— Sim, por favor! — Havendo até então resistido igual a um cachorro, a mulher começou a suplicar como uma sombrinha que fora virada do avesso por um pé de vento. — Eu prometo o que o senhor quiser! Por favor... Por favor...

A mulher das dunas

As ataduras deixaram na pele umas equimoses vermelho-escuras. A superfície das lesões era revestida por uma membrana branca e macilenta. Deitada com a barriga para cima, ela começou a esfregar um tornozelo contra o outro e, usando os dois pulsos, a massageá-los vagarosamente. Ela conteve os gemidos e cerrou os dentes, enquanto o suor que brotava formava gotas em todo o seu rosto. Não tardou a girar o corpo e se levantar a partir das nádegas, pondo-se de gatinhas. Por último, já depois de certa demora, ergueu a cabeça. Manteve-se por algum tempo assim, balançando para lá e para cá.

O homem também estava imóvel, agachado sobre o degrau do piso. Reunia a saliva da boca e a engolia. Conforme foi repetindo a ação, a saliva se tornou pegajosa como cola e começou a entalar na garganta. Mesmo sem sono, sua consciência se assemelhava a um papel molhado devido ao cansaço. Se tentasse aguçar a visão, a paisagem parecia flutuar em linhas e manchas difusas. Era como o cenário de um desses jogos em que é preciso achar um objeto escondido no meio de uma gravura. Havia a mulher... A areia... O jarro de água, vazio... Um lobo com a saliva escorrendo... O sol... Além disso, em algum lugar que ele desconhecia, sem dúvida havia também um ciclone tropical e uma frente de ar. Pois bem, por onde, raios, ele deveria atacar essa equação repleta de tantas variáveis?

A mulher se levantou e começou a caminhar vagarosamente na direção da porta.

— Aonde você vai?!

Não a ouviu bem, pois ela abafara a voz como se tentasse evitar responder. No entanto, o homem entendeu o jeito desconcertado da mulher. Não demorou muito para que, logo atrás da parede de madeira, começasse o som quase silencioso da urina. Ele pensou como aquilo era um terrível desperdício.

19

De fato, até podia ser que o tempo não galopasse como um cavalo. Tampouco parecia ser mais lento que um carrinho de mão. A temperatura da manhã se convertera nitidamente em um calor autêntico, capaz de cozinhar os globos oculares e os miolos do cérebro, além de queimar os órgãos internos e, ainda não satisfeito, incendiar os pulmões.

A areia transformava agora em vapor a umidade absorvida durante a noite, expelindo-a outra vez para a atmosfera. Devido à refração da luz, ela se iluminava como o asfalto molhado. Sua verdadeira forma, no entanto, ainda não passava daquele imaculado 0,125 milímetro, ainda mais seca que farinha de trigo queimada em um *horoku*.[15]

Sem demora, veio o primeiro desmoronamento de areia. Era um som familiar aos ouvidos, já cotidiano, e como que por reflexo o homem trocou olhares com a mulher. Quão

---

[15]. Espécie de panela rasa feita de cerâmica e usada para tostar folhas de chá ou grãos. [N.T.]

grande poderia ser a consequência de um dia sem a remoção da areia? Pensava que não viria a ser nada demais, mas se sentiu inseguro, como era de se esperar. A mulher, por outro lado, acabou desviando os olhos, calada. Visto que, de certo modo, ela parecia estar contrariada, como se dissesse a ele que não se preocuparia, o homem não gostaria nada de ter que forçar o assunto e lhe perguntar a respeito daquilo. Quando ele imaginava que o deslizamento já havia minguado até restar apenas um fio, a areia se expandia de novo em um cinturão, repetindo de modo irregular o ciclo até finalmente cessar, sem alarde.

Pelo visto, não era mesmo nada com que se consternar. Mal suspirou de alívio e, subitamente, começou a sentir as veias do rosto latejarem com força, queimando-o por dentro. Com isso, o *shochu* de antes, o qual ele vinha se esforçando para não deixar entrar em suas considerações, começou de repente a atrair todos os seus nervos para um único ponto, feito uma chama flutuando na escuridão. Qualquer coisa serviria: tudo o que ele queria era molhar a garganta. Se continuasse como estava, todo o sangue que tinha no corpo acabaria coagulando. No fim, mesmo consciente de que estava plantando as sementes do sofrimento e que mais tarde se arrependeria, não pôde mais se segurar. Sacou a rolha e, batendo a garrafa contra os dentes, bebeu direto do gargalo. Sua língua, no entanto, permanecia um cão de guarda fiel. Surpreendida pelo intruso imprevisto, rebelou-se. Fê-lo sufocar. Era como se houvesse lançado água oxigenada sobre um arranhão. Apesar dessa rebelião toda, ele conseguiu controlar a língua e cedeu à tentação do segundo, terceiro gole. Tratava-se, afinal, da maldita bebida de celebração...

Dadas as circunstâncias, experimentou oferecê-la também à mulher. É evidente que ela recusou com veemência. Seu modo de rechaçar foi tão exagerado que parecia que a haviam oferecido tomar veneno.

Como era de se esperar, chegando ao estômago do homem, o álcool ricocheteou como uma bola de pingue-pongue até a região das orelhas, onde começou a produzir um zumbido de abelhas. Sua pele começou a se enrijecer como couro de porco. Seu sangue apodrecia! Seu sangue estava coagulando!

— Não tem como fazer alguma coisa?! É difícil para você também, não é? Eu lhe desatei as amarras, então faça alguma coisa!

— Pois é... Mas, se alguém da vila não trouxer...

— Então por que não pede?!

— É que, para isso, é só eu começar o trabalho que...

— Não venha com brincadeiras, ora essa! Como eles se acham no direito de fazer esse absurdo de transação? Vamos, diga! Não vai dizer? Pois saiba que eles não têm o mínimo direito!

A mulher fechou os olhos e selou os lábios. Como podia ser? Já havia muito que o pedaço de céu que os espiava por cima da porta perdera a cor azul e, agora, se fazia ofuscante como as bordas de uma concha. Mesmo que o "dever" fosse, por hipótese, um passaporte para os seres humanos, por que ele teria de depender de um visto de um bando como aquele?

A vida humana não pode ser um monte de pedaços de papel avulsos desse jeito. Ela é um diário muito bem encadernado em um único volume. De páginas iniciais, uma por volume já é até demais. Não deveria existir a menor necessidade de cumprir obrigações até mesmo por páginas que não são uma continuação direta das páginas anteriores. Por exemplo, não há tempo para ficar se envolvendo com cada pessoa faminta que esteja à beira da morte. Que merda, ele queria água! Porém, por mais que a quisesse, se fosse preciso comparecer a tudo quanto é funeral como condição para obtê-la, ele não conseguiria, nem que se desdobrasse em vários.

Teve início o segundo desmoronamento de areia.

A mulher se levantou e retirou a vassoura da parede.

— Não pode trabalhar! Você prometeu, não foi?

— Não, é só para o colchonete...

— Colchonete?

— Se o senhor não for dormir logo...

— Se eu estiver com sono, pode deixar que eu me viro!

Ao receber um choque como se o chão estivesse tremendo, ele se petrificou. Devido à areia que caíra do teto, os arredores pareceram se esfumaçar por um instante. Eram, afinal, os efeitos de haverem interrompido a escavação de areia. Desprovida de um escoadouro, a areia agora pesava sobre eles. As vigas e pilares rangiam nas juntas, como se sentissem dor na tentativa de oferecer resistência. Entretanto, a mulher apenas olhava imóvel a padieira ao fundo, sem dar nenhum sinal de pânico em particular. A pressão havia apenas começado a atingir a parte da fundação da casa.

— Merda, essa cambada... Será que... pretendem mesmo continuar agindo assim?

Que exagerado era seu coração. Como um coelho assustado, saltava para todos os lados... Sem se acomodar na toca que lhe cabia, era como se dissesse que queria se meter em qualquer lugar que parecesse possível, fosse na boca, nos ouvidos ou no ânus. A viscosidade da saliva se tornou pior que antes. Sua sede, em compensação, não havia mudado. Possivelmente, devido à neutralização displicente causada pela embriaguez do *shochu*. No momento em que o álcool perdesse o efeito, ele cuspiria fogo, arderia em chamas e se tornaria pó de cinzas.

— Fazem uma coisa dessas... E ainda se divertem... Quando não têm sequer o cérebro de um rato... E se eu morrer, que raios eles pretendem fazer?!

A mulher ergueu a cabeça com ar de quem queria dizer alguma coisa, mas logo desistiu e se manteve no mesmo silêncio de antes. Ela pareceu estar de certo modo afirmando a pior das respostas: que falar com ele seria inútil.

— Muito bem... Ora, se a conclusão vai ser a mesma como quer que seja, então é melhor eu tentar fazer de tudo que possa ser feito, não acha?!

Depois de mandar para dentro mais um gole de *shochu* direto do gargalo, o homem foi de um salto para fora, impetuoso. Cambaleou ao receber nos olhos um golpe repentino de chumbo aquecido a ponto de reluzir. A areia que era revirada ao longo da trilha de suas pegadas formava redemoinhos. Decerto, fora naquela área que havia atacado e amarrado a mulher na noite passada. E, sem dúvida, a pá também devia estar soterrada por ali. Embora o desmoronamento de areia tivesse dado uma trégua, no paredão para o lado do mar ela continuava a escorrer em vários veios incessantes. Vez ou outra, quiçá por culpa do vento, a areia se afastava da superfície da parede e esvoaçava pelos ares como um pedaço de pano. Ele remexeu a areia com a ponta dos pés, sem deixar de prestar atenção aos deslizamentos.

Por mais que ele estivesse vasculhando até uma boa profundidade, já que o volume de areia era grande devido aos muitos desmoronamentos, não achou nada parecido com o que procurava. Os raios diretos do sol logo se tornaram difíceis de suportar. As pupilas espremidas pela constrição... O estômago que começava a bailar como uma água-viva... A dor aguda que lhe perfurava a fronte... Já não podia mais se dar ao luxo de transpirar. Esse era o limite. Mais importante que tudo isso: onde mesmo ele deixara sua pá? Se não estava enganado, havia saído com ela a fim de usá-la como arma. Devia estar enterrada naquela área. Observou o solo com atenção e logo percebeu que, em determinada área, a areia tinha o formato da ferramenta.

Ele ia cuspir, mas interrompeu a si mesmo, atarantado. Precisava restituir para dentro do corpo tudo aquilo que contivesse água, ainda que de forma mínima. Separou a areia e a saliva entre os dentes e os lábios, raspando com a ponta do dedo apenas os grãos que restaram agarrados aos dentes.

A mulher estava em um canto da casa, voltada para o outro lado, mexendo com a parte da frente do quimono.

Era possível que houvesse afrouxado o cordão da cintura para remover a areia acumulada. O homem agarrou a pá pelo meio do cabo e a ergueu sobre o ombro, paralela ao solo. Prendeu os olhos à parede da parte com terra batida da casa, ao lado da porta, e empunhou o instrumento com a lâmina voltada para a frente.

Por trás dele, ouviu-se a mulher gritando. Ele projetou a pá adiante, pondo no movimento todo o peso do corpo. Para seu desencanto, a ferramenta acabou perfurando apenas as tábuas da parede. A sensação era idêntica à de golpear um biscoito molhado. Banhada pela areia, embora se mostrasse bastante nova à vista, a madeira parecia já ter começado a apodrecer.

— O que está fazendo!?

— Vou arrancar tudo e juntar material para uma escada!

Ele escolheu outro lugar e tentou mais uma vez. Como esperado, aconteceu o mesmo. As palavras da mulher, que dizia que a areia fazia apodrecer a madeira, pareciam verdadeiras. Se era assim inclusive naquela parede, que recebia mais luz do sol do que qualquer outra, já era possível supor como seria o resto. Era impressionante como aquela casa bamba ainda estava de pé... Mesmo enviesada, torta e hemiplégica... Bem, estava claro que até uma casa bamba talvez pudesse ter uma estrutura mecânica a seu próprio modo, visto que, recentemente, diziam ser construídas inclusive casas de papel ou de vinil...

Se as tábuas não prestavam, ele tentaria as vigas na sequência.

— Não faça isso! Pare, por favor!

— Ué, ela vai acabar sendo derrubada pela areia mais cedo ou mais tarde, não vai?

A mulher se aferrou, aos prantos, ao braço impassível do homem, já erguido para o novo golpe. Ele esticou com força o cotovelo e contorceu o corpo a fim de se livrar dela. Porém, devido a algum erro de cálculo, pelo contrário, foi o homem quem acabou sacudido por ela. Experimentou contra-atacar de imediato. Mas a mulher e a pá aparentavam estar presas uma à outra por uma corrente, pois ela não arredava um milímetro sequer. Não fazia sentido... Pelo menos no quesito força, ele não deveria perder. Depois de bracejar contra ela duas ou três vezes sobre o piso de terra batida, pensou ter conseguido dominá-la, mas ela acabou invertendo a situação, com o cabo da pá servindo de escudo. O que era isso? Talvez fosse culpa do *shochu*... Já sem considerar o fato de o adversário ser mulher, por reflexo golpeou a barriga dela com a rótula do joelho dobrado.

A mulher soltou um berro e relaxou a força de repente. Ele saltou do chão sem pestanejar e a agarrou pelo alto. O peito dela já se desnudara, e a mão do homem resvalou sobre sua pele encharcada de suor.

De súbito, os dois ficaram estancados, como se o projetor da cena houvesse quebrado. O tempo parara rigidamente, disposto a continuar para sempre assim caso nenhum dos dois fizesse algo. O tecido subcutâneo dos seios da mulher, mostrando-se reticulado, tocava vividamente a região do ventre do homem; seu dedo[16] se comportava como um ser vivo independente. Já não era inconcebível que certo movimento de corpos pudesse transformar a disputa pela pá em algo completamente diferente.

A garganta da mulher inchou, fazendo-a engolir em seco a saliva. O dedo do homem sentiu que esse era o sinal para que se movesse. Ela o impediu com a voz enrouquecida.

— Mas as mulheres da cidade grande são todas bonitas, não é?

Mulheres da cidade grande? O homem de pronto se sentiu envergonhado. A febre de seu dedo intumescido também começou a baixar. O calor do momento parecia haver passado, sem mais nem menos. Ele não sabia que a influência dos melodramas continuava viva mesmo em meio àquele areal.

Aparentemente, quase todas as mulheres têm a ideia fixa de que, antes de abrir as pernas uma vez que seja, não terão seu valor reconhecido pela outra parte a não ser que o façam dentro de uma moldura melodramática — apesar de ser justamente essa ilusão, adorável de tão ingênua, a razão que por fim as torna vítimas de um estupro mental unilateral.

Quando era com *aquela outra*, ele fazia questão de sempre usar preservativos. Mesmo agora, ele não tinha confiança de que a gonorreia da qual sofrera no passado já havia sanado por completo. Embora o resultado dos exames sempre desse

---

16. O autor evita a menção direta do membro reprodutor masculino, designando-o apenas como "dedo". [N.T.]

negativo, às vezes a uretra ainda começava a doer depois de ir ao banheiro e, se então recolhia apressado a urina em um frasco de análise, como esperado, encontrava flutuando nela uns pedaços de filamentos brancos. O médico diagnosticara como um caso de neurose, porém isso não o ajudava em nada se sua suspeita continuava sem solução.

— Ué, não é perfeito para a gente? — movimentavam-se aqueles seus pequenos lábios e queixo, com a pele delgada a ponto de deixar transparecer o sangue. Calculando também o efeito que as palavras teriam sobre ele, ela continuou a leve e estranha chacota. — Nossa relação é como uma troca de amostras comerciais, não é? Se não gostar, pode fazer a devolução a qualquer hora. Ou seja, é como ficar só avaliando o produto enquanto se examina e reexamina por trás da embalagem, sem violar o lacre. Que tal? Será que dá mesmo para confiar? Será que não vai comprar por impulso e depois acabar se arrependendo?

Entretanto, não era como se *aquela outra* estivesse, ela própria, satisfeita com essa relação de amostras comerciais. Por exemplo, havia aquelas horas com fedor de peróxido de hidrogênio, em que, apesar de ela ainda estar completamente nua sob os lençóis, com uma toalha entre as pernas, ele começava a abotoar as calças com a impressão de que estava sendo mandado embora.

— E, de vez em quando, você bem que poderia ter vontade de forçar a venda, não acha?

— Disso eu não gosto, forçar a venda...

— Ora, mas já está curado, não está?

— Se você está fazendo esse julgamento a sério, então a gente pode chegar a um acordo e fazer sem usar nada.

— Por que você quer fugir assim da responsabilidade?

— Ué, eu não já disse que não gosto de forçar a venda?

— Que esquisito... E qual responsabilidade será que eu tenho por sua gonorreia?

— Talvez tenha...

— Não diga bobagem!

— Bem, de qualquer jeito, se é para forçar a venda, eu retiro o pedido.

— Então você não vai tirar esse chapéu pelo resto da vida?

— Por que será que você é tão teimosa desse jeito? Se a gente se sente bem dormindo juntos, ao menos algo assim não é natural?

— Resumindo, você tem uma doença venérea psicológica... Mas, mudando de assunto, amanhã talvez eu faça hora extra.

Doença venérea psicológica — ela era capaz de dizer isso durante um bocejo? Para *aquela outra*, até seria um insulto bem pensado. Ela jamais entenderia, porém, como esse insulto o machucava. Em primeiro lugar, doenças venéreas são o total oposto do melodrama. São a prova mais desesperadora de que coisas como o melodrama não existem neste mundo. São algo que Colombo trouxe de volta em seu minúsculo barco para um minúsculo porto, com todos compartilhando ávidos a tarefa de espalhá-las pelo mundo inteiro. Quem sabe seja possível dizer que a humanidade só é igual na morte e na doença venérea. As doenças venéreas são responsabilidade coletiva dos seres humanos. "*Mesmo assim, você nem sequer fazia menção de admitir... Estava enclausurada dentro de sua história particular, na qual a protagonista era sua própria imagem do outro lado do espelho. Só eu fui deixado do lado de cá, sofrendo de minha doença venérea psicológica... É por isso que meu dedo acaba murchando quando não está de chapéu, sem utilidade alguma. Seu espelho me deixa impotente.*" A ingenuidade das mulheres converte os homens em seus inimigos.

20

O rosto duro como se houvesse sido emplastrado com cola, a respiração que fazia ventar a dezenas de metros por segundo, a saliva com gosto de açúcar seco e queimado... A perda de energia era assombrosa. Sem dúvida, ele já havia transpirado e deixado evaporar água suficiente para encher um copo. A mulher se pôs de pé vagarosamente, ainda cabisbaixa. Sua cabeça repleta de areia estava justo à altura dos olhos do homem. De súbito, ela tampou uma das narinas e assoou o nariz com força, esfregando entre as mãos a areia que havia apanhado do chão para fazer as vezes de papel. Os quadris dobrados da mulher ao se acocorar deixaram as calças escorregarem para baixo.

O homem desviou os olhos, constrangido. Por outro lado, não podia dizer que o constrangimento era total. Na ponta da língua, agora lhe restava um calor peculiar, diferente daquele da sede. Embora tivesse sido muito curto o tempo necessário para ele esfriar depois daquelas palavras estúpidas da mulher, seu dedo voltara a se avivar mesmo sem o preservativo, pulsando com vigor. Os resquícios da quentura ainda se faziam sentir. Talvez fosse um exagero dizer que ele havia conseguido fazer uma descoberta, mas era algo, não obstante, digno de atenção.

Ele não se achava, particularmente, um pervertido. Porém, acontecia de o estupro mental ser algo para o qual não tinha disposição. Era como comer *konjac* cru sem nem mesmo pôr sal. Significava, antes de ferir a outra pessoa, primeiro insultar a si mesmo. E como poderia ele ter de, além disso, aceitar ser vítima de uma doença venérea psicológica? Era como chutar um cachorro morto. A membrana mucosa feminina seria tão frágil a ponto de espirrar sangue devido a uma mera olhada sua?

Mas o que ele vinha pressentindo era que talvez existissem dois tipos de desejo sexual. Por exemplo, quando o Fita de Möbius flerta com alguma amiga, parece sempre fazer questão de começar com uma aula sobre paladar e nutrição. Em primeiro lugar, para uma pessoa faminta, os alimentos só se enquadram numa perspectiva genérica: o sabor de um bife de Kobe ou das ostras de Hiroshima ainda não existe... É apenas depois de garantir que a fome será satisfeita que cada sabor começa a ganhar significado. Ocorre do mesmo modo com o desejo sexual: a princípio, existe apenas o desejo genérico, para depois surgirem diversos sabores de sexo. Enfim, o sexo não deve ser examinado de maneira uniforme, pois, de acordo com a hora e o lugar, às vezes são necessários suplementos vitamínicos, enquanto outras vezes é preciso um *unagi-don*.[17] Ainda que fosse um raciocínio lógico, bem organizado, por infortúnio não houve ainda nenhuma amiga sua que tivesse se disposto a lhe oferecer sexo em resposta a essa sua teoria, fosse genérico ou com qualquer sabor peculiar. Isso era natural. Quer sejam homens, quer sejam mulheres, não há ninguém que se deixe flertar por uma teoria. Mesmo o Fita de Möbius, estúpido de tão sincero, devia ter plena consciência disso, mas continuava tocando a campainha em uma casa desocupada apenas porque tinha aversão ao estupro mental.

É claro que o homem também não era romântico a ponto de devanear sobre algo como uma relação sexual imaculada. Coisas assim apenas se fazem necessárias, provavelmente, quando se está lutando à beira da morte, já com as presas à mostra. A planta *sasa* que começa a secar dá frutos apressada... Um rato faminto continua se deslocando enquanto repete um coito ensanguentado... Todo paciente de tuberculose, sem exceção, é possuído pela ninfomania... Reis e governantes que moram no alto de uma torre, onde tudo que podem fazer é descer as escadas, sempre desviam seu entusiasmo para a construção de um harém... Os soldados que aguardam o ataque inimigo, não querendo desperdiçar um segundo sequer, se entregam à masturbação...

---

17. Prato japonês que consiste de arroz coberto com tiras de enguia grelhada temperadas com molho tarê. [N.T.]

Mas ainda bem que os seres humanos não estão constantemente expostos ao risco de morte. Já não precisando temer nem mesmo o inverno, os homens conseguiram se livrar também da excitação sexual ditada pelas estações. E, uma vez terminada a batalha, as armas se tornam um inconveniente. A ordem veio substituir a natureza, obtendo o direito de controle sobre nossas presas, garras e sexo. As relações sexuais, também; a cada vez que são usadas, requerem, sem falta, a validação do cobrador, como os vales-transporte dos trens comuns. E é necessário ainda confirmar se o vale-transporte é de fato legítimo. Essa confirmação envolve um agastamento assombroso, digno do aborrecimento que é essa tal ordem, com todos os tipos de comprovantes... Contratos, licenças, carteiras de identidade, permissões de uso, declarações de direito, cartas de autorização, cartões de registro, permissões de porte, cartões de membro de União, menções de louvor, letras de câmbio, notas promissórias, permissões temporárias, cartas de aval, comprovantes de renda, recibos de depósito, ora, até mesmo certificados de registro genealógico... Enfim, a situação exige que se reúnam todos os pedaços de papel que se possa imaginar.

Graças a isso, o sexo acabou inteiramente soterrado por um manto de escrituras, assim como as larvas em um ninho de traças. Se com isso fosse possível se dar por satisfeito, estaria tudo bem. Mas será que os comprovantes acabariam por aí? Não existiria nada que estamos nos esquecendo de provar? Tanto homens quanto mulheres se tornam prisioneiros de uma suspeita nebulosa, imaginando se a outra pessoa não estaria se esquecendo de algo de propósito. Pensam forçosamente em uma nova escritura a fim de demonstrar a inocência. Ninguém sabe qual será o último comprovante necessário. No fim das contas, eles parecem ser infinitos.

(*Aquela outra* já havia criticado o homem por parecer racional em excesso. Mas era essa realidade que se mostrava racional demais, não ele!)

— Mas será que isso não é obrigação do amor?

— Que besteira! É só a sobra inútil depois de apagar todos os itens proibidos por processo de eliminação. Se é tão difícil acreditar, não precisa nem se dar ao trabalho.

Não existe tamanha obrigação para ter de aguentar o mau gosto de um sexo embrulhado para presente. As pessoas têm de passar o sexo a ferro, bem passado, todas as manhãs. O sexo se torna velho no momento em que se enfiam os braços pelas mangas. Mas, quando a gente o passa a ferro e alisa os vincos, ele logo fica como uma peça nova. Só que, no mesmo instante que se renova, ele logo volta a ficar velho. Por acaso ele tinha de dar ouvidos, compenetrado, a uma conversa indecente desse jeito?

É claro que se a ordem lhe oferecesse uma garantia de vida comensurável nessa situação, ainda haveria espaço para concessões. Mas como será na realidade? A ferroada da morte chove dos céus, e, mesmo na terra, não existe onde pôr os pés, com mortes de todo tipo. Inclusive, em relação ao sexo, já parecia ser possível pressentir. Pressentir que, pelo jeito, lhe haviam empurrado uma letra de câmbio sem aceite. Defrontando-se então com a insatisfação sexual, dá-se início à falsificação do vale-transporte, o que proporciona um excelente negócio. Do contrário, o estupro mental é reconhecido tacitamente como um mal necessário. Sem isso, quase nenhum casamento estaria de pé. É praticamente o que fazem também, salvo exceções, os emancipacionistas do sexo. Não acontece apenas de eles racionalizarem o estupro mútuo entre parceiros de forma mais plausível? Caso se consiga pensar assim, mesmo sob tais circunstâncias, deve ser possível aproveitar bastante. Com uma emancipação de quem fica incessantemente preocupado com uma cortina mal fechada, no entanto, é impossível não acabar se tornando portador de uma doença venérea psicológica, ainda que a contragosto. Já não existe sequer um local de refúgio para um pobre dedo quando se está sem chapéu.

A mulher parecia ter tido a sensibilidade de captar o modo como os sentimentos dele estavam se movendo. Abandonou pela metade o nó que começara a dar no cordão das calças. As pontas soltas do cordão caíam por entre seus dedos. Ela voltou para cima um olhar de coelho, encontrando o do homem. O que a assemelhava a um coelho não eram apenas suas pálpebras vermelhas. Ele respondeu a ela com um olhar parado no tempo. Ao redor da mulher, pairava um cheiro forte, como o de garrões sendo cozidos.

Ela passou ao lado do homem ainda na mesma posição, segurando o cordão entre os dedos, subiu para a parte assoalhada do piso e começou a despir as calças. Tinha a naturalidade desimpedida de quem estava apenas continuando um movimento que nunca fora interrompido. Em seu coração, o homem esfregava as mãos antecipadamente: uma mulher assim era uma mulher de verdade. Mas logo refletiu. Ele seria capaz de espancar um homem tolo que se comportasse daquela maneira, deixando-se passar assim para trás. Apressado, ele também levou a mão ao cinto.

Se tivesse acontecido no dia anterior, talvez ele houvesse decidido consigo mesmo que isso era uma óbvia encenação por parte da mulher, como aquelas covinhas ou seus risinhos reprimidos. E quem sabe esse até fosse o caso, na verdade. Mas ele não queria pensar desse modo. O estágio em que o corpo da mulher ainda poderia ser utilizado para qualquer transação já passara havia muito. Agora, era a violência que ditava as circunstâncias. Enfim, existiam bases suficientes para pensar que a relação era consensual, dispensando negociações.

Junto com as calças, caiu ainda um punhado de areia da base de seu dedo, passando pela parte de dentro das coxas... Emanou um fedor semelhante ao de meias úmidas... Uma intumescência lenta, porém constante, começou a preencher novamente o dedo, emitindo um som de tubulação de água cujo registro havia sido fechado. O dedo sem chapéu agora apontava a direção. Derreteu-se para dentro da mulher, que já se encontrava nua, com as asas estendidas.

Será que ele conseguiria aproveitar o ato? Era óbvio... Tudo parecia estar encaixado nos espaços de uma folha quadriculada, a intervalos constantes. A respiração, o tempo, o quarto, a mulher, tudo... Seria esse o tal desejo sexual genérico que o Fita de Möbius mencionava? Que assim fosse; mas que tal aquelas nádegas roliças e musculosas? Nem sequer poderia compará-las com aquela frustração que apanhara na cidade, similar a um ouriço de castanha.

A mulher levou um dos joelhos ao chão e, com uma toalha enrolada, começou a juntar e derrubar a areia do pescoço. De repente, teve início outro desmoronamento. A casa inteira se pôs a gemer, tremendo. Que belo estorvo. Sob a areia que caía como uma neblina, a cabeça da mulher se mostrava nitidamente polvilhada de branco. A areia se acumulou ainda nos ombros e braços. Os dois não podiam fazer nada senão aguardar o desmoronamento passar, abraçados um ao outro como estavam.

O suor gotejava sobre a areia acumulada para, em seguida, mais areia voltar a cair por cima. Os ombros da mulher estremeceram, ao que o homem também se abrasou em demasia, quase a ponto de transbordar. Diga-se de passagem, ele não fazia ideia de por que se sentia convidado de maneira tão intensa pelas coxas da mulher. A atração era tanta que chegava a lhe dar vontade de sacar cada nervo de seu corpo para enroscá-los todos nas virilhas dela. Seria precisamente assim o apetite dos animais carnívoros? Tornando-se voraz devido à vulgaridade do sentimento, ele estava enrijecido como se tivesse molas comprimidas dentro do corpo. Era uma tenacidade que talvez jamais tivesse experimentado com *aquela outra*. O homem e a mulher em sentimentos aflorados sobre aquele leito... O homem e a mulher que observavam... O homem que observava o homem que sentia, e a mulher que observava a mulher que sentia... A mulher que observava o homem observando o homem, e o homem que observava a mulher observando a mulher... A consciência permanente do ato sexual que se refletia nos espelhos voltados um para o outro... É provável que, felizmente, o desejo sexual que continua desde as amebas, aproximando-se de uma história de centenas de milhões de anos, não se extinga tão facilmente. O que ele precisava agora, porém, era desse apetite sexual voraz... Da excitação de ter seus nervos rastejando em bando rumo às virilhas da mulher.

O desmoronamento cessou. Como se estivesse esperando, o homem se juntou à mulher para ajudá-la a espanar a areia do corpo. Ela riu com a voz rouca. Dos seios para as axilas... Das axilas para a região dos quadris... As mãos do homem se faziam cada vez mais diligentes, até que os dedos da mulher enroscados em seu pescoço ganharam força, e ela deixou escapar uma voz de estupor.

Terminado isso, foi a vez de a mulher espanejar o corpo dele. O homem fechou os olhos e aguardou enquanto acariciava lentamente os cabelos dela. Os cabelos estavam duros e ásperos.

Espasmos... A reincidência de uma mesma ação... A repetição imutável de sempre inserir seu corpo nesse ato enquanto sonha com algo diverso... Comer, caminhar, dormir, soluçar, gritar, copular...

21

O espasmo humano, triunfante sobre inúmeras camadas acumuladas de fósseis... Nem as presas dos dinossauros, nem as paredes das geleiras foram capazes de obstruir o caminho desse propulsor reprodutivo, que avança aos berros, ensandecido... Não tardaram a vir os fogos de artifício de sementes brancas, extraídos com ímpeto do corpo enquanto este se contorce... A chuva de meteoros que jorra atravessando a escuridão imensurável... Astros de uma cor alaranjada... Um coro de espuma...

Mesmo esse lampejo acaba desaparecendo sem aviso, deixando apenas um rastro. A mão da mulher, que dava tapas nas nádegas do homem para motivá-lo, já não servia de nada. Os nervos que rastejavam rumo às virilhas da mulher tinham se enrugado, ressecados como uma raiz fibrosa atingida pela geada, enquanto seu dedo murchava entre as carnes da concha dela. Em breve a mulher, que por algum tempo continuara a projetar os quadris, relutante em desistir, acabou deixando o corpo submergir-se exausto para dentro do alívio ofegante.

Um pano de chão velho atrás do armário, apodrecido e rançoso... A avenida em frente ao velódromo, onde as gentes dão meia-volta cobertas com a poeira do remorso...

No fim, nada começara, nem terminara. Parecia, inclusive, que não era ele quem havia satisfeito o desejo sexual, mas outra pessoa que seu corpo emprestara. Porventura o sexo, desde o princípio, nunca pertencera a cada corpo individualmente, estando antes subordinado à jurisdição da espécie como um todo. O corpo que tenha cumprido seu papel deve voltar ligeiro para o assento de onde veio. Só os felizes retornam à satisfação. Já os tristes retornam ao desespero. E alguém que estava à beira da morte retorna ao leito fatal. Era notável como lhe foi possível acreditar descaradamente que uma patranha dessas se tratava de algo como uma paixão selvagem. Esse sexo de fato apresentaria, em algum ponto, qualquer coisa vagamente similar a uma vantagem quando comparado ao sexo do vale-transporte? Se as coisas fossem assim, para ele seria melhor, antes, se converter em um asceta feito de vidro.

Mesmo enquanto se revirava em meio ao suor e às excreções que lembravam óleo de peixe, em um instante pareceu cochilar. Teve um sonho. Sonhou com um copo de vidro partido, um longo corredor com o piso já começando a se descolar, um banheiro público em que o vaso sanitário tinha fezes acumuladas até o alto, onde só se ouvia o som de água correndo, mas não se conseguia nunca encontrar a pia. Havia um sujeito que corria segurando uma garrafa d'água. Ao indagar-lhe se não poderia tomar um único gole que fosse, o outro o fitou com a expressão similar à desses insetos chamados esperanças, para então ir embora a trote.

Despertou. Uma cola quente se derretia pegajosamente na base de sua língua. A sede havia voltado redobrada. Ele queria água! Uma água cristalina, reluzente... A trilha de prata deixada pelas bolhas que emergem do fundo do copo...

O encanamento de uma casa abandonada, já repleto de teias de aranha, revestido de pó e arquejante como um peixe...

Ao se levantar, sentiu mãos e pés langorosos, pesados como bolsas de gelo. Virou a boca para cima e, sobre ela, entornou a chaleira vazia que estava abandonada na parte de terra batida da casa. Esperou por trinta segundos, mas enfim duas ou três gotas acanhadas vieram molhar a ponta de sua língua. Sua garganta, contudo, que aguardava com a secura de um papel mata-borrão, começou a se retorcer como se houvesse enlouquecido ainda mais.

Em busca de água, o homem vasculhou a esmo a área ao redor da pia. Dentre todos os compostos químicos, a água é o mais simples. Não havia como afirmar que não encontraria um pouco, com a mesma casualidade de quem acha uma moeda de um centavo no fundo da gaveta da escrivaninha. Vejam só, ele podia até sentir o cheiro de água. Era cheiro de água, sem dúvida. O homem agarrou de súbito a areia molhada do fundo do jarro de água e encheu a boca com ela. O vômito quase lhe subiu à boca. Ele dobrou o corpo e sentiu o estômago se contorcer. Transbordaram-lhe as lágrimas e um suco gástrico amarelo.

A dor de cabeça agora deslizava para cima de seus olhos como um beiral de chumbo. Aparentemente, o desejo sexual servira de atalho para a aniquilação. De repente, o homem se pôs de gatinhas e começou a escavar a areia do chão de terra batida, como se fosse um cachorro. Depois de cavar até a altura dos cotovelos, encontrou areia escura, carregando já certa umidade. Enterrou o rosto ali dentro e, pressionando a testa ardente, absorveu a plenos pulmões o cheiro da areia. Quem sabe o oxigênio e o hidrogênio não lhe fariam o favor de se combinar dentro do estômago.

— Merda, como podem usar um truque sujo desses?! — Voltou-se para a mulher, cravando as unhas nas palmas das mãos e engrossando a voz. — O que eles pretendem fazer?! Não tem mais água, mesmo, em lugar nenhum?!

Enquanto trazia o quimono para junto do ventre exposto, a mulher virou o torso e sussurrou:

— Pois é, não tem...

— Não tem? E você acha que dá para aceitar uma resposta dessas?! Para mim já é caso de vida ou morte! Filha da puta! Faça algo de uma vez! Por favor... Viu? Estou até pedindo com educação!

— Mas eu já disse, é só a gente começar a trabalhar que logo...

— Certo, eu me rendo! Não tem jeito, eu concedo a vitória... — Já bastava, pois ele não era sardinha seca para morrer daquela maneira. Não que tivesse desistido de verdade, mas, se fosse para conseguir água, ele até dançaria como um macaco para eles. — Já disse que me rendo... Só que eu não posso esperar até o horário de distribuição de água de sempre... Para começo de conversa, por acaso tem como fazer algum trabalho quando a gente está assim, seco como um pau?! Preciso que você entre logo em contato com eles... Você também está com sede, não está?

— Se a gente trabalhar, eles vão saber logo, logo... Sempre tem alguém espiando com um binóculo lá da torre de incêndio...

— Torre de incêndio?

Dizem que, no cárcere, mais que as grades de ferro e as paredes, é aquela janelinha apertada o que realmente dá a sensação de que se está enclausurado. Em pânico, o homem tentou averiguar rapidamente o conteúdo de sua memória. O céu e a areia divididos pelo horizonte... Não havia espaço algum naquela paisagem para inserir uma torre de incêndio. E, se ele não podia vê-la de onde estava, tampouco imaginava que pudesse ser visto.

— É só olhar da beira do paredão lá nos fundos, que logo se vê...

O homem se curvou resignado e recolheu a pá. Demonstrar amor-próprio a essa altura seria tentar passar a ferro uma camiseta imunda. Saiu da casa como se estivesse sendo perseguido.

A areia estava quente como uma panela vazia ao fogo. Ele foi asfixiado pela claridade. O vento que entrava em seu nariz tinha um quê de sabonete. Quanto mais ele avançasse, mais perto estaria da água. Parou ao sopé do paredão que estava do lado do mar e, ao olhar para cima, percebeu que, de fato, a extremidade negra da torre raiava pequena como a ponta de um mindinho. Aquele espinho saliente talvez fosse a pessoa que montava guarda. Já teria se dado conta? Decerto o vigia estivera aguardando com prazer por aquele momento.

A mulher das dunas

O homem ergueu a pá e a agitou com força para a esquerda e para a direita, tentando chamar a atenção daquele espinho. Experimentou ajustar o ângulo de modo que a luz refletida pela lâmina brilhasse e ficasse mais chamativa. Uma membrana de mercúrio ardente se alastrava no fundo de seus olhos. O que a mulher estava pensando? Por que não vinha depressa para ajudá-lo?

Caiu então uma sombra inadvertida sobre ele, refrescante como um lenço umedecido. Era uma nuvem que passava. A nuvem, todavia, não era maior que uma folha caída, soprada para junto de uma das arestas do céu. Que merda, se ao menos chovesse, não precisaria passar por tais apuros. Bastaria estender as mãos juntas e teria então um punhado de água. A faixa de água que escorreria pelo vidro da janela... O pilar de água que jorraria da calha... Os respingos de água que criariam uma névoa sobre o asfalto...

Não sabia se estava sonhando ou se uma ilusão tinha se tornado realidade, mas ele se viu cercado por um alvoroço repentino. Quando voltou a si, estava de pé em meio a um desmoronamento de areia. Fugiu para baixo do beiral e se apoiou na parede. Sentiu os ossos se dissolverem como peixe enlatado. A sede lhe dava dor de cabeça, como que a explodindo. E os estilhaços resultantes se espalharam pela superfície de sua consciência, tornando-se pintas dispersas.

Retraiu o queixo e levou as mãos à barriga, para conter a ânsia de vômito.

Ouviu a voz da mulher. Ela estava chamando alguém, voltada para o paredão. Ele tentou espiar pelos vãos de suas pesadas pálpebras. O já conhecido ancião, que no início o conduzira até ali, naquele momento fazia menção de baixar um balde pendurado na ponta de uma corda. Era água! Até que enfim ela chegava! O balde enviesou e criou uma mancha na face inclinada da areia. Era água, legítima e inconfundível! O homem gritou e se lançou a ela, nadando pelos ares.

Assim que o balde chegou até onde suas mãos alcançavam, o homem empurrou a mulher para longe e enlaçou-o firme com ambos os braços, enquanto esperneava. Sem ao menos remover a corda, meteu a cara inteira para dentro, impaciente, convertendo-se em uma bomba de água que fazia pulsar todo o seu corpo. Levantou o rosto, respirou fundo e logo o meteu de novo para dentro. Quando ergueu o queixo pela terceira vez, quase se afogava, agoniado, com água a espirrar pelo nariz e pela boca. Dobrou frouxamente os joelhos e fechou os olhos. Então foi a vez de a mulher se abraçar ao balde. Ela não ficou para trás, reduzindo à metade o conteúdo do balde, enquanto produzia um som tal como se o corpo inteiro tivesse se transformado em uma válvula de borracha.

A mulher largou o balde sobre o solo e se recolheu para a parte de terra batida da casa. O ancião começou então a puxar a corda. Com um salto apressado, o homem fisgou a corda e suplicou:

— Espere! Preciso que você me ouça um pouco! Nem precisa responder, mas espere, por favor!

A mulher das dunas

O outro estancou as mãos, sem fazer objeção. Embora tenha piscado rapidamente os olhos com certo ar de perplexidade, seu rosto era quase de todo inexpressivo.

— Como me deram água, vou fazer o que precisa ser feito. Isso eu prometo; mas também quero que você me ouça. Vocês estão cometendo um engano, sem dúvida alguma. Eu sou um professor escolar, entendeu? Tenho meus colegas de trabalho, tenho a União dos Professores, e ainda por cima o Comitê Educativo e a Associação de Pais e Mestres esperando por mim... Por acaso você acha que o mundo vai ficar calado depois de meu desaparecimento?

Umedecendo o lábio superior com a ponta da língua, o ancião deixou transparecer um sorriso leve e indiferente. Não, não seria um sorriso; quem sabe ele apenas tivesse enrugado os cantos dos olhos na tentativa de protegê-los contra a areia que vinha voando junto com o vento. Contudo, nem mesmo uma única ruga escaparia à atenção do homem já desesperado.

— Hein? O que foi? Ora, não é possível que você não saiba que isso é quase... quase um crime.

— Pois é, mas já se passaram dez dias e a gente não ouviu nada do posto de polícia — proferiu o ancião reavaliando vagaroso cada palavra, com absoluta franqueza. — Se já se foram dez dias sem nenhuma notícia, você vê, bem, como dizer...

— Não foram dez dias, foi uma semana!

O ancião se calou. De fato, nesse momento ele não chegaria a lugar nenhum com tal discussão. O homem conteve seu coração exaltado e, com o timbre de quem tinha uma régua a endireitar-lhe as costas, continuou:

— Bem, tanto faz. Não seria melhor você descer aqui para a gente poder sentar e ter uma conversa tranquila? Eu juro que não vou tentar nada suspeito. Mesmo que eu tentasse, não teria como ganhar, afinal, sou eu contra todos vocês. Eu prometo.

Como era de se esperar, o ancião permaneceu calado. A respiração do homem era cada vez mais ofegante.

— Olhe, é claro que eu também entendo como este trabalho de cavar areia é importante para a vila. Não há como negar que é um problema cotidiano aqui. Um problema grave. Eu entendo muito bem. Tanto que, vá saber, mesmo que não me tivessem forçado deste jeito, pode ser que eu quisesse ajudar vocês espontaneamente. Falo sério! Vendo esta realidade, querer cooperar seria um sentimento naturalmente humano, não é? Mas, mesmo assim, vocês por acaso acham que, com esse método, vão conseguir cooperação de verdade? Eu tenho minhas dúvidas... Será que não seria possível pensar em um método mais adequado de obter auxílio? É preciso dar a cada pessoa seu lugar mais justo. No lugar errado, até a vontade de cooperar acaba sendo desperdiçada. Você não concorda? Não acha que existe um modo melhor de me utilizar, sem precisar passar por esta corda bamba perigosa?

Não era possível saber se o ancião lhe dava ouvidos ou não; virou desinteressado o pescoço, fazendo um gesto de quem tentava se desvencilhar de um gato grudado. Ou será que estaria preocupado com o guarda na torre de incêndio? Seria inconveniente para ele ser avistado conversando com o homem?

— Está ouvindo? Com certeza, cavar a areia é algo importante... Mas isso é só um método, e não o objetivo. O objetivo é saber o que fazer para proteger o dia a dia de vocês contra a ameaça da areia... Hein, não é mesmo? Por sorte, eu já acumulei um bom tanto de conhecimento sobre a areia. Tenho um interesse especial por ela, sabe? É por isso mesmo que me dei ao trabalho de vir até um lugar como este. A areia tem, por assim dizer, um charme fantástico que atrai as gerações mais jovens de hoje. Ou seja, também é possível usar isso a favor de vocês. Começar a desenvolver o lugar como um novo ponto turístico. Em vez de se opor à areia, utilizá-la, tirar proveito dela... Em suma, estou falando de tentar mudar a maneira de pensar, sem olhar para trás.

O ancião ergueu os olhos e respondeu pontualmente, sem muito interesse:

— Pois é, mas é que um local turístico precisa de uma fonte termal. Além disso, todo mundo sabe que quem lucra com o turismo são sempre os comerciantes ou gente de fora.

Talvez fosse sua imaginação, mas, tendo sentido um ar de deboche, o homem recordou involuntariamente a história que a mulher lhe contara, sobre o vendedor de cartões-postais turísticos que tivera o mesmo destino que ele e acabara morrendo doente.

— Sim... É claro que isso foi só um exemplo. Também se pode pensar em alguma hortaliça especial, adequada às propriedades da areia, não? Resumindo, o que eu quero dizer é que não existe necessidade de se apegar a todo custo a um modo de vida ultrapassado.

— Ah, sobre isso, a gente já está fazendo muitos experimentos. Até tentando cultivar amendoins e bulbos, por exemplo. As tulipas cresceram tão bonitas, eu queria até poder mostrar para você...

— Então que tal alguma obra de proteção contra a areia? Uma obra de proteção de verdade. Eu também tenho um amigo que é jornalista... Usar a imprensa para mobilizar a sociedade pode ajudar.

— Por mais que a dona sociedade tenha dó da gente, se a gente não receber o mais importante, que é a ajuda financeira, não vai chegar a lugar nenhum.

— Pois é disso que estou falando: instigar um movimento para obter dinheiro.

— Mas parece que, por decisão do governo, as verbas de auxílio em caso de desastres não cobrem os estragos causados pela areia.

— Então basta se esforçar para fazer com que eles reconheçam o problema!

— Eu me pergunto o que uma comunidade pobre como a nossa vai conseguir. É claro que a gente já está com a situação por aqui, ó... Seja como for, esta maneira de fazer as coisas é a mais barata de todas. Se a gente for deixar com o governo, enquanto eles ficam lá fazendo contas, aí sim é que a gente acaba logo dentro da areia...

A mulher das dunas

— Mas vocês precisam entender minha posição! — gritou, sem poder se conter. — Vocês também têm filhos, não? Então não é possível que não entendam o dever de um professor!

Nesse instante, o ancião puxou a corda. Desprevenido, o homem acabou relaxando a mão por acidente. Como era possível? O outro estaria fingindo dar ouvidos a ele apenas a fim de aguardar a oportunidade para recolher a corda? As mãos que o homem, estupefato, estendera ficaram vagando pelo ar.

— Parece loucura... Vocês não podem estar em plena consciência. Este trabalho de cavar a areia, por acaso, não basta treinamento para que até um macaco consiga fazer? Deve ter algo melhor com que eu possa me ocupar. Um ser humano precisa ter como compromisso fazer pleno uso das habilidades que possui.

— Pode até ser — disse o ancião com a disposição casual de quem se levanta de uma roda de conversa cotidiana. — Bem, seja como for, a gente está contando com sua ajuda. Eu, de minha parte, vou tentar me manter sempre à disposição.

— Espere! Não me venha com piadas! Ei, espere, por favor! Você vai se arrepender! Você ainda não entendeu merda nenhuma! Por favor... Eu já disse para esperar!

Dessa vez, o ancião já não olhou para trás. Levantou-se primeiro com os ombros encolhidos, como se carregasse sobre eles um fardo pesado; os ombros já não se deixaram ver depois do terceiro passo, seguidos pela figura inteira do velho que, com o quarto passo, saiu de seu campo de visão.

O homem se apoiou exausto contra o paredão. Enterrou a cabeça e ambos os braços dentro da areia. A areia que escorria da base de seu colarinho formou uma almofada no limite entre a camiseta e as calças. De súbito, o suor começou a brotar impetuoso, primeiro do peito, depois de trás do pescoço, da testa e, enfim, das virilhas. A água que acabara de beber escorria do mesmo modo que havia sido tragada. Ao que o suor e a areia se mesclavam, pareciam se converter em um emplastro contendo mostarda, dada a maneira como faziam arder a pele. Inflamada, a pele se tornava uma capa de chuva revestida de borracha.

A mulher já se lançara ao trabalho. Ele se viu então acometido por uma profunda e repentina suspeita. Teve a sensação de que ela havia bebido toda a água restante. Voltou às pressas para dentro da casa.

Ainda restava a mesma quantidade de água que antes. De um só fôlego, ele mandou para dentro mais três ou quatro goles, admirando-se mais uma vez com o sabor daquele mineral transparente e, ao mesmo tempo, não sendo capaz de ocultar por completo o temor que trazia entalado na garganta. Não havia como aquilo durar até a noite. Era óbvio que não teriam como preparar a refeição. Aquela gente tinha tudo calculado. "Eles têm a intenção de usar o medo da sede como uma rédea para me dominar com destreza", pensou.

Ele enterrou na cabeça o chapéu de palha trançada que servia de proteção contra o sol, metendo-o até a altura dos olhos, e foi para fora como se em fuga. Diante da sede, o raciocínio e o discernimento não passavam de um único floco de neve caindo sobre uma testa febril. Se dez copos d'água seriam um alívio, um só copo era, antes, um flagelo.

— Onde é que estava essa pá?

A mulher apontou displicente para a sombra do beiral, deixando transparecer um sorriso cansado, e pressionou a ponta da manga contra o suor da testa. Podia até ter sido subjugada por ele, mas não havia se esquecido de, em um átimo, guardar as ferramentas. Devia ser uma mentalidade incutida naturalmente nas pessoas que viviam em meio à areia.

Tão logo empunhou a pá, sentiu os ossos se encolherem como um tripé dobrável, pesados pelo cansaço. Mal tinha pregado os olhos, desde o dia anterior. Antes de tudo, seria necessário consultar a mulher para saber qual o volume mínimo de trabalho que teriam de fazer. Mas até abrir a boca já era desgastante. Talvez porque despendera todas as suas forças contra o velho, suas cordas vocais se encontravam esfrangalhadas como as fibras de uma tira de lula seca. Postou-se ao lado da mulher e começou a usar a pá maquinalmente.

Os dois como que entrelaçaram seus movimentos para continuar a escavar o espaço entre o paredão e a casa. A frouxa parede de tábuas se assemelhava a *mochi* que não secara por completo, parecendo pronta para servir de canteiro para fungos. Não tardou para que um monte de areia se formasse a um canto. Meteram a areia nas latas de querosene e carregaram-nas até um local mais amplo. Ao terminarem de transferir a carga, continuaram a escavar o ponto mais adiante.

Era um exercício automático, quase sem intenção. A saliva repleta de bolhas recheava a boca do homem com um gosto de clara de ovo. Escorria pelo queixo e pingava sobre o peito, e ele não fazia caso dela.

— Com a mão esquerda, agarre assim, mais embaixo — advertiu baixinho a mulher. — Se você a mantiver aí e usar a mão direita como alavanca, vai se cansar bem menos.

Fez-se ouvir o grasnar de um corvo. Os raios de luz, de repente, mudaram de amarelos para azuis. O sofrimento que ora trazia em primeiro plano foi se desfazendo para dentro da paisagem ao seu redor. Quatro corvos passaram voando em uma rasante pelos ares, paralelos com a orla marítima. As pontas das asas estendidas brilhavam com um tom verde-escuro, o que, por algum motivo, fez o homem se lembrar do cianureto de potássio dentro do frasco de inseticida. Aliás, antes que esquecesse, precisava transferi-lo para outro recipiente e envolvê-lo em plástico. Aquilo logo se derreteria em uma pasta quando entrasse em contato com a umidade.

— Acho que a gente já pode parar por ora — disse a mulher e olhou para o alto do paredão.

Não era de espantar que até ela tivesse o rosto ressecado, claramente empalidecido, mesmo através da camada de areia nele grudada. Nesse momento, os arredores se escureceram, pintados com uma cor de ferrugem. Tateando para achar o caminho dentro do túnel formado pela consciência que se ia embaçando, foi com muito esforço que o homem chegou ao colchonete, seboso como entranhas de peixe. Quando fora que a mulher havia voltado? Ele já não se lembrava.

22

Se alguém derramasse gesso nos espaços que existem entre seus músculos, sem dúvida a sensação seria igual à que ele tinha agora. Por que estaria tão escuro, apesar de ele acreditar ter os olhos abertos? Em algum lugar, um rato parecia estar arrastando material para fazer seu ninho... A garganta ardia, e a dor era tanta, como se ela houvesse sido lixada... Seus órgãos internos borbulhavam como uma usina de tratamento de dejetos... Ele queria fumar um cigarro. Não, antes disso, queria beber água. Água! Foi, de súbito, arrastado de volta para a realidade... Isso mesmo, aquilo não era um rato, mas a mulher que começara a trabalhar! Quanto tempo será que ele havia dormido? Fez menção de se levantar, mas foi levado de novo ao colchão, imobilizado por uma força assombrosa. Lembrou-se de arrancar a toalha que trazia sobre o rosto, e então viu que o luar penetrava pela porta escancarada, tímido e refrescante, como se estivesse atravessando gelatina. Havia anoitecido novamente sem que o homem percebesse.

À sua cabeceira, estavam postos a chaleira, o lampião e a garrafa de *shochu*. Escorou-se em um dos cotovelos e enxaguou a boca, mirando no *irori* para cuspir a água do bochecho. Molhou a garganta vagarosamente, deleitando-se. Ao vasculhar a área ao lado do lampião, sua mão encostou em um embrulho macio, e encontrou ainda fósforos e cigarros. Acendeu o lampião e um cigarro e experimentou encher de leve a boca com o *shochu*. A consciência antes dispersa foi gradualmente tomando forma.

O conteúdo do embrulho era sua marmita. Tudo trazia ainda um pouco de calor: os três oniguiris de arroz misturado com trigo, os dois *mezashi*[18], o *takuan*[19] seco e todo enrugado, o cozido de verduras com sabor amargo. As verduras tinham jeito de ser folhas secas de rabanete japonês. Um único *mezashi* e um único oniguiri foram demais para ele. Seu estômago estava regelado feito uma luva de borracha.

Quando o homem se levantou, suas juntas produziram um som de telhado de ferro corrugado gemendo ao vento. Temeroso, ele espiou para dentro do jarro de água e viu que estava cheio até a borda. Umedeceu a toalha e a pressionou contra o rosto. Um calafrio atravessou seu corpo inteiro como uma luz fluorescente. Depois de esfregar o pescoço e as axilas, espanou a areia que havia entre os dedos. Quem sabe o propósito da vida humana devesse ser resumido a esse instante.

— Quer que eu sirva um *bancha*?

A mulher estava parada à porta.

---

18. Sardinhas salgadas e secas unidas pela cabeça com um palito, comumente assadas. [N.T.]

19. Picles de rabanete japonês. [N.T.]

— Não precisa... Meu estômago está transbordando de tanta água.

— Conseguiu dormir bem?

— Você podia ter me acordado junto...

Cabisbaixa, a mulher soltou uma risada como se sentisse cócegas.

— Na verdade, eu acordei três vezes durante o dia para pôr de novo a toalha em seu rosto.

Aquele era o mesmo coquetismo demonstrado por uma criança de três anos que acabara de aprender como usar o sorriso falso dos adultos. Sem saber como expressar a satisfação, sua aparência desconcertada se fazia ostensiva. O homem desviou os olhos com um ar sombrio.

— Quer que eu ajude a cavar? Ou prefere que eu fique com os carregamentos?

— Pois é... Como o próximo cesto já vai chegar logo mais...

Quando enfim se lançou ao trabalho, ele descobriu que, por algum motivo, não sentia uma resistência tão forte quanto imaginava. Qual teria sido a causa dessa mudança? Seria culpa pelo medo de ter a água racionada, culpa pela dívida que sentia para com a mulher, ou ainda devido à natureza do próprio trabalho? De fato, parece existir no trabalho certo amparo para os seres humanos, que lhes permite suportar a passagem constante e mesmo sem rumo do tempo.

Ele não lembrava exatamente quando, mas certa vez fora assistir a alguma palestra, convidado pelo Fita de Möbius. O local era contornado por uma cerca baixa de ferro e, do lado de dentro da cerca, o solo estava quase todo coberto por pedaços de papel, caixas vazias e outras coisas como panos velhos de procedência duvidosa. Qual teria sido a intenção de quem projetou o lugar ao fixar lá aquela coisa? Ao se indagar assim, viu que havia um homem de terno já desgastado que se atirava sobre a cerca, experimentando esfregá-la de forma insistente com a ponta do dedo, como que personificando sua dúvida. O Fita de Möbius lhe revelou entredentes que aquele era um detetive à paisana. Depois disso, avistou no telhado do local o vestígio cor de café de um vazamento tão grande como jamais havia visto. Inserido nesse ambiente, o palestrante dizia o seguinte: "O caminho para superar o trabalho existe somente no próprio trabalho. Não é o trabalho em si que tem valor, mas é trabalhando que se supera o trabalho. É precisamente essa energia de autonegação que constitui o verdadeiro valor do trabalho."

Fez-se ouvir o alarme de um assovio agudo, desses que se dão soprando um círculo feito com os dedos. Em seguida, chegou o chamado descontraído de quem vinha puxando o cesto correndo. Ele ia se aquietando conforme se aproximava, como era de se esperar. O cesto foi baixado em meio ao silêncio. O homem pôde sentir a atmosfera tensa de vigilância; contudo, a essa altura, não chegaria a lugar nenhum gritando contra o paredão. Tendo carregado sem contratempos a quantidade predeterminada de areia, sua ansiedade se atenuou, parecendo-lhe que mesmo o ar agora oferecia uma sensação diferente à pele. Acontecia entre eles, pelo visto, um entendimento tácito e mútuo.

A mulher das dunas

Na própria atitude da mulher foi possível ver uma mudança clara.

— Vamos beber alguma coisa... Eu vou esquentar o chá.

Tanto sua voz quanto seus movimentos estavam mais joviais. Era uma faceirice extravasante de alguém que já não aguentava mais o ambiente. O homem estava nauseado como se houvesse comido açúcar em excesso. Não obstante, quando ela cruzou seu caminho, foi capaz de ao menos lhe apalpar sorrateiramente as nádegas. É claro que, quando a tensão elétrica se torna muito elevada, a fiação acaba queimando. Ele jamais teria a intenção de ludibriar a mulher dessa forma. Ainda pensava, em alguma ocasião, contar-lhe a história do soldado que defendia um castelo ilusório.

Era uma vez um castelo... Não, nem precisava ser um castelo: tanto fazia que fosse uma fábrica, um banco ou uma casa de apostas. Tampouco importava se o soldado fosse um vigia ou um leão de chácara. Pois bem, o soldado estava sempre preparado para uma invasão do inimigo, sem relaxar em sua vigília. Até que, certo dia, chegou, enfim, o tão antecipado inimigo. O soldado tocou o sinal de alarme como se fosse a última ação de sua vida. No entanto, para sua surpresa, não recebeu nenhuma resposta do corpo principal das tropas. O inimigo derrotou o soldado sem qualquer dificuldade, de um único golpe. Em meio à consciência cada vez mais dissipada, o soldado viu... viu o inimigo atravessar como o vento portões, paredes e construções sem ser obstruído por nada nem ninguém; ou melhor, não era o inimigo que parecia ser como o vento, mas, antes, o castelo. O soldado, como uma árvore ressequida no meio do campo desolado, vinha protegendo completamente sozinho uma ilusão.

Ele se sentou sobre a pá para acender o cigarro. Foi só no terceiro fósforo que, enfim, pôde manter o fogo. O cansaço, estagnado como tinta *sumi* gotejada sobre a água, tornou-se uma roda, uma água-viva, uma *kusudama*[20], um modelo do núcleo atômico, e assim foi se diluindo. Algum pássaro notívago que avistara um rato silvestre agora chamava seus companheiros com um canto detestável. Um cachorro inseguro latia a plenos pulmões. No alto céu da noite, sibilava incessante o som abrasivo de um vento que corria a uma velocidade impressionante. Já junto ao solo, o vento era uma faca que ia cortando de fatia em fatia a película da superfície arenosa, para logo continuar a fazê-la fluir. Ele enxugou o suor, assoou o nariz e espanou a areia da cabeça. As marcas do vento a seus pés, em algum momento, haviam se tornado semelhantes à crista de uma onda cujo movimento fora interrompido.

Fosse aquilo uma onda sonora, que tipo de música será que ele poderia ouvir? Caso cravasse uns *hibashi*[21] nas narinas de alguém, usando o pegajoso sangue resultante para lhe estufar os ouvidos, esmagasse seus dentes um por um com um martelo, enfiando depois os estilhaços na uretra, e

---

20. Espécie de esfera ornamental feita com múltiplas dobraduras de papel coladas ou costuradas juntas. [N.T.]
21. Pauzinhos de metal semelhantes àqueles utilizados na alimentação, porém destinados ao manuseio do carvão em fogareiros etc. [N.T.]

cortasse ainda os lábios genitais, costurando-os às pálpebras de cada olho, é possível que essa vítima também começasse a entoar uma canção similar. Tudo isso pode parecer cruel, mas existe aí algo distinto da crueldade. De repente, ele teve a sensação de que seus olhos voaram às alturas como pássaros e agora o observavam inertes lá do alto. Não havia dúvida de que, pensando sobre coisas bizarras em um lugar como aquele, era, antes, sua própria existência que se mostrava deveras bizarra.

23

Got a one way ticket to the blues, woo woo...
(Isso é um triste blues sobre uma passagem só de ida...)
Quem quiser cantar, que cante à vontade. Mas uma pessoa que obtém uma passagem só de ida jamais canta desse jeito. Para a classe das pessoas que não têm nada além de uma passagem só de ida, os calcanhares dos sapatos estão sempre tão gastos que a dor lhes reverbera pela perna mesmo ao pisar sobre a menor das pedras. Já não aguentam mais caminhar. O que eles querem cantar é o blues da passagem de ida e volta. Passagens só de ida são para vidas despedaçadas, as quais perderam o elo entre o ontem e o hoje, entre o hoje e o amanhã. Somente pessoas que afinal já agarraram uma passagem de ida e volta com firmeza entre os dedos são capazes de cantarolar sobre uma passagem só de ida toda esfrangalhada. É por isso mesmo que, para não perderem

ou não deixarem a passagem da volta ser roubada, as pessoas se desesperam para comprar ações, comprar seguros de vida ou dizer mentiras para seus superiores e para a União Trabalhista. Com o propósito de tapar os ouvidos diante dos insistentes berros em busca de ajuda dados pelo bando de pessoas que têm uma passagem só de ida — os quais vazam pelo encanamento da banheira ou sobem pelo buraco da latrina —, tais pessoas ligam a televisão com o volume indiscriminadamente alto ou cantarolam com devoção o blues da passagem só de ida. Não seria estranho que a canção das pessoas aprisionadas fosse o blues da passagem de ida e volta.

Aproveitando cada folga que encontrava, o homem havia começado a preparar uma corda em segredo. Desfiou a muda de camiseta que tinha e entrelaçou depois as tiras, atando o resultado ao cinturão de quimono do finado marido da mulher. Obteve com isso cerca de cinco metros. Quando chegasse a hora, pretendia anexar à ponta uma enferrujada tesoura de costura, mantendo-a entreaberta com um pedaço de pau e prendendo tudo com bastante firmeza. É claro que o comprimento da corda ainda era insuficiente. Mas, se atasse juntas a corda de palha onde estavam os peixes e milhos secos no chão de terra batida e a corda de cânhamo usada para estender a roupa lavada, possivelmente chegaria ao comprimento necessário, ou perto disso.

A ideia lhe ocorrera de modo bastante repentino. Contudo, não há como dizer que são apenas os planos aprimorados por largo tempo os bem-sucedidos do início ao fim.

A mulher das dunas

Mesmo um lampejo advém de um capital inicial de raciocínio à altura; acontece apenas que não se tem consciência do trajeto percorrido até ele. A taxa de sucesso nesses casos deve ser, antes, mais alta que a de ideias escrutinadas com inabilidade.

O único problema seria o horário de pôr a coisa em prática. Era indiscutível que o melhor momento para fugir seria durante o claro do dia, enquanto a mulher ainda estivesse dormindo. Mas, por outro lado, seria bom que ele pudesse cruzar a vila durante a noite. Portanto, ele teria de sair dali pouco antes de a mulher despertar. E então esconder-se em algum lugar qualquer para esperar que o sol se pusesse até poder enfim entrar em ação. Utilizar a escuridão que antecedia o nascer da lua para ir correndo até a estrada onde passava o ônibus não seria algo assim tão complicado.

Nesse meio-tempo, o homem se esforçou por extrair da mulher informações sobre a geografia e o posicionamento do povoado. Como havia se desenvolvido a economia da vila, que não possuía um único barco pesqueiro apesar de estar voltada para o mar? Quem estava cultivando as tulipas, e onde isso era feito? Como as crianças iam à escola? Embora os dados obtidos fossem indiretos, bastou uni-los à memória vaga que ainda tinha do primeiro dia em que chegara àquele local para conseguir produzir um mapa rudimentar.

Idealmente, não haveria nada melhor que dar meia-volta e fugir sem precisar atravessar a vila, mas acontecia de o lado oeste estar bloqueado por um penhasco bastante íngreme, que, mesmo não sendo tão alto, parecia haver se tornado uma das conhecidas "rochas-biombo"[22] devido à erosão das ondas em tempos remotos. Embora houvesse lá um andaime usado pelo pessoal da vila para ir colher lenha, ele estava oculto pelo matagal, parecendo não ser simples distingui-lo; além do quê, não seria bom gerar suspeitas na mulher por tentar questioná-la de modo mais persistente a respeito disso. Já o lado contrário, a leste, era formado por uma enseada acentuadamente estreita; por conseguinte, ao cabo de mais de dez quilômetros de subidas e descidas pelas dunas desabitadas, o trajeto era tal que o forçaria a fazer uma meia-volta para conduzi-lo de novo às redondezas da saída do mesmo povoado. Em suma, a vila era um saco de areia cuja boca estava atada por uma rocha-biombo e uma enseada. Em vez de gastar tempo desorientado pelos arredores e dar a oportunidade para que o pessoal da vila percebesse sua ausência, tinha a impressão de que a estratégia mais segura seria cruzar a vila pelo meio, resoluto.

Isso não queria dizer que todos os seus problemas estavam resolvidos. Por exemplo, havia os olhos daquele tal guarda da torre de incêndio. E mais: a mulher faria um escarcéu ao se dar conta de sua fuga, gerando então a preocupação de que as saídas seriam todas fechadas antes que ele pudesse escapar. É claro que essas duas questões podiam, enfim, ser resumidas a uma única. Era sempre depois de já haver passado um bom tanto de tempo desde o crepúsculo que

---

22. Como são conhecidos no Japão os penhascos compridos e perpendiculares, semelhantes a um biombo aberto. [N.T.]

o pessoal responsável por carregar o primeiro cesto vinha entregar água e as provisões cotidianas. Caso a mulher quisesse notificá-los da ausência dele antes disso, como previsto, o único modo seria fazê-lo através do guarda da torre de incêndio. O problema se reduziria então a saber o que ele deveria fazer a respeito do tal guarda.

Felizmente, naquelas redondezas, talvez por causa das mudanças violentas de temperatura, de trinta a sessenta minutos antes do ocaso uma neblina se levantava sem falta sobre o solo. Isso parecia ocorrer porque o ácido silícico dentro da areia, de baixa capacidade térmica, vomitava de súbito o calor que absorvera até não poder mais durante o dia. Não havia dúvida de que o campo de visão acabaria de todo obstruído para quem observasse da torre de incêndio, uma vez que ela estava posicionada a um ângulo que recebia em cheio o reflexo dos raios de luz, efeito que transformava mesmo a mais ínfima neblina em uma cortina espessa e opaca. Ele já havia verificado essa questão ainda no dia anterior. Agitara a toalha repetidas vezes ao sopé do paredão mais próximo do mar, experimentando fazer sinal ao guarda, mas, como esperado, não obteve reação alguma.

A execução ficaria para o quarto dia depois de ter bolado o plano. Decidiu escolher a noite de sábado, para a qual estava sempre marcada a distribuição de água para banho. Na noite da véspera, fingiu ter contraído uma gripe para poder dormir e descansar o suficiente. Para convencer, fez a todo custo com que lhe trouxessem umas aspirinas. Disseram-lhe que o remédio estivera abandonado em uma prateleira no fundo da vendinha, e por isso havia mudado de cor por completo. Tomou duas pílulas junto com o *shochu* e sentiu efeito instantâneo. Salvo por ter ouvido uma vez o som do cesto sendo carregado, não se lembrou de praticamente mais nada até que a mulher terminou o trabalho e voltou para casa.

Havendo trabalhado sozinha pela primeira vez em algum tempo, naturalmente podia se notar na mulher um profundo ar de cansaço. Depois de dizer uma ou outra bobagem a fim de importunar a mulher, que já estava atarantada por ter de preparar tão tarde a refeição, comentou ainda que a pia vinha apresentando problemas havia algum tempo e precisava ser consertada. Vendo no egoísmo do homem também um sinal de que ele havia começado a criar raízes nos pés e já se sentia em sua própria casa, a mulher não fez uma expressão sequer de aborrecimento, temendo desagradá-lo. Pois bem, depois do trabalho, era natural querer tomar banho. A sensação da areia grudando à pele encharcada pelo suor excretado durante a noite era algo particularmente insuportável. E era justo o dia de distribuição da água para banho e, além disso, a mulher tinha uma predileção singular em lavar-lhe o corpo, de modo que não rejeitou o pedido.

Enquanto era lavado, ele fingiu se excitar e arrancou de imediato o quimono da mulher. Quis retribuir à parceira, lavando também o corpo dela. A mulher ficou plantada em pé, perdida entre o desnorteamento e a expectativa. Mesmo os gestos que tentavam impedi-lo não deixavam claro o que tentavam impedir exatamente. O homem jogou ligeiro a água quente do balde sobre o corpo nu da mulher e, sem usar a toalha, acariciou seu corpo tocando-a diretamente com as mãos ensaboadas. Começou pelos lóbulos das orelhas, passou para baixo do queixo e, roçando-lhe os ombros, moveu uma das mãos para lhe agarrar o seio. Ela proferiu algo e então deslizou o corpo pelo peito do homem até seu ventre, agachando-se. Nessa posição, é claro, esperava pelo o homem. Mas ele não teve pressa. Fez questão de dedicar um tempo especial ao passar seus dedos em uma massagem zelosa por cada minúcia do corpo da mulher.

A excitação dela o contagiou. Mas havia nele certa reserva, devido a uma tristeza peculiar, diferente da de sempre. A mulher agora cintilava por dentro, como se houvesse sido banhada por uma onda de ardentias.[23] Trair esse seu sentimento seria como disparar, inesperadamente, um tiro de canhão contra um condenado à morte que acabara de ser libertado. A fim de atiçar os sentidos que iam se arrefecendo, o homem se comportou de modo ainda mais descomedido.

Contudo, existe um limite mesmo para uma paixão pervertida. Até a mulher, que a princípio buscava incitá--lo, passou a demonstrar um temor manifesto perante o desvario do homem. Ele, de sua parte, viu-se acometido em certos momentos por uma letargia como se já houvesse atingido o clímax. Cada vez que isso acontecia, no entanto, ele concentrava novamente a coragem atiçando-se com esta ou aquela outra fantasia indecente, abocanhando o seio da

---

23. *Noctiluca scintillans*, organismo unicelular bioluminescente. [N.T.]

mulher ou fazendo se chocarem os corpos que, devido ao sabonete, à areia e ao suor, pareciam cobertos de óleo de máquina mesclado com pó de ferro, e assim ia inflamando seu frenesi. Ele tinha a intenção de que aquilo durasse pelo menos umas duas horas. A mulher, por fim, soltou um gemido, fazendo ranger alto os dentes, e se encolheu. Por detrás dela, como um coelho, o homem acabou com o ato em poucos segundos. Ele jogou água sobre o corpo para remover o sabonete e, em seguida, fez com que ela tomasse, quer quisesse, quer não, três aspirinas e um copo cheio de *shochu*. Com isso, até o sol se pôr — e, caso corresse tudo bem, até ela ser chamada aos gritos pelo pessoal do cesto —, ela sem dúvida dormiria um sono profundo.

A mulher roncava como se suas narinas houvessem sido seladas com um tampão de papel. A respiração era longa e profunda, e, embora ele houvesse experimentado lhe chutar de leve próximo ao calcanhar, ela não exibiu praticamente nenhuma alteração. Era uma catraca velha da qual o desejo sexual havia sido espremido por completo. Arrumou a toalha que começava a deslizar sobre seu rosto e lhe baixou até a altura dos joelhos o quimono que estava preso por um cordão ao redor do ventre. Por felicidade, como estava atarefado com os preparativos finais de seu plano, não tinha tempo para se deixar enlevar por emoções. Assim que terminou de preparar sua engenhoca com a velha tesoura à qual havia atentado desde antes, já era quase a hora programada. Em seu último relance antes de sair, sentiu uma dor dilacerante.

Na área, a cerca de um metro da borda superior do buraco, uma luz tênue flutuava formando um círculo. Devia ser entre seis e meia e seis e quarenta. Era a hora perfeita. Estendeu os braços com força para trás, girou o pescoço e relaxou os músculos dos ombros.

Primeiro, tinha de subir no telhado. Afinal, ao jogar alguma coisa, a taxa de sucesso é maior quanto mais próximo de quarenta e cinco graus está o ângulo de elevação. Apesar de ele querer, na verdade, usar a corda também para subir no telhado e assim testar sua robustez, não chegaria a lugar nenhum caso despertasse a mulher com o som da tesoura batendo contra as telhas. Decidiu pular o teste de seu plano, apenas dando a volta pelos fundos e utilizando como apoio os resquícios de uma proteção contra a chuva que parecia haver sido usada antigamente para secar alguma coisa, a fim de subir rastejando. Diante dos blocos de madeira delgados e meio apodrecidos, sentiu seu espírito arrefecer. O pior, no entanto, veio depois. Devido à talhadura feita pelas areias esvoaçantes, viam-se alvas e retas as ripas de madeira do telhado, como se ele houvesse acabado de ser construído, mas, ao tentar de fato subir ali, descobriu que, como era de se imaginar, ele estava bambo como um biscoito umedecido. Seria uma bela cena caso o furasse ao pisar. Pôs-se de gatinhas para distribuir o peso do corpo e prosseguiu vagaroso em frente. Enfim chegando à viga mestra, escarranchou as pernas e se pôs de joelhos. Além de o topo do telhado já estar envolto pela escuridão, as tênues granulações de uma fria cor de mel à borda do lado oeste do buraco eram um sinal de que a neblina não tardaria a aparecer. Aparentemente, já não havia necessidade de se preocupar com o vigia da torre.

Segurou na mão direita um trecho de, mais ou menos, um metro distante da tesoura e, como devia ser feito com uma corda a ser lançada, girou-a em um círculo sobre a cabeça. Seu objetivo era a já conhecida saca de arroz que fazia as vezes de roldana na ocasião em que vinham baixar e subir o cesto. Posto que ela tinha sido usada outrora para fixar a escada de corda, sem dúvida estava enterrada com bastante firmeza na areia. Acelerou cada vez mais a rotação, apurou a pontaria e fez o lançamento. A corda saiu voando para uma direção completamente diferente da esperada. Talvez sua forma de pensar estivesse errada, achando que devia "jogar" a corda. Como a tesoura voava seguindo a tangente do círculo traçado, bastava usar a corda como referência e afrouxar a mão no átimo em que ela estivesse perpendicular ao alvo, ou escolher um curto instante antes disso. De fato, era assim mesmo! Entretanto, por infortúnio, dessa vez ela atingiu o meio do paredão e acabou caindo. A velocidade de rotação e o cálculo do ângulo de elevação ainda não eram satisfatórios.

Conforme foi repetindo as várias tentativas, tanto a distância quanto o ângulo passaram a se estabilizar bastante. Porém, ainda estava um pouco distante do alvo. Ele se acalmaria caso pudesse ver sinais de progresso, mas, além de a margem de erro não diminuir, pro causa do cansaço e da afobação, a irregularidade parecia, antes, se tornar mais terrível. Talvez ele tivesse pensado naquele plano de maneira muito simplória. Não era como se ele tivesse sido ludibriado por alguém, mas, mesmo assim, dominado pela raiva, sentiu vontade de começar a chorar.

A lei da probabilidade, a qual diz que a possibilidade existe em proporção direta ao número de repetições, não haveria de mentir. Depois de lançar a corda mais de dez vezes, já sem nenhuma esperança e desalentado, ele conseguiu então que ela passasse certeira sobre a saca de arroz e se mantivesse esticada. O interior da boca do homem se fez dormente. Tão logo engoliu a saliva, ela voltou a brotar-lhe. Mas ainda era cedo para se embevecer... Ele acabara de obter o dinheiro para comprar um bilhete de loteria... Era dali em diante que saberia se seria sorteado ou não. Concentrou todos os seus nervos na corda e, imaginando tentar usar uma teia de aranha para trazer uma estrela até si, puxou-a com suavidade.

Ela resistiu ao puxão. O homem não foi capaz de acreditar imediatamente, mas a corda, de fato, não se mexia. Experimentou pôr mais força na mão que a estirava. Seria agora? Ou agora? Aguardou com todo o corpo o momento da desilusão... Mas já não sobrava espaço para dúvidas. O gancho feito com a tesoura se cravara firme na saca de arroz. Que evento oportuno! Era incrível como tudo podia dar assim tão certo! Desse jeito, dali em diante também sairia tudo bem, sem dúvida!

O homem desceu jubiloso do telhado e se manteve de pé abaixo da corda, que agora não fazia mais que cortar perpendicularmente o paredão de areia, em silêncio. A superfície estava logo ali... Logo ali, tão próxima que era difícil acreditar.

Seu rosto se contraiu, com uma dormência a lhe percorrer a área ao redor dos lábios. Não havia dúvida de que o ovo de Colombo era um ovo cozido. No entanto, se aquecesse demais, acabaria se desmanchando.

 Agarrou a corda e foi pondo nela, pouco a pouco, o peso do corpo. Ela começou a se esticar, como se feita de borracha. O suor começou a brotar-lhe dos poros das mãos, consequência do temor. Por sorte, a corda parou depois de trinta centímetros. Experimentou jogar todo o seu peso sobre ela e viu que não havia com o que se preocupar. Cuspiu nas palmas das mãos, prensou a corda com as solas dos pés e começou a escalada. A ideia era a mesma dos brinquedos com macaquinhos subindo em uma árvore. Talvez porque ele se entusiasmara demais, o suor da testa estava estranhamente frio. Como queria depender apenas da corda, esforçando-se por não tocar no paredão e deixar cair areia sobre ele, seu corpo ia girando sem trégua. Conseguindo menos progresso do que o imaginado, deu-se conta de como a gravidade é de fato implacável. De qualquer modo, que diabos seria aquele tremor todo que sentia? Por cima de tudo, os braços começaram a bailar sem qualquer relação com sua vontade, parecendo que ele mesmo estava prestes a se jogar para longe. Bem, se pensasse naqueles quarenta e seis dias manchados pelo veneno, talvez não fosse algo tão absurdo. A profundidade se tornava igual a cem, depois de se afastar do solo por um metro; ao se afastar por dois, a profundidade era já de duzentos metros, aumentando gradualmente e convertendo-se em um abismo vertiginoso. Ele estava cansado demais...

A mulher das dunas

Não devia olhar para baixo! A superfície estava logo ali... A superfície, com todos os caminhos que lhe permitiriam andar livremente até o fim do mundo, em qualquer direção que olhasse. Bastaria subir à superfície para que, porventura, tudo aquilo se tornasse uma pequena flor prensada entre as páginas de um livrinho de memórias... Quer fosse a flor de uma erva venenosa, ou mesmo de uma planta carnívora, transformar-se-ia do mesmo modo em um pedaço de papel colorido, achatado e meio transparente, que o homem, no futuro, poderia segurar contra a luz da lâmpada e usar de assunto para conversas banais na sala de estar, enquanto sorvia um *bancha*.

Ainda assim, ele não tinha um fiapo sequer de intenção de passar a exprobrar a mulher justo agora. Mesmo ela não sendo uma donzela, ele podia garantir que tampouco tinha agido como meretriz. Caso ela precisasse de uma carta de recomendação, ele carimbaria de boa vontade dez, até vinte cartas em qualquer momento necessário. Era apenas uma mulher idiota que, assim como ele, não possuía capacidade para nada além de se atracar a uma passagem de ida e volta. No entanto, mesmo se tratando da mesma passagem de ida e volta, se o local de partida diferisse, naturalmente diferiria também o destino. Ou seja, não haveria nada de fantástico caso a passagem de volta do homem, para ela, servisse como passagem de ida. E se por acaso ela houvesse entendido algo errado, no fim das contas, um mal-entendido não passa de um mal-entendido.

Não olhe para baixo! Não pode olhar para baixo!

Quer seja um alpinista, um limpador de janelas de edifícios, um eletricista de torres de televisão, um equilibrista de circo ou um limpador de chaminés de usina elétrica, no momento em que tais personagens são distraídas pelo cenário abaixo de seus pés é que vêm a encontrar a própria ruína.

24

Deu certo!

Ele fincou as unhas na saca de arroz que bloqueava a areia e, sem se importar com o fato de que elas quase lhe descolavam dos dedos, rastejou como pôde para cima. Pronto, já estava na superfície! Já não tinha de cuidar para não cair caso afrouxasse as mãos. Mesmo sem essa preocupação, por certo tempo não foi capaz de relaxar a força dos braços, mantendo-se como estava, agarrado com firmeza à saca de arroz.

Essa sua liberdade no quadragésimo sexto dia vinha soprada com inclemência por um vento intenso. Rastejou e sentiu que os grãos de areia o lanhavam cintilantes no rosto e na nuca. Esse vento terrível não estava em seus planos! Dentro do buraco, tudo que podia sentir era que o rugido do mar se ouvia mais perto que de costume e, fosse tudo como até então, seria agora precisamente a hora da calmaria noturna. Algo lhe dizia que ele não poderia contar com a chegada da neblina. O céu embaçado de então teria sido um fenômeno existente apenas dentro do buraco? Ou teria ele tomado por neblina, erroneamente a areia soprada pelo vento? Qualquer que fosse o caso, ele estava em apuros.

Experimentou averiguar voltando temeroso os olhos para o alto. Em meio à luz baça, a torre de incêndio se mostrava estranhamente fina e enviesada. Era mais pobre do que antecipava, e também mais longínqua. Mas eles deviam espionar de binóculos, então não podia contar com a ajuda da distância. Será que já havia sido descoberto? Não, se o percebessem, haveriam de tocar logo o sino.

A mulher, antes, lhe contara que, em certa noite de tempestade, em um buraco na extremidade oeste dali, houve uma casa que não conseguiu mais se proteger e acabou soterrada até a metade. Choveu logo em seguida e, carregada de água, a areia dobrou de peso. A casa ruiu como uma caixinha de fósforos sendo esmagada, mas, por sorte, não houve feridos; na manhã seguinte, a família inteira tentou fugir. Mal o sino começou a tocar, ela disse que já se ouviam os prantos da anciã sendo arrastada de volta à força pela rua dos fundos, antes que passassem cinco minutos. Segundo os boatos, essa família tinha um histórico de doenças mentais — a mulher havia adicionado esse detalhe à história com um tom de que isso era de fato plausível.

De qualquer maneira, ele não podia titubear. Experimentou levantar a cabeça, resoluto. Uma longa sombra caía indolente junto ao relevo ondulante da areia, contendo um tom vermelho-vítreo em toda a sua superfície, e da qual fluíam camadas de areia esvoaçante que eram então sugadas, uma a uma, para dentro de outra sombra. Será que ele não seria afinal descoberto graças a essas camadas de areia esvoaçante? Dando meia-volta para confirmar o efeito da contraluz, o homem apertou os olhos por instinto. Se o sol que começava a afundar para dentro da terra tinha uma matização de giz de cera, com os contornos borrados por uma cor leitosa, não era apenas devido à areia que voava. Mesmo sendo soprada de imediato em pedaços e estraçalhada pelo vento, a neblina continuava, como ele supunha, a brotar incessante do solo. Fosse apagada aqui, surgia mais de lá; fosse espantada de lá, dava as caras por aqui... Pela experiência dentro do buraco, ele já havia entendido que a areia continha umidade, mas não imaginou que chegasse a tanto. Era a mesma paisagem deixada pelos bombeiros depois de apagarem um incêndio. A neblina era tênue, podendo ser percebida somente à contraluz; de todo modo, não havia dúvidas de que se tornaria uma boa camuflagem para cegar os olhos do guarda.

Ele calçou os sapatos e torceu a corda já enrolada para enfiá-la no bolso. Uma corda com tesoura certamente lhe serviria como arma, caso a situação pedisse. A direção da fuga, por ora, era a mesma que lhe garantiria a proteção da contraluz: o poente. Ele precisava encontrar o mais rápido possível algum esconderijo qualquer onde pudesse esperar pela chegada da noite.

Bem, tinha de ter pressa! Devia vergar o corpo para correr com a postura abaixada! Não havia por que se afobar. Apressar-se-ia enquanto despendia atenção suficiente e meticulosa aos arredores. Veja só, poderia se esconder ali, naquela reentrância... Será que não fizera algum ruído suspeito? Não tinha nenhum pressentimento agourento? Bastava se levantar e continuar em frente. Não, não podia se desviar demais para a direita! Ele corria o risco de o avistarem desde lá de baixo, pois o paredão à direita era raso demais...

Devido ao carregamento de cestos de cada noite, no espaço entre cada buraco, encontrava-se traçado um sulco retilíneo. Ao lado direito do sulco, havia uma rampa suave, com muitas ondulações. Abaixo, espiavam de esguelha os telhados das casas da segunda fileira. Graças à proteção oferecida pela fileira do lado do mar, seus paredões eram muito mais baixos e, ali, a cerca de ramos usada para deter a areia ainda parecia servir para algo. Os paredões da frente eram tais que, sem dúvida, permitiam aos moradores ir e vir livremente. Endireitou um pouco a postura e pôde avistar até o outro lado do povoado. Próximos ao ponto principal das ondulações da areia, espraiadas em forma de leque completamente aberto, telhados de cerâmica, de ferro corrugado e de tábuas se aglomeravam em manchas negras... Ali havia também pinheiros e até algo com ares de um pequeno lago artificial. Em suma, mais de dez residências voltadas para o mar suportavam uma vida de escravidão apenas para proteger aquele limitado panorama.

Esses buracos de escravos agora se enfileiravam à esquerda do caminho. Em pontos dispersos, encontravam-se as ramificações dos sulcos deixados pelos cestos ao serem arrastados, as quais terminavam em uma desgastada saca de arroz enterrada na areia, a anunciar a existência de um dos buracos. Sofria só de olhar para isso. Embora houvesse lugares sem a escada de corda anexada à saca, os lugares que a tinham pareciam ser a maioria. Significaria isso que não eram poucos os que já haviam perdido até o desejo de escapar?

Ele compreendia, é claro, como era possível que existisse esse modo de viver. Tinham ali uma cozinha, um fogão com lenha queimando, uma caixa de feira com livros didáticos empilhados e servindo de mesa, uma cozinha, um *irori*, um lampião, um fogão com lenha queimando, um *shoji*[24] rasgado, um teto coberto de fuligem, uma cozinha, relógios funcionando e relógios parados, rádios tocando e rádios quebrados, uma cozinha, um fogão com lenha queimando... Incrustados em meio a isso tudo, havia ainda moedas de cem ienes, animais domésticos, crianças, libido, notas promissórias, adultérios, porta-incensos, fotografias de recordação, etc. Era uma completa repetição que chegava a ser aterradora. E, ainda que se tratasse de uma repetição tão indispensável à vida como as batidas do coração, é também fato que as batidas do coração não são tudo na vida.

Ei, abaixe-se, rápido...! Não, não era nada, só um corvo... Acabou não tendo oportunidade de apanhá-lo para empalhá-lo, mas isso já não importava. Desejar tatuagens, emblemas ou insígnias é apenas coisa de quem está tendo um sonho no qual não se acredita.

Ele não demorou a chegar ao que parecia ser a periferia do povoado, pois o caminho passou a se sobrepor à linha

---

24. Porta corrediça estruturada em madeira e revestida com papel. [N.T.]

ondulada das dunas, com a visão expandindo-se e o mar despontando à sua esquerda. O sabor pungente da maresia se misturava ao vento, o que fez com que suas orelhas e narinas zumbissem como um pião de ferro a rodar. A toalha que trazia enrolada no pescoço esvoaçava sobre suas bochechas; ali, é claro, a neblina já não tinha forças para se erguer. Uma chapa anodizada revestia o mar vividamente, com minúsculas rugas semelhantes a uma escuma de leite fervido. O sol, esmagado por nuvens em forma de ovas de rã, parecia fazer birra, relutante em se afogar no mar. No horizonte, sombras de embarcações, das quais não se distinguia a distância nem o tamanho, detinham-se pontuais.

Dali em diante, as dunas suaves ainda continuariam a se ondular até chegar ao promontório. Talvez fosse arriscado prosseguir desse modo. Ao voltar-se titubeante, viu que, por felicidade, a torre de incêndio estava obstruída pela sutil elevação da areia, excluída de seu campo de visão. Endireitou um pouco a postura e percebeu que logo sob a sombra do declive à sua direita estava uma cabana que só podia ser vista a partir daquele ângulo, praticamente tombada e soterrada. A parte a sotavento formava uma reentrância profunda, como se houvesse sido apanhada com uma colher.

Era um esconderijo sob medida. A superfície da areia se via lisa como a borda de uma concha, sem qualquer vestígio de que havia passado gente por ali. "Mas e quanto às minhas próprias pegadas?", pensou. Experimentou percorrer o trajeto e descobriu que, cerca de trinta metros adiante, elas já tinham sido varridas por completo. Mesmo aquelas junto a seus pés se desfaziam a olhos vistos, perdendo a forma. Deparar-se com um dia de vento não fora de todo ruim.

    Fez menção de dar a volta na cabana quando, nesse instante, saiu de dentro algo escuro rastejando. Era um cachorro ruivo, atarracado como um porco. "Não me assuste, vá embora!" No entanto, o cachorro apenas fitou o homem de volta, sem dar ares de que se retiraria dali. A orelha cortada e os olhos desproporcionalmente pequenos causavam-lhe uma sensação horrenda. O bicho estava tremulando as ventas. Será que pretendia latir? Pois que tentasse... O homem empunhou a tesoura que trazia no bolso. Se o animal se pronunciasse, ele lhe abriria um furo em sua cabeça! Sem um rosnado sequer, ele observava o homem em silêncio. Seria um cão de rua? Tinha a pelagem gasta, sem brilho. A casca sobre o focinho parecia ser marca de alguma doença de pele. Dizem que cão que não ladra é que morde. Que merda, se ao menos ele houvesse trazido algo para lhe dar de alimento... Aliás, a propósito de alimento, ele não se esquecera de trazer o cianureto de potássio? Bem, tanto fazia, naquele lugar onde o escondera, a mulher não haveria de encontrá-lo. Deu um pequeno assovio e estendeu a mão para tentar atrair a atenção do cachorro. Em vez de responder, ele ergueu os lábios finos feito arenque defumado e revelou as presas amarelas cheias de areia. O homem não acreditou que o cachorro o estivesse vendo como comida. Ele estava pronto para cortar aquela garganta roliça... Seria bom se o bicho fizesse o favor de morrer com uma só estocada.

De repente, o cachorro desviou o olhar e baixou a nuca, indo embora vagaroso, como se nada houvesse acontecido. "Ele parece ter sucumbido ao meu instinto assassino." Para fazer um cão de rua submeter-se apenas com o olhar, não devia ser pouca a força de vontade do homem. Deslizou para dentro da reentrância e manteve-se apoiado como estava contra a inclinação. Talvez por estar protegido contra o vento, até a respiração se tornou mais fácil. O cachorro ia desaparecendo para dentro da areia esvoaçante, com o vento a lhe entortar o passo. Se um cão de rua estivera fazendo daquele lugar sua morada, isso talvez fosse também garantia, em outras palavras, de que nenhuma pessoa costumava se aproximar dali. O animal não indo ao escritório da cooperativa agrícola para denunciá-lo, parecia que o homem podia se sentir seguro. Até mesmo o suor, que começava a lhe empapar gradualmente, agora lhe causava, pelo contrário, uma sensação agradável. Que silêncio! Era como se ele estivesse no fundo de uma tigela de gelatina. Mesmo abraçado a uma bomba-relógio de explosão iminente, o som do explosivo não o afligia mais que o tique-taque de um despertador... É o que diria o Fita de Möbius, analisando de imediato a situação.

— Esse é o típico efeito analgésico do fato de você estar dando mais valor aos meios que aos fins, entende?

— Exatamente — concordaria ele com facilidade. — Mas será que é preciso ficar distinguindo os meios e os fins com tanto rigor? Que tal usar um ou outro conforme a necessidade?

— Ora, isso não pode ser. Até porque não há como passar o tempo na vertical, não é mesmo? O tempo, já está decidido, flui sempre na horizontal.

— E o que aconteceria se a gente tentasse passá-lo na vertical?

— Não é óbvio que você acabaria se transformando em uma múmia?!

O homem deu uma risadinha e descalçou os sapatos. De fato, o tempo parece fluir na horizontal. Ele já não podia mais suportar o suor e a areia acumulados dentro dos calçados. Retirou também as meias, abriu os dedos do pé e deixou a brisa passar por entre eles. A propósito, por que a toca de um animal tinha de exalar um odor tão detestável? "Não haveria mal nenhum em existir um animal que cheirasse a flores, acho eu. Não, mas, quem diria — na verdade o fedor vem dos meus pés..." Que curioso: ao pensar assim, sentiu um súbito apreço pelos cheiros. Quem teria sido? Não houve alguém que disse não existir nada mais gostoso que a cera do próprio ouvido, que ela seria ainda melhor que um queijo caseiro? Ainda que não chegasse a tanto, há de fato excêntricos sujeitos que nunca se cansam de cheirar a pestilência de uma cárie podre...

Mais da metade da entrada da cabana estava bloqueada pela areia, sendo quase impossível enxergar dentro dela. Seria aquilo o resquício de um poço antigo? Ora, fosse para servir de proteção contra a areia, não havia nada de estranho em construir uma cabana ao redor de um poço. Mas, é evidente, ele não podia imaginar que saísse água de um lugar como aquele. Pensou em dar uma espiada, quando foi, enfim, atingido em cheio pela fetidez do cachorro de antes. A pestilência do corpo de um animal é, seguramente, uma existência que está acima da filosofia. Não havia um socialista que dissera gostar do espírito dos coreanos, mas que apenas seu fedor era algo que não podia suportar? De qualquer modo, se o tempo flui na horizontal, seria bom que fizesse o favor de fluir logo de uma vez! Expectativa e insegurança... Sentido de libertação e afobamento... Ser atormentado dessa maneira era o mais difícil de tolerar. Jogou a toalha sobre o rosto e se deitou de barriga para cima. "Pode até ser meu próprio cheiro, mas nem por educação eu chamaria de agradável esse fedor."

Algo deslizou rastejante pelo peito de seu pé... Uma cicindela não caminharia desse jeito... Decerto não passava de um besouro carabídeo ou algo parecido, que com muito esforço carregava o próprio peso com suas seis débeis patas. O homem já não tinha sequer a vontade de conferir. Mesmo que se tratasse por hipótese de uma cicindela, seria pouco provável que lhe desse vontade de persegui-la. Ele não saberia o que fazer, se fosse o caso.

A toalha revirou-se com o vento. Ele, de esguelha, viu que a linha das dunas emanava um brilho dourado. A curva se elevava com suavidade para então deslizar em um ângulo agudo para dentro das sombras, tomando por fronteira essa risca dourada. Havia na formação desse espaço certa tensão insólita, e, perante o desejo até misterioso de estar com alguém, o homem acabou sentindo calafrios. — (*É isso mesmo. Uma paisagem completamente romântica... É justo esse tipo de paisagem que, nos últimos tempos, faz muito sucesso com os turistas jovens... Que bela mina de ouro... Como alguém que já tem experiência na área, posso garantir para vocês que, sem sombra de dúvida, este lugar vai se desenvolver no futuro. Porém, para que isso aconteça, primeiro vem a publicidade! Sem publicidade, nem as moscas vão chegar perto daqui... Porque, se as pessoas não conhecem o local, é o mesmo que ele não existir... Que desperdício sem cabimento, este tesouro. Bem, como seria melhor fazermos, então? Pedimos a um bom fotógrafo que produza uns cartões-postais bonitos e atraentes. Antigamente, primeiro a localidade se tornava célebre, para depois se aviarem os cartões-postais... No entanto, hoje em dia, primeiro vêm os cartões, para depois a localidade se tornar célebre: isso já é senso comum. Eu trouxe aqui umas duas ou três amostras; antes de tudo, deem uma olhada nelas.)* — Teria dito assim o desafortunado vendedor de cartões-postais que, com a intenção de fazê-los cair em uma armadilha, acabou, pelo contrário, sendo ele o capturado, terminando por morrer doente sem conseguir fazer nada contra a situação? Mas ele também não acreditava que o tal vendedor de cartões-postais estivesse falando de todo da boca para fora. Quem sabe não estivesse realmente confiando seus sonhos naquela paisagem, apostando nela o sucesso de seu negócio? Qual seria a verdadeira forma daquela beleza? Seria ela natural da exatidão e das leis da física, ou, pelo contrário, seria causada por sua impiedade, a qual continua tentando rejeitar até o fim a razão humana?

No dia anterior, sentiria a cólera lhe nascer no peito só de pensar em uma paisagem como aquela. Na verdade, ele teria logo pensado, em um acesso de raiva, que, se o vendedor de cartões-postais era um vigarista, o buraco lhe teria servido muito bem.

Não obstante, ele não encontrava razão alguma para ver conflito entre a vida dentro daquele buraco e a paisagem de agora. Não está escrito em lugar algum que uma bela paisagem precisa ser tolerante para com as pessoas. No fim das contas, não existia tanta loucura nas premissas de seu modo de pensar, ou seja, de que a areia é a rejeição do enraizamento. O fluxo de um oitavo de milímetro... Um mundo em que a forma é, ela mesma, a existência... Essa beleza, em outras palavras, pertence ao território da morte. É a beleza da morte que leva à solenidade da ruína e a uma força de destruição gigantesca... Não, alto lá! Ele se encontraria agora em maus lençóis caso lhe dissessem isso ou aquilo sobre o fato de ele ter agarrado, sem querer soltar, a passagem de ida e volta. Por mais que a diversão dos filmes de bestas selvagens ou aqueles de guerra seja tão próxima da realidade a ponto de fazer piorar o estado de alguém com doença cardíaca, basta abrir a porta para logo se encontrar ali fora, à espreita, aquele mesmo dia de hoje a seguir o de ontem. Por acaso algum tolo, em algum lugar, iria mesmo ao cinema com uma arma carregada? Quem é capaz de, em meio ao deserto, harmonizar a vida com a paisagem é apenas aquela espécie de rato que dizem beber a própria urina no lugar de água, ou os insetos que se alimentam de carniça, ou, quando muito, no mais decente dos casos, povos nômades que conhecem apenas as passagens só de ida. Se eles acreditam desde o princípio que todas as passagens são só de ida, podem dispensar experimentos inúteis como tentar se agarrar à areia como se fossem ostras atracadas a uma rocha. Embora, é evidente, hoje esse nomadismo tenha mudado de nome, pois já o chamam de indústria pecuária.

Quem sabe teria sido mesmo uma boa ideia falar daquela paisagem para a mulher... Quem sabe teria sido bom fazer com que ela escutasse essa música da areia, ainda que com o tom um tanto desafinado, que não dá brecha alguma para que passagens de ida e volta sejam aceitas... "Entretanto, tudo o que eu fiz foi tentar fisgar a mulher com a promessa de uma vida diferente, nada mais que um arremedo de sedutor barato." O focinho do homem estava comprimido contra o paredão de areia; e até sua psique, igual a um gato com um saco de papel na cabeça.

A luz do contorno das dunas sumiu desavisadamente. A paisagem inteira ia afundando para dentro da escuridão. Ele mal percebeu que o vento também havia cessado, o que, sem dúvida, permitiria que a neblina recuperasse o ímpeto de antes. Aquele crepúsculo súbito talvez fosse também decorrente disso.

Pois bem, estava na hora de partir.

25

Ele precisava atravessar o vilarejo de algum modo antes que o pessoal do cesto se pusesse a trabalhar. Segundo a experiência adquirida até então, ele teria ainda uma brecha de cerca de uma hora. Seria melhor considerar quarenta e cinco minutos, para estar mais seguro. A extensão do promontório fazia uma curva gradual ao fundo, como que abraçando o vilarejo, chegando até a enseada no lado leste e espremendo então a passagem por entre o povoado em uma única via estreita, embora dissessem que a rocha-biombo também já terminava naqueles arredores, dando lugar a nada mais que umas dunas de acanhada elevação e sem qualquer adorno. Avançando em linha reta e mantendo à direita as luzes da vila agora opacas pela neblina, poderia esperar sair mais ou menos naquela imediação. A distância seria de uns dois quilômetros. A partir dali, já estaria fora do povoado, existindo apenas alguns hortos de amendoins espalhados pontualmente, porém nada com ares de habitação de que ele pudesse se lembrar. Bastaria sobrepor a colina e não haveria problema em passar a andar pela estrada. A estrada era de argila vermelha, então ele levaria uns quinze minutos, mais ou menos, para chegar à rodovia nacional, se corresse com todas as suas forças. Chegando até lá, a vitória estaria em suas mãos. Haveria circulação de ônibus e também bom-senso...

Desse modo, fazendo os cálculos, o tempo que teria para atravessar a vila seria de trinta minutos. Naquele terreno arenoso, uma velocidade de quatro quilômetros por hora seria bastante árdua. A laboriosidade do areal reside mais no desperdício de força ao pisar com o pé do que no fato de este acabar afundando. Ao correr, então, o consumo de energia é incomparável. Uma passada longa e firme é mais eficiente.

Em compensação, por sugar as forças de quem caminha, a areia serve para sugar também o som dos passos. Se tivesse de emitir uma opinião, diria que poder avançar sem estar se preocupando com o ruído dos pés era, sim, uma vantagem.

Ei, olhe lá onde pisa! Talvez por acabar subestimando o risco, sabendo que não seriam grandes as consequências se caísse, ele logo se curvava e tombava de joelhos a cada ínfima saliência ou reentrância na areia. Não se importava de apenas cair de joelhos, mas o que ele pretendia fazer se por algum acaso se deparasse de novo com um profundo paredão de areia?!

Os arredores estavam envoltos na escuridão, e a areia repetia até perder de vista sua ondulação irregular. Cada ondulação continha mais ondulações, com as menores dividindo-se em inúmeros desníveis ainda menores. Mesmo as luzes do vilarejo, as quais ele tomava por referência, eram obstruídas pelos cumes das ondulações infinitas e raramente entravam em seu campo de visão. Embora nesse ínterim ele avançasse enquanto ia corrigindo a rota com base na intuição, a margem de erro era atordoante. Seria porque, em uma busca inconsciente pelas luzes, suas pernas acabavam se dirigindo irrefletidamente aos lugares mais altos?

Veja, enganou-se de novo! Era mais para a esquerda! Se continuasse desse jeito, entraria diretamente no meio do povoado... Mesmo tendo deixado para trás três dunas semelhantes a pequenos montes, ele quase não se aproximava das luzes. Era como se estivesse andando, impetuosamente, em círculos pelo mesmo lugar. O suor lhe escorreu para dentro dos olhos. Descansou os pés por um instante e moveu os ombros ao encher o peito de ar.

Será que a mulher já teria acordado? "Caso ela acorde e se dê conta de que eu não estou, que reação irá demonstrar?" Não, ela não notaria tão brevemente. Imaginaria apenas que ele estava fazendo as necessidades nos fundos da casa, e nada mais. Ela estava cansada nessa noite. Demoraria para se espantar com o fato de haver dormido demais, até escurecer, até enfim levantar-se aos rastejos. Depois disso, graças à secura no meio das pernas e à dor da ardência tênue que ainda restava, acabaria por se lembrar do frenesi daquela manhã. Buscaria o lampião com uma das mãos e deixaria escapar uma risada desconcertada.

Ele dizia para si mesmo que não existia lei que o obrigasse a sentir qualquer dever ou responsabilidade por essa risada dela. Se fosse para enumerar o que a mulher tinha a perder por causa de sua fuga, não seria nada mais que um fragmento do cotidiano, que, quando muito, poderia ser substituído por um rádio ou um espelho.

— É uma grande ajuda, de verdade... Diferente de quando eu estava sozinha, agora posso estar tranquila durante a manhã, e até o trabalho termina duas horas mais cedo, não é mesmo? Estou até pensando em, qualquer dia desses, pedir para a cooperativa me deixar fazer algum trabalho extra em casa. Aí eu economizo um dinheiro. Estive pensando que, assim, talvez não demore para poder comprar um espelho, ou até um rádio...

(Um rádio e um espelho... Um rádio e um espelho...) A obsessão dela era tamanha que só lhe faltava dizer que a vida humana era constituída com base somente nesses dois objetos. Efetivamente, por servirem ambos como uma passagem que nos une a outras pessoas, tanto o rádio quanto o espelho têm uma particularidade análoga. Ou quem sabe se tratasse da cobiça ligada à essência da existência humana. Não haveria problema: quando chegasse ao seu destino, ao menos um rádio que fosse ele poderia logo comprar para lhe mandar de presente. Gastaria todas as suas economias para adquirir até um transistor de última geração.

Porém, quanto ao pedido do espelho, esse ele não seria capaz de atender. Em um lugar daqueles, um espelho é um artigo descartável. Ainda no primeiro semestre, a camada de mercúrio no verso subiria à superfície e, passado um ano, a própria superfície de vidro se tornaria fosca devido à corrosão da areia que fluía incessante pelo ar. Assim, acabaria como o espelho que ela tinha agora: para refletir um dos olhos, lhe ocultaria o nariz, ou mostraria antes o nariz para então perder de vista a boca. E, de qualquer modo, não era apenas o quesito da durabilidade que ele via como um problema. Diferentemente do rádio, para que um espelho se torne um caminho de acesso a outras pessoas, antes de tudo é necessário ter como premissa a existência de outra pessoa que a possa admirar. De que lhe serviria um espelho a essa altura, agora que ela já não teria oportunidade de ser vista por ninguém?

Ei, pode aguçar os ouvidos alarmada! Será que ele não estaria demorando demais para ir ao banheiro? Era isso mesmo, ele havia conseguido fugir com sucesso... Será que ela já teria começado a gritar? Ou estaria estupefata, sem saber o que fazer? Ou, ainda, deixaria correr algumas lágrimas que fossem? "Qualquer que seja o caso, já não é responsabilidade minha. Afinal, quem rejeitou a necessidade do espelho foi ela mesma."

— Esta é outra história que eu li em algum lugar... Ultimamente, parece que está na moda abandonar o próprio lar, não é? A gente pode até pensar que é porque as condições de vida estão piorando, mas parece que não é só essa a razão. Ora, veja você, dizem que houve até o primogênito de uma família de fazendeiros de médio porte que saiu de casa sem mais nem menos, mesmo quando o negócio ia relativamente bem, depois de a família ter comprado mais terras e introduzido o uso de máquinas. Dizem que até os pais ficaram desatinados, sem ter a mínima ideia do motivo de sua saída, pois era um jovem obediente e muito trabalhador. Em uma vila rural, todos se preocupam com as aparências, e existe ainda a obrigação de as pessoas se manterem juntas; quando se trata da saída de um herdeiro, é preciso ter uma explicação muito, muito boa...

— É isso mesmo. Afinal, obrigação é obrigação.

— Nisso os parentes fizeram questão de segui-lo para ouvir sua história. Na verdade ele não tinha ido morar com mulher alguma, tampouco dava sinais de estar às voltas com prazeres mundanos ou de estar sendo atormentado por dívidas;

dizem que ele não tinha nenhuma razão concreta. Se era assim, que diabos tinha acontecido? Nem o pretexto dado pelo jovem servia para esclarecer a situação. Parece que ele mesmo não conseguia se explicar bem, salvo por dizer que já não aguentava mais.

— Neste mundo, existe mesmo gente que não se importa com os outros, não é?

— Mas, se você parar para pensar, não é difícil entender o que esse jovem sentia. Quando um camponês dá duro e consegue mais terras, a quantidade de trabalho aumenta na mesma medida. O sofrimento deles nunca tem limite, e tudo o que conseguem obter, afinal, é só a possibilidade de poder sofrer em dose ainda maior... É claro que, no caso dos camponeses, como ao menos eles têm como retorno a colheita do arroz ou das batatas, ainda se poderia dizer que não saem perdendo por completo. Em comparação, quando o assunto é escavar a areia como aqui, não fazemos o mesmo que empilhar pedras nas margens do Sai?!

— Falando nas margens do Sai, como que acabava mesmo a história?

— Não acaba de jeito nenhum... Pois não é o fato de ela não acabar que faz disso um castigo infernal?!

— Mas, então, como acaba a história do tal filho herdeiro?

— Como assim? Ora, se ele fez tudo de modo premeditado, certamente já tinha arrumado desde antes um lugar para trabalhar.

— E então?

— É óbvio que deve ter ficado trabalhando lá...

— Mas e depois?

— E depois? Ué, quando chegava o dia do pagamento, imagino que ganhava seu salário, e aos domingos imagino que vestia uma camisa limpa para ir ao cinema ou algo assim.

— E então?

— Como é que eu vou saber uma coisa dessas?! Só perguntando direto para o sujeito!

— Aposto que, depois de ter juntado um dinheiro, ele deve ter comprado um rádio, você não acha?

Ufa! Ele pensou que, enfim, havia chegado ao topo, mas estaria ainda no meio do caminho? Não, errado... Ali já estava plano. Mas, se era assim, aonde teriam ido as luzes que ele tinha por referência? Com uma sensação incrédula, experimentou seguir adiante mais um pouco. Sem dúvida, o lugar onde estava parecia ser o contorno de uma duna de bom tamanho. Mas, então, como era possível que ele não conseguia avistar as luzes? As pernas se quedaram congeladas frente ao pressentimento funesto. Não havia como negar que a causa de seu erro fora a preguiça de momentos atrás. Ele acabara deslizando até a base de um declive íngreme sem sequer verificar a direção. Tratava-se de um vale ainda mais longo do que ele imaginara. Não era apenas profundo, mas tinha também uma largura extensa. Para piorar, inúmeras camadas de ondulações se entrecruzavam no fundo do vale, o que decerto confundira seu julgamento. Mesmo assim, o fato de ele não conseguir ver nada das luzes não lhe caía bem no estômago... Quando muito, o erro de seu raio de ação seria de um quilômetro ou menos. Ainda que houvesse se perdido, não era lá grande coisa. A vontade que tinha era a de ir para a esquerda, mas quem sabe isso fosse devido ao sentido de alerta em relação ao vilarejo, pois tinha a sensação de que, para se aproximar das luzes, precisava, antes, escolher a direita, resoluto. Logo chegaria a hora de a neblina se dissipar e de aparecerem as estrelas. De qualquer modo, se o propósito era ter a melhor vista possível, escalar até algum lugar mais alto, por pouco que fosse, deveria ser a alternativa mais rápida.

Fosse como fosse, ele não entendia. Não fazia a mínima ideia de por que a mulher tinha de ficar obcecada daquele jeito pela margem do Sai. Por mais que ela quisesse falar do "espírito de amor à terra natal" ou de obrigação, esses não são conceitos que nascem apenas quando se tem algo a perder ao renunciarmos a eles? Que diabos a mulher achava que tinha a perder?

(Um rádio e um espelho... Um rádio e um espelho...)

É claro que o rádio ele vai lhe enviar... Mas, analisando bem, ela não sai perdendo? Por exemplo, o ritual de banhá-lo na bacia, que ela tanto adorava, a partir de agora já não existiria mais. Mesmo que tivesse de sacrificar a água para lavar a roupa, ela sempre fazia questão de economizar um pouco para poder lhe esfregar o corpo. Respingava água quente pelas virilhas do homem e, como se fosse ela que a sentisse, se contorcia e soltava guinchos risonhos. A mulher jamais voltaria a ter a chance de rir daquele jeito.

Não, ele não podia se deixar confundir. Entre a mulher e ele nunca existiu, desde o princípio, nada semelhante a um contrato. E não existindo contrato, tampouco se pode falar de violação contratual. Além disso, não é como se ele também não estivesse sofrendo perdas. Por exemplo, o cheiro de adubo espremido daquele *shochu* semanal... A vitalidade das carnes das coxas dela, com os músculos semelhantes a uma calha de chuva, que pareciam se salientar... O despudor de molhar com a saliva e remover com o dedo a areia acumulada em suas pregas negras como borracha queimada... E, ainda, aquele riso acanhado que fazia tudo isso parecer ainda mais obsceno... A enumeração de suas perdas poderia se estender muito mais, até chegar a um valor considerável. Ela, se ouvisse, podia até não acreditar, mas era verdade. Os homens têm uma tendência maior que as mulheres para se devotar a fragmentos e migalhas.

Se ele incluísse em suas considerações o tratamento que recebeu da vila, os danos que sofreu seriam incalculáveis, sem dúvida. Os empréstimos individuais que os dois fizeram entre si não eram um problema. Ele tinha a intenção de, um dia, se vingar de alguma maneira, mas não sabia bem o que poderia fazer para que seu golpe fosse o mais forte possível. No início, ele vinha buscando se motivar atiçando exclusivamente suas fantasias com métodos diretos, tal como atear fogo no povoado inteiro, introduzir veneno na água do poço, preparar uma armadilha para atrair um por um os responsáveis para dentro de um buraco; porém, ao enfim ter a oportunidade de pôr esses métodos em ação, já não podia ficar dizendo apenas coisas tão infantis. A violência individual não o levaria muito longe. A realidade era que não havia outro meio senão recorrer ao sistema judiciário. Embora, nesse caso, ele tivesse certo receio de até que ponto a justiça seria porventura capaz de compreender o sentido da crueldade daquele caso... "Bem, por ora, eu tenho de ao menos fazer um relatório, e o que mais for preciso, para a polícia estadual."

Depois disso, por último, só haveria mais uma coisa da qual...

Espere! O que foi esse som de agora? Ele já não podia ouvir... Devia ter sido impressão sua. De qualquer modo, aonde será que teriam ido as luzes da vila? Por mais que a geografia dali fosse complexa, isso já era demais. O que pôde imaginar era que seu leme tinha uma propensão para virar à esquerda, o que o forçou a desviar rumo ao promontório e fez com que a silhueta de uma duna elevada bloqueasse o espaço entre ele e a vila. Ele não podia hesitar. Tentaria mudar de direção sem pensar duas vezes, aproximando-se do lado direito.

"Por último, tem só mais uma coisa da qual eu não quero que a mulher se esqueça: ela própria, ao final, não foi capaz de responder com clareza à minha dúvida." De fato, aquilo ocorrera em um segundo dia de chuva consecutivo. Conforme a fúria dos desmoronamentos aumentava com a chuva, a quantidade de areia voando pelos ares também diminuía bastante. Bastou fazer um pouco de trabalho extra no primeiro dia para que fosse muito mais relaxante no seguinte. Ele tinha então decidido utilizar o primeiro momento de descontração em um longo tempo para perseguir o assunto com grande insistência. Decidiu vasculhar, com a paciência de quem remove a casca de uma doença de pele, a verdade sobre o que detinha a mulher naquele lugar. Sua persistência impressionou até a ele mesmo. A princípio, ela também estava risonha, deixando a chuva cair sobre seu corpo nu, mas logo se viu encurralada e se pôs a chorar. Por fim, começou a dizer que a razão pela qual não saía dali não era outra senão os ossos do marido e da filha, que acabaram enterrados junto com o galinheiro no passado, no dia em que passou o tufão. Essa resposta o fazia entender melhor. Além de o motivo ser bastante plausível, permitia-lhe até compreender por que ela tinha achado difícil falar disso até então. Seja como for, ele decidiu acreditar na história da forma como a tinha ouvido. Decidiu, ainda, reduzir as horas de sono a partir do dia seguinte para dispensar tempo à busca das ossadas.

Ele continuou a cavar o local indicado pela mulher durante dois dias. Não só não encontrou ossos, como sequer uma lasca que fosse do tal galinheiro. Ela então indicou um local diferente. Ali também não encontrou nada. A indicação mudou ainda outra vez. Depois de escavar em vão cinco pontos diferentes pelo período de nove dias, ela, de novo, começou a se explicar com a cara de quem estava prestes a cair em prantos. Acontecia que, aparentemente, a localização e o ângulo de disposição da própria casa haviam sido alterados devido à pressão incessante da areia e, de acordo com a situação, quem sabe até o próprio buraco se deslocara da posição inicial. Segundo ela, talvez o galinheiro e os ossos do marido e da filha estivessem embaixo do espesso paredão de areia que separava seu terreno daquele ao lado, ou, dependendo do caso, existia ainda a possibilidade de que já houvessem invadido o pátio vizinho. Sem dúvida, do ponto de vista da lógica, isso era factível. No entanto, aquela expressão infeliz e atônita da mulher acusava sua mentira, ou melhor, indicava de modo gritante o fato de que ela, desde o começo, nunca teve a intenção de mostrar o lugar a ele. Em suma, os ossos não passavam de um pretexto. Ele já não tinha energia para se enfurecer. E decidiu deixar de despender mais energia do que já vinha despendendo aos empréstimos entre eles dois. Ele imaginou que isso, aliás, ela aceitaria.

O que era aquilo?! O homem entrou em pânico e se jogou de cabeça ao chão. Não entendeu de imediato o que acontecia, devido ao grande susto. Todo o cenário da vila aparecera de repente diante de seus olhos! Parecia que ele vinha caminhando em um ângulo reto na direção do cume das dunas que ladeavam o povoado. Mas, no momento em que seu campo de visão se expandiu, ele já se encontrava de volta ao povoado. Sem ter tempo para raciocinar, ouviu o rosnado de um cão feroz vindo da cerca de ramos logo ao lado. Apareceu em seguida mais um, e ainda outro: eles começaram a se propagar em uma aterradora reação em cadeia. Em meio à escuridão, uma matilha de presas brancas dançava enquanto se avizinhara do homem. Ele empunhou a corda com a tesoura, levantou-se de um salto e se pôs a correr. Já não tinha folga para fazer nenhuma escolha. Agora só lhe restava correr pelo itinerário mais curto, direto rumo à saída da vila!

26

O homem correu.

As construções da vila, que pairavam em meio à luz tênue dos lampiões, eram-lhe agora apenas passagens ou obstáculos rentes à única trajetória que havia. O sabor do vento, que fluía sonoro pelo estreito vão de sua garganta... O sabor tépido de ferrugem... Uma aposta desesperada em uma fina folha de vidro completamente vergada, prestes a se estilhaçar a qualquer momento. Já era tarde demais para esperar que o pessoal do cesto ainda não tivesse saído de casa, porém era cedo demais para esperar que tivessem todos partido na direção do litoral. De fato, ele não se lembrava de ter ouvido o som do triciclo a motor. O eco de tom desafinado daquele motor de dois cilindros não escapava aos ouvidos, mesmo a um quilômetro de distância. As condições eram com certeza as piores possíveis.

Antes que o homem percebesse, de dentro das sombras saltou sobre ele uma massa escura. Parecia se tratar de um cão de tamanho razoável, com uma respiração violenta e peculiar. No entanto, pelo visto, o cão não havia recebido treinamento para atacar, pois cometeu o deslize de soltar um latido imediatamente antes de cravar os dentes. O homem sentiu que a tesoura na ponta da corda, que agitara sem pestanejar, havia atingido o alvo; o cachorro, soltando ganidos de dor, voltou a se dissolver nas sombras. Graças a esse contra-ataque, o homem se safou somente com a bainha da calça esfarrapada. Desequilibrou-se por causa do rompante, mas, ao mesmo tempo que tombava, conseguiu dar meia-volta e saiu correndo tão logo se pôs de pé.

Não havia apenas um cachorro, contudo. Eram uns cinco ou seis. Desencorajados talvez pelo fracasso do primeiro companheiro de matilha, os demais soltavam latidos de intimidação enquanto buscavam a distância uma brecha para o assalto. Quem sabe aquele cachorro ruivo e atarracado da cabana de antes os estivesse instigando pela retaguarda. O homem girou a corda para criar um círculo de uns cinquenta centímetros de raio e, usando-o de escudo para manter os cães sob controle à esquerda e à direita, saltou por cima da pilha de conchas do terreno baldio, correu por entre o vão estreito da cerca de ramos, atravessou um pátio interno onde estavam espalhados montes de palha e, finalmente, saiu pela estrada ampla. Pois bem, mais uma golfada de ar e já estaria fora da vila!

Em frente à estrada, havia uma pequena vala. De dentro dela, saiu às pressas à superfície um casal de crianças pequenas, com jeito de serem irmãos. Quando se deu conta, já era tarde. Teve de usar a energia do corpo inteiro para afastar a corda para a lateral. Os três rolaram emaranhados pelo chão, como se fossem um só. No fundo da vala, havia algo como uma calha, e fez-se ouvir o som agudo de uma tábua se partindo. As crianças soltaram um grito. Merda, por que tinham de berrar assim, escandalosas?! Ele se levantou de um só salto com todas as suas forças, mas, no instante em que voltou à tona, três lanternas elétricas enfileiradas lado a lado lhe bloqueavam o caminho.

Ao mesmo tempo, o sino começou a badalar. As crianças choravam. Os cachorros continuavam a latir. A cada repique do sino, seu coração se encolhia, enquanto de seus poros abertos saíam rastejando insetos similares a grãos de arroz. Uma das lanternas parecia ter o foco ajustável, pois, tão logo ele imaginou que a luz dela se atenuara, esta voltou a perfurá-lo de súbito como uma agulha incandescente.

Será que ele não deveria evitá-los, mas investir de frente, desbaratando-os? Só faltava passar por ali para se ver fora da vila. Arrependendo-se mais tarde ou não, tudo dependia daquele momento. "Vamos lá, não fique hesitando!", disse para si mesmo. "Um instante é algo que precisa ser apanhado de imediato, ou acaba-se logo o tempo. Não é possível pegar carona no instante seguinte a fim de tentar perseguir o encalço do anterior!"

Enquanto pensava assim, as lanternas foram se espalhando à esquerda e à direita e reduzindo vagarosamente a distância, como que desejando envolvê-lo. Ele concentrou as forças no braço que agarrava a corda e preparou os quadris para saltar, porém não se decidiu pelo momento certo, limitando-se a pisotear em vão o solo frágil. O espaço deixado pelas lanternas agora espalhadas ainda se via tapado por mais algumas sombras de gente. Para piorar, notou que uma sombra à beira da estrada, semelhante a um buraco, era o tal triciclo. Mesmo na hipótese de que ele pudesse escapar dos que o cercavam, decerto seria logo alcançado pela retaguarda. As crianças mais atrás, que haviam parado de chorar, saíram correndo, a julgar pelo som que então fizeram. De repente, passou por seus pensamentos um clarão magnífico. Bastaria agarrar uma das crianças e usá-la como escudo! Fazendo a criança de refém, evitaria que aquela cambada se aproximasse dele! Porém, ao virar para trás em busca das crianças, percebeu que outra luz já o atingia. Seu caminho fora interceptado!

Ele como que ricocheteou contra o solo e regressou correndo com todo o seu fôlego pelo trajeto que tinha acabado de percorrer. Embora houvesse sido uma decisão praticamente impulsiva, tinha a intenção de, em algum lugar, cortar na transversal as dunas que seguiam a partir do promontório. Aos gritos, o pessoal da vila se pôs em seu encalço. Talvez porque ele se afobara demais, seus joelhos começaram a tremer como se as articulações estivessem deslocadas. Ainda assim, ele ao menos parecia ter surpreendido seus perseguidores, pois foi capaz de manter distância o bastante para, vez ou outra, ter folga de olhar para trás e conferir a situação.

Quanto será que havia corrido? Já tinha escalado várias subidas com o corpo rente ao solo e descido correndo por vários declives. Como em um sonho, quanto mais se esforçava, mais parecia estar usando a força inutilmente, em ponto morto. Mas não era a hora de teorizar sobre a eficiência de sua força. Do fundo da língua, começou a brotar-lhe um gosto de mel misturado com sangue. Não conseguia se livrar de todo aquele visco, por mais que tentasse cuspir. Meteu o dedo na boca para limpá-la.

    O sino, embora continuasse a soar, já estava distante e com os toques dispersos. Os cachorros, também, haviam mudado para um latido longínquo, embora insistente. O que agitava o ar ao seu redor, agora, era o som de sua respiração, semelhante ao de uma peça de fundição sendo lixada. As luzes de seus perseguidores — as três enfileiradas lado a lado, como sempre — não pareceriam encurtar a distância em sua oscilação para cima e para baixo, tampouco davam sinal de se afastarem. A dificuldade da corrida era igual, tanto para quem fugia quanto para quem perseguia. No fim, seria uma questão de resistência. Em se tratando desse quesito, todavia, ele não se sentia muito reconfortado. Por causa de o estado de tensão haver se prolongado, começou a ter falhas na consciência, embaçada por uma covardia que o fazia desejar que suas forças se acabassem o quanto antes, aceitando que isso talvez fosse melhor. Um preságio perigoso... Mas tudo continuaria bem contanto que ele ainda estivesse alerta a esse perigo.

    A areia acumulada dentro dos sapatos começou a ferir-lhe os dedos do pé. Ao se voltar para trás, percebeu que, sabe-se lá desde quando, os perseguidores haviam se afastado para um local setenta ou oitenta metros mais à direita, ainda à retaguarda. Por que teriam feito um desvio de percurso assim? Era possível que, tentando muito evitar as superfícies inclinadas, tivessem acabado, antes, cometendo esse equívoco terrível. Eles também pareciam já estar bem cansados. Dizem, com frequência, que quem persegue é quem se cansa mais. Ele retirou com ligeireza os sapatos e ficou descalço. Os bolsos estufados seriam um empecilho, então os enfiou no cinto da calça. Recobrou-se e subiu de um só arroubo um aclive considerável. Nesse ritmo, caso desse tudo certo, não seria impossível despistar o bando...

A lua ainda não havia despontado, mas com a luz das estrelas os arredores formavam áreas sombreadas, sendo possível, é claro, distinguir com nitidez os contornos das colinas mais ao longe. A julgar pelas aparências, ele estava se dirigindo às imediações da extremidade do promontório. "Meu leme tem mesmo o hábito de pender para a esquerda." Alarmou-se ao fazer menção de mudar de rumo. Isso porque, para tanto, teria de encurtar a distância entre ele e seus perseguidores. Percebendo pela primeira vez o plano dos algozes, ficou estarrecido.

A técnica de rastreamento deles, que à primeira vista julgou ser incompetente, na verdade fora extremamente bem arquitetada, pois tinham a intenção de encurralá-lo contra o mar. Ele se deixara conduzir sem saber. Na verdade, aquelas lanternas serviam para lhe mostrar de propósito a posição do bando. Aquele modo de manter a distância, sem o alcançar, tampouco se afastando, sem dúvida teria sido parte do plano.

Mas ainda era cedo para desistir. Não só havia um caminho para escalar a rocha-biombo em algum lugar por ali como, caso chegasse a tanto, ele não descartava nadar pelo mar para dar a volta até atrás do promontório. Sabia que o arrastariam de volta ao buraco caso o apanhassem e, por isso, se dava conta de que, sobretudo agora, já não existia mais folga para titubear.

Em sequência a um longo e suave aclive, uma descida íngreme... Em sequência a uma subida íngreme, um longo e suave declive... Sua perseverança se mantinha enquanto os passos se acumulavam, um pé atrás do outro, como que conectando as contas de um colar. Antes que ele percebesse, o sino havia parado de tocar. O vento, o rugido do mar e o zumbido nos ouvidos já não se deixavam distinguir. Assim que chegou com esforço ao alto de mais uma subida, experimentou olhar para trás. As luzes de seus perseguidores haviam se apagado. Esperou por uma, duas tomadas de ar, mas de fato elas não reapareciam.

Teria ele conseguido, afinal, fugir com êxito?

O êxtase da antecipação elevou sua pressão arterial; se fosse verdade, tinha menos motivos ainda para estar descansando... Pois bem, que usasse de mais outro fôlego para se lançar correndo até a próxima duna!

De súbito, tornou-se difícil correr. As pernas estavam excessivamente pesadas. Aquele peso delas não era normal. E não era somente uma sensação: as pernas haviam, com efeito, começado a se fazer lodosas. Quando pensou que parecia estar pisando neve, já se encontrava metido na areia até a metade das canelas. Fez menção de remover uma das pernas dali, mas então foi a vez da perna contrária, com a qual procurou se firmar, mergulhar até o joelho e emperrar.

Ficou espantado. O que era aquilo? Ele já havia ouvido histórias de uma areia capaz de devorar as pessoas, mas... Experimentou se debater para se livrar de algum modo; porém, quanto mais se debatia, mais afundava. As pernas já estavam soterradas até a altura das coxas.

Ora, então era uma armadilha?! O objetivo deles não era o mar, mas esse local! Tinham pensado em aniquilá-lo de súbito, sem se dar ao trabalho de capturá-lo! Era uma aniquilação, de fato! Nem o lenço de um ilusionista seria capaz de fazer um truque assim tão vívido... Bastaria um sopro de vento para que tudo desaparecesse por completo... Nem sequer um cão policial que tivesse ganhado o primeiro lugar em alguma competição de rastreamento seria páreo para a tarefa de achá-lo. Não seria verdade que, agora sim, aquela cambada já não daria mais as caras?! Diriam que não viram nem ouviram nada. Foi só um forasteiro imbecil que se perdera sozinho por ali e acabou desaparecendo. Aquela cambada poderia dar conta da situação sem nem mesmo sujar as mãos.

Ele ia afundando... afundando... Logo passaria dos quadris... Que diabos poderia fazer?! Se aumentasse a superfície de contato, o peso por unidade de área se tornaria mais leve, e quem sabe assim impediria ao menos um pouco a precipitação do corpo. Estendeu os braços e se deitou com urgência. Mas já era tarde. Mesmo que se pusesse de bruços, a parte inferior do corpo já estava fixada perpendicularmente ao solo. Ele não poderia manter os quadris em um ângulo reto assim, por tempo indefinido, quando já estavam cansados mesmo em repouso. Ninguém conseguiria manter uma postura dessa, salvo, talvez, um acrobata profissional.

Que escuridão seria essa? O mundo inteiro tinha fechado os olhos e tapado os ouvidos. Apesar de ele estar prestes a morrer, ninguém sequer se importava! O pavor que convulsionava no fundo de sua saliva rebentou de supetão. O homem abriu a boca frouxamente e soltou um grito bestial.

— Socorro!

Uma frase feita! Isso mesmo, uma frase feita era suficiente. À beira da morte, para que serviria a marca individual? O importante é que ele queria viver, por mais que fosse uma vida com o valor de um docinho barato. Foi enterrado até o peito, e enterrado até o queixo, até que já estava com o solo a lhe roçar sob o nariz... Chega! Já era demais!

— Por favor, me ajudem! Eu prometo o que quer que seja! Estou pedindo a vocês, me ajudem! Por favor!

O homem enfim se pôs a chorar. O que a princípio era apenas um choramingo contido não tardou a se converter em um pranto descontrolado. Apavorado por esse senso vergonhoso de pulverização, ele se preparou para o pior. Não havia o que fazer, já que ninguém o via. Uma coisa dessas acontecer assim na realidade, sem nenhum trâmite legal, era injusto demais. Até um condenado à morte tem seu registro salvo para a posteridade. Era sério, ele uivaria para eles o quanto quisessem... Mas o problema é que ninguém o via!

Justamente por acreditar que estava só, espantou-se brutalmente ao ouvir um chamado repentino vindo às suas costas. O homem foi estraçalhado por completo. Sua vergonha decorrente da humilhação acabou se tornando cinzas, com o mesmo desencanto de quando se ateia fogo às asas de uma libélula.

— Ei, agarre-se nisso aí!

Um pedaço longo de tábua veio deslizando até ele, acertando-lhe as costelas. Um círculo de luz cortou o céu e foi parar sobre a madeira. Contorceu a parte superior do corpo, com o movimento restrito, e suplicou àquela presença às suas costas.

— Por favor, me puxe com esta corda...

— Até parece! Não dá para tirar o senhor daí como quem puxa uma raiz...

As risadas irromperam por detrás dele. Não podia definir bem, mas seriam quatro ou cinco pessoas.

— Agorinha mesmo foram lá buscar uma pá, então é só aguentar mais um pouco... É só apoiar os cotovelos contra esse pedaço de madeira que não tem com o que se preocupar...

Conforme instruído, ele enfiou os cotovelos ali e abraçou a cabeça. Seu cabelo estava empapado com o suor. Não lhe vinha nenhuma outra emoção salvo o desejo de pôr um fim, o mais cedo possível, àquela situação vergonhosa.

— Mas, que coisa, isso... Ainda bem que a gente veio seguindo o rastro do senhor porque, estas bandas aqui, o pessoal chama de melado-com-sal; nem os cachorros arriscam se aproximar... Foi mesmo um perigo. A gente não faz nem ideia de quanta gente desavisada já veio se meter aqui e acabou sem salvação... Estamos bem atrás da montanha, por isso a área vira um depósito natural de sedimentos. No inverno, é a neve que se acumula com o vento... Aí, por cima dela, o vento traz também a areia... Depois se acumula ainda mais neve e, desse jeito, já faz alguns séculos, o que acontece é que o solo fica parecendo uma pilha de finas bolachas de arroz. Isso aí quem disse foi um dos filhos do antigo presidente da cooperativa, que frequentava a escola lá na cidade. Que interessante, né? Se a gente fosse escavar até o fundo, quem sabe não iria aparecer alguma coisa de valor...

Qual era a intenção deles?! O homem preferiria que, àquela altura, eles parassem com esse jeito de falar inocente e descarado. Para ele seria muito mais condizente à situação se lhe dirigissem ao menos uns disparates agressivos... Do contrário, ele preferiria que ao menos o abandonassem em silêncio em seu meu modo esfarrapado de desistir...

Finalmente, despertou-se um burburinho atrás dele, sugerindo que a pá tinha chegado. Três homens caminharam cuidadosamente, calçando tábuas por debaixo dos sapatos, e começaram a cavar ao redor dele em um perímetro afastado. A areia revirada ia se desmoronando em camadas. Seus sonhos, seus desesperos, sua vergonha e sua reputação eram enterrados por essa areia e nela acabavam desaparecendo. Absorto e resignado, ele nem sequer se espantou quando as mãos dos homens lhe tocaram os ombros. Seria capaz de baixar as calças e defecar ali mesmo, para que todos vissem, caso assim ordenassem. O céu se tornara mais claro; decerto a lua despontaria em breve. "Que cara fará a mulher ao me receber?", pensou ele, para logo em seguida se contradizer pensando que não lhe importava nenhuma cara que fosse. Agora ele já parecia disposto a se tornar até mesmo um saco de pancadas.

27

Com uma corda passando por baixo de seus braços, o homem foi baixado mais uma vez para dentro do buraco como se fosse carga. Ninguém abriu a boca para dizer uma palavra sequer, como se estivessem tomando parte em uma cerimônia fúnebre. O buraco era escuro e profundo. Ainda que a lua abrangesse toda a paisagem das dunas em uma cintilação tênue de seda, pondo em relevo, inclusive, os padrões formados pelo vento e as pegadas na areia, como se estas fossem dobras de vidro, somente àquele lugar era negado fazer parte do mesmo cenário; seu destino não era mais que uma escuridão estapafúrdia. Ao homem, isso não causou preocupação em especial. Bastou olhar para a lua lá no alto para que seus olhos se turvassem e ele sentisse vontade de vomitar, tamanho era seu cansaço.

Em meio àquele breu, a mulher estava ainda mais negra que a escuridão. Ele não conseguia enxergá-la, mesmo quando estavam bem próximos, prontos para dormir. Não, não era só ela: a silhueta de tudo que havia se mostrava difusa. Inclusive depois de desabar sobre o colchonete, a sensação que tinha era a de ainda estar correndo às pressas sobre a areia... E então, da forma como estava, continuou a correr até dentro dos

A mulher das dunas

sonhos... Mas seu sono foi leve. Tanto o som do ir e vir do cesto quanto o latido distante dos cachorros ainda estavam vivos em sua memória. Ele também soube perfeitamente o momento em que a mulher voltou para jantar e acendeu o lampião à sua cabeceira. Depois de se levantar uma vez no meio da noite para tomar água, não voltou a pregar os olhos. Isso não queria dizer, no entanto, que já tinha vigor o bastante para ir ajudar a mulher.

Desse jeito, sem nada para fazer, acendeu o lampião e, distraído, deixou queimar um cigarro, enquanto uma aranha atarracada, porém de aparência ágil, começou a fazer voltas ao redor da luz.

Mariposas, tudo bem; mas aranhas fototáticas eram raras. Ele conteve o ímpeto de matá-la queimada com a chama do cigarro. A aranha continuou a dar voltas com a precisão dos ponteiros de um relógio, em um raio de uns quinze, talvez vinte centímetros. Talvez não fosse um mero movimento fototático. Enquanto a observava com a expectativa de que algo aconteceria, não tardou para que uma traça viesse se perder ali por perto. O bicho fez sua sombra brilhar enorme umas duas ou três vezes sobre o teto e, ao ir de encontro à luz do lampião, parou na alça de metal e aí mesmo deixou de se mover. A traça era terrivelmente acanhada, o que não condizia com seu aspecto exterior. Ele pressionou o cigarro contra o tórax dela. Em seguida, repeliu o inseto, que se debatia laboriosamente devido ao plexo braquial destroçado, para dentro do trajeto da aranha. Logo começou um teatro, como ele já imaginava. No instante em que ele pensou ter visto a aranha saltar, esta já se encontrava agarrada sobre sua vítima. Não demorou muito para que ela começasse de novo a dar suas voltas despreocupadamente, agora arrastando a presa já imóvel que trazia entre as mandíbulas. Parecia, enquanto a arrastava, estar estalando os beiços com o sumo da traça.

O homem não sabia que existiam aranhas assim. Que bom gosto, usar um lampião para fazer as vezes de teia. Se na teia a aranha só pode aguardar passivamente, usando o lampião ela é capaz de atrair com iniciativa seu alvo. Como premissa para esse método, todavia, primeiro é preciso que haja à disposição uma chama adequada. Na natureza, infelizmente, não há luzes assim. Não era possível que a aranha andasse perambulando ao redor da lua ou de um incêndio nas montanhas. Seria, então, essa aranha uma nova espécie que teria adquirido tal instinto e evoluído depois do surgimento do homem? Essa não seria uma má explicação. Mas, considerando correta essa hipótese, como diabos se explica então a fototaxia da traça? Diferentemente da aranha, é difícil imaginar que a luz do lampião tenha alguma utilidade para a preservação da espécie delas. Além do mais, o fato de que isso teria sido um fenômeno surgido depois do advento do fogo não muda nada. A maior prova disso é que as traças nunca se juntaram em uma grande nuvem e saíram voando para o mundo da lua. Se isso fosse o hábito de apenas uma espécie de traça, ainda seria possível de compreender. Porém, considerando que esse é um hábito comum entre as cerca de dez mil espécies de traças e mariposas que existem, só nos resta pensar ser essa uma lei rígida e imutável. Esse bater de asas cego e ensandecido provocado pela atração à luz artificial... Uma relação secreta e injustificável entre o fogo, o inseto e a aranha... Se as leis do universo se manifestavam de modo tão inconsequente, no que diabos seria possível acreditar?

Ele fechou os olhos. As manchas de luz passavam como se à deriva... Bastava tentar agarrá-las para que aumentassem a velocidade e escapassem. Era como a sombra deixada pela cicindela na areia.

Ele despertou com a mulher aos prantos.

— Está chorando por quê?

Procurando não mostrar sua desorientação, a mulher se levantou às pressas.

— Desculpe. Pensei em servir o chá...

A voz da mulher, fanha e lacrimejante, deixou o homem aturdido. Ela, que estava curvada, ajustando a chama do fogareiro, parecia estranhamente nervosa, e custou a ele algum tempo até apreender o significado daquilo. O homem tentava decifrá-la como quem faz força para virar a página de um livro todo embolorado. Mas virar a página, ao menos, ele conseguiu. E então, diante dela, ele começou a parecer adorável de tão patético.

— Ai, eu fracassei...

— Pois é...

— Acabei fracassando por completo, fácil assim.

— Mas não existe ninguém que tenha conseguido, viu? Nem mesmo uma vez.

Ela falou com a voz embargada, porém com uma veemência que sugeria estar de fato defendendo o homem em seu fracasso. Como podia ser tão cruel sua amabilidade? E não seria injusto demais deixar de retribuir essa gentileza?

— Uma pena... Se eu tivesse conseguido, pensava em logo comprar um rádio para mandar a você...

— Um rádio?

— O tempo todo eu estive pensando nisso.

— Ora, imagine, não precisa — pôs-se na defensiva a mulher, atarantada. — Posso fazer um trabalho extra e comprar aqui mesmo. Se for à prestação, só preciso ter para a entrada, não é?

— É, né, bem, se for à prestação...

— Quando a água ferver, quer que eu esfregue seu corpo?

Uma tristeza da cor da aurora lhe subiu à garganta. Não havia mal em lamberem as feridas um do outro. Porém, lamber eternamente uma ferida que jamais sara pode ser que acabe por gastar toda a língua.

— Não posso aceitar... Bem, de qualquer jeito, a vida não é uma coisa que depende de nossa aceitação para seguir adiante. Mas é que existe aquele modo de viver, e existe este daqui, e o outro modo é o que parece um tanto melhor. O mais insuportável é pensar em como vão acabar as coisas se eu continuar vivendo deste jeito... Se bem que, qualquer que seja o jeito de viver, é certo que não há como saber o futuro... Eu só tenho a sensação de que a vida com a maior quantidade de distrações é de algum jeito melhor, por pouco que seja...

— Deixe eu lhe dar um banho...

A mulher falou como que tentando animá-lo. Sua voz estava trêmula e chorosa. A areia parecia ter se acumulado até o interior dos músculos do homem. (O que *aquela outra* estaria fazendo a essas horas?) Ele tinha a sensação de que os acontecimentos do dia anterior já estavam há vários anos no passado.

A mulher começou a esfregar o sabonete em uma toalha molhada.

Capítulo III

28

Outubro.

Durante o dia, a permanência relutante do verão queimava a areia a ponto de não ser possível aguentar cinco minutos com os pés descalços. Quando o sol se punha, no entanto, as paredes repletas de brechas do quarto deixavam entrar um pouco de frio, como era de se imaginar, dando aos dois a tarefa de secar as cinzas úmidas do *irori*, quisessem ou, não. Com a mudança de temperatura, a neblina das manhãs e noites sem vento se transformara em um rio turvo.

Certo dia, o homem experimentou armar uma arapuca no terreno vazio dos fundos para apanhar um corvo. Ele decidiu batizá-la de "Esperança".

O mecanismo da armadilha era muito simples, fazendo uso da própria areia. Consistia em enterrar um balde de madeira na base de um buraco ligeiramente profundo que o homem havia escavado. Era então fixada uma tampa um pouco menor que a abertura em três pontos com calços do tamanho de um palito de fósforo. A cada um dos calços, ele atou uma linha bem fina. As linhas passavam pelo orifício no centro da tampa e se ligavam a um gatilho do lado de fora. Em frente ao gatilho, estava enfiada a isca — um peixe seco. Pois bem, ele então ocultou toda a armadilha meticulosamente com a areia, criando uma engenhoca que, para quem visse de fora, parecia somente uma isca largada no fundo de um buraco arenoso. Assim que um corvo abocanhasse o peixe, os calços seriam instantaneamente removidos, a tampa cairia, e, ao mesmo tempo, a areia ao redor desmoronaria com ímpeto sobre o pássaro, enterrando-o por completo, ainda vivo. Nas duas ou três vezes que testara o experimento, pelo menos, ele não encontrou nenhum defeito digno de nota. A imagem de um corvo desafortunado sendo tragado pela areia deslizante, sem nem sequer ter tempo para bater as asas, aparecia vívida diante de seus olhos.

Depois, se tudo corresse bem, ele escreveria uma carta e a amarraria a uma das patas do corvo. Bem, isso apenas se tudo corresse bem, é evidente. Em primeiro lugar, era bastante escassa a possibilidade de que o corvo, quando solto, fosse cair uma segunda vez em mãos humanas. Além disso, não era possível saber para onde ele voaria. O raio de ação dos corvos, em geral, é bastante limitado. O que menos queria era que seu plano fosse descoberto pela cambada da vila, caso associassem o corvo que ele deixaria escapar com o fato de um único corvo no bando dali ter preso à pata um pedaço branco de papel. Isso significaria que a tenacidade que ele a tanto custo desenvolvera até então teria sido completamente inútil.

Após ter fracassado em sua fuga, o homem se tornara terrivelmente escrupuloso. Convenceu-se de que estava meramente hibernando e adaptou-se à vida dentro do buraco, dedicando-se apenas a desarmar o vilarejo do estado de alerta. Dizem que a repetição de padrões semelhantes é uma forma eficiente de mimetismo entre os animais. Dissolvendo-se dentro da repetição monótona do dia a dia, não deveria ser impossível, inclusive, desaparecer da consciência deles, mais cedo ou mais tarde.

A repetição tinha ainda outra utilidade. Por exemplo, naqueles pouco mais de dois meses, e a cada dia que começava e terminava, a mulher vinha se devotando tanto ao trabalho extra de passar contas por um fio, concentrada, que seu rosto parecia inchado. A ponta comprida da agulha ia fazendo bailar os grãos cor de ferro espalhados no fundo de uma caixa de papel, apanhando-os com agilidade. A previsão era de que suas economias chegariam sem demora a dois mil ienes.[25] Quem diria! Nesse ritmo, em outra quinzena a mulher já conseguiria acumular o dinheiro de entrada para o rádio.

No bailar da agulha, havia uma gravidade capaz de fazer sentir que ali estava o centro da Terra. A repetição dá um colorido ao presente, tornando-o palpável. Assim, o homem também, sem ficar para trás, decidiu se aplicar em especial aos trabalhos manuais e monótonos. Tarefas como varrer a areia de cima do telhado, passar o arroz na peneira e lavar a roupa suja já haviam se tornado seus principais afazeres diários. Enquanto ele trabalhava e cantarolava entredentes,

---

25. Quantia equivalente a cerca de oito mil ienes em 2021, ou quatrocentos reais. [N.T.]

o tempo lhe fazia o favor de fluir. O homem inventara uma pequena tenda de saco plástico para pôr na cabeça durante o sono; e ainda criara um engenho para preparar peixes cozidos a vapor enterrando-os na areia quente; ele vinha aproveitando muito bem a passagem do tempo.

Queria evitar que os sentimentos se exaltassem, então, desde a última vez, se esforçou para ler o jornal o menos possível. Depois de suportar por uma semana, já não tinha tanta vontade de ler. Um mês mais tarde, às vezes, chegava a esquecer que existia jornal. No passado, ele certa vez vira a foto de uma calcografia chamada *Inferno da solidão* e a achara curiosa. Embora nela um homem flutuasse nos ares em uma postura desequilibrada, revirando os olhos de pavor, o espaço que o envolvia não era o vácuo; ele estava, muito pelo contrário, preenchido em toda a sua extensão pelas sombras diáfanas dos mortos, a ponto de ser impossível remexer-se ali. Os mortos, enquanto repeliam uns aos outros, cada qual com sua expressão, falavam incessantemente com o homem. Por que motivo seria aquele o inferno da solidão? Na época ele pensava que talvez alguém havia se confundido com os títulos, mas agora ele já podia compreender com clareza. A solidão é a sede insaciável de quem busca ilusões.

Por isso mesmo ele roía as unhas, sem conseguir se acalmar apenas com as batidas do coração. Fumava um cigarro por não conseguir se satisfazer apenas com o ritmo das ondas cerebrais. Agitava a perna quando sentado, não se contentando apenas com o sexo. A respiração, o caminhar, o movimento peristáltico dos órgãos, os horários de cada dia, os

A mulher das dunas

domingos de cada semana, as provas de fim de período escolar reprisadas a cada quatro meses, tudo isso não apenas não o acalmava, como, pelo contrário, o impelia a novas repetições. Depois de não muito tempo, tinha aumentado a quantidade de cigarros dia após dia e era afligido por sonhos empapados de suor nos quais, junto com uma mulher de unhas cheias de sujeira, procurava a todo custo locais afastados do olhar alheio. Quando enfim se deu conta de que havia começado a exibir sintomas de vício, recompôs-se e mudou de atitude, ocorrendo-lhe pensamentos sobre o firmamento, sustentado pelo ciclo de monotonia inexcedível da órbita elíptica, ou sobre as regiões arenosas, controladas pelo comprimento de onda de 0,125 milímetro.

O homem sentia certo contentamento na batalha contínua contra a areia e nos trabalhos manuais diários, é verdade, mas não era possível afirmar, categoricamente, que ele gostava do sofrimento. Não era tão absurdo seu método de convalescença.

Contudo, certa manhã, junto com os suprimentos costumeiros, veio também uma revista de história em quadrinhos. Bem, a revista em si não representava grande coisa. Era uma edição, sem dúvida, comprada em um sebo, com a capa rasgada e pegajosa de tanto manuseio; um gesto de gentileza digno da cambada da vila, seria possível dizer. O problema foi o modo como ele contorceu o corpo, bateu palmas no tatame e rolou pelo chão rindo, a ponto de quase ter uma cãibra estomacal.

Era uma revista tola, no conjunto. Se lhe pedissem uma explicação sobre o que era tão engraçado, ele não teria como responder, de tão sem sentido e toscos que eram aqueles quadrinhos descabidos. Havia em um deles um cavalo, caído com as patas dobradas ao ter na garupa um homenzarrão, cujo semblante lhe pareceu excepcionalmente ridículo. Era surpreendente como ele conseguia rir desse jeito apesar da situação em que estava. Deveria ter vergonha. Tinha de existir um limite mesmo para o nível de aclimatação à sua condição presente. Sua aclimatação deveria ser um método, não um objetivo. Dizer que estava hibernando podia lhe soar bem aos ouvidos, mas, ora, uma vez tendo se disfarçado de marmota, ele por acaso não havia perdido para o resto da vida a vontade de expor a cara à luz do sol?

Em realidade, ele não tinha absolutamente nenhum prospecto, nem nada parecido, de quando ou como teria a oportunidade de fugir. Acostumado a somente esperar, sem objetivo, era bem provável que, quando enfim terminasse a estação de se manter enfurnado, talvez já não quisesse sair à rua em razão do sol ofuscante. Dizem que, depois de três dias esmolando, até para um mendigo se torna difícil mudar de vida. Parece que a putrefação que começa por dentro avança com rapidez surpreendente. Assim ele cismava e, no instante em que se lembrou da cara do cavalo de antes, voltou a ser acometido por aquela risada idiota. Junto ao lampião, como sempre sem olhos para nada além de seu trabalho artesanal com as contas, a mulher levantou o rosto e lhe retribuiu com um sorriso inocente. O homem, por sua vez, com um sentimento amargo por causa da própria traição, jogou a revista para longe e saiu da casa.

Ao alto do paredão, a neblina de cor leitosa rodopiava em grandes ondulações. A parte sombria em que ainda restava o resquício da noite, como uma mancha... A parte que brilhava como um fio metálico queimado... A parte que se movia em fluxo, convertida em partículas de vapor cintilantes... Essa combinação de sombras se via repleta de ilusões, impelindo o homem a fantasias sem limites. Por mais que se demorasse observando, não se cansava. Todo e qualquer instante vinha transbordando de novas descobertas. Desde formas com um pé na realidade até manifestações insólitas que ele nunca tinha visto antes, nada ali era prescindível.

O homem, sem se dar conta, começou a fazer um apelo dirigindo-se ao redemoinho de neblina e sombras.

(Meritíssimo juiz, por favor, diga-me qual é o conteúdo das exigências da promotoria! Diga qual é o motivo para a sentença! Como Vossa Excelência vê, a defesa está aguardando em pé uma resposta!)

Nisso, retornou de dentro da neblina uma voz que ele lembrava já ter ouvido. Ela disse, de repente, com um tom abafado e vazio como se passasse por um telefone com defeito:

(No fim, dizem que é um a cada cem...)

(O quê?)

(Ou seja, dizem que o número de pacientes com esquizofrenia no Japão é de um a cada cem.)

(E que diabos...?)

(No entanto, parece que também uma a cada cem pessoas é cleptomaníaca...)

(Que diabos de conversa é essa?)

(Dado que a taxa de homossexualidade entre os homens é de um por cento, naturalmente também um por cento das mulheres deve preferir o mesmo sexo. E então temos um por cento de piromaníacos, um por cento de pessoas com tendência ao alcoolismo, um por cento de deficientes mentais, um por cento de ninfomaníacos, um por cento de megalomaníacos, um por cento de vigaristas compulsivos, um por cento de pessoas frígidas, um por cento de terroristas, um por cento de paranoicos.)

(Eu preferiria que você parasse de resmungar essas baboseiras sem sentido.)

(Bem, acalme-se e escute um pouco. Acrofobia, belonofobia, histeria, fonomania, sífilis, estupidez... Considerando um por cento de cada, no total já temos vinte por cento. Nesse ritmo, se eu conseguir listar mais oitenta casos de anomalias... Digo, é óbvio que eu conseguiria. Assim, eu consigo provar estatisticamente que cem por cento dos seres humanos são anormais.)

(Que coisa ridícula! Por acaso não é verdade que, a não ser que exista uma normalidade para servir de padrão, também não se pode constituir a anormalidade?!)

(Ei, ei, só estou me esforçando aqui para defender você...)

(Defender?)

(Ora, nem mesmo você teria a intenção de afirmar a própria culpa, não é?)

(Isso é óbvio, não?!)

(Se é assim, então eu esperava que você agisse com mais franqueza. Por mais que sua situação seja incomum, não existe nenhum motivo para perder a cabeça, nem nada do tipo. Se a sociedade não tem o dever de ajudar uma lagarta de cor diferente, do mesmo modo tampouco tem o direito de julgá-la.)

(Lagarta? E por que protestar contra cárcere privado tem algo a ver com uma lagarta de cor diferente?!)

(Você não pode se fingir de sonso a esta altura... Em uma zona subtropical úmida como o Japão, sobretudo considerando que as inundações constituem oitenta e sete por cento dos desastres anuais, a taxa de prejuízos como esse, causados pela areia trazida pelo vento, não chega nem à terceira casa decimal. É uma conversa tão insensata quanto criar leis especiais de medidas contra inundação no deserto do Saara!)

(Eu não estou falando de contramedidas, mas, sim, de meu sofrimento. Seja no meio do deserto, seja no meio de um pântano, você acha que muda alguma coisa o fato de que cárcere privado é um ato ilegal?!)

(Ah, cárcere privado... Só que, se as pessoas fossem listar tudo o que desejam, nunca acabaria... Por que não aproveita que o pessoal da vila está tratando você como a um tesouro?)

(Vá tomar no cu! Até para alguém como eu tem de existir uma melhor razão de ser!)

(Você acha certo isso, ficar dizendo coisas assim, como que pondo defeitos na areia de que você tanto gosta?)

(Defeitos?)

(Ouvi dizer que existe no mundo alguém que chegou a gastar uns dez anos para calcular o número pi até não sei quantas centenas de casas decimais. É muita coisa! Imagino que essa pessoa deva ter achado aí, a seu próprio modo, uma razão para viver. No entanto, é justamente por ter recusado uma razão para viver desse modo que você se deu ao trabalho de vir a um lugar como este...)

(Isso é diferente! Aliás, a areia tem uma face completamente oposta! Por exemplo, você pode usar as propriedades dela de modo reverso e criar um molde, não? Ela é também uma matéria-prima indispensável para endurecer o concreto... E há pesquisas sobre algo como cultivo asséptico ou cultivo puro, valendo-se do fato de que a areia pode eliminar bactérias ou ervas daninhas diversas, com facilidade. Como se não bastasse, há até experimentos para transformar a areia em terra, através do uso de certo tipo de enzimas decompositoras do solo. A areia, mesmo que se tente defini-la em uma só palavra...)

(Ei, ei, que belo modo de mudar de opinião... Como você afirma uma coisa diferente a cada vez que se manifesta, fico sem saber no que devo ou não acreditar.)

(Eu não quero morrer abandonado na beira da estrada!)

(De qualquer maneira, será que não dá tudo na mesma? Afinal, o peixe que a gente deixou de fisgar sempre parece enorme.)

(Que merda, quem diabos é você?!)

O bloco de neblina formou uma grande onda e então se desmanchou; depois a voz do interlocutor desapareceu. Em contrapartida, vários raios de luz formaram um feixe, como que traçados com uma régua, e desceram em avalanche. Ofuscado pelo brilho, ele aniquilou entre os dentes molares o cansaço que lhe viera subindo pela garganta como fuligem.

Um corvo crocitou. O homem lembrou-se da "Esperança" lá nos fundos e decidiu espiar como estava. Talvez nem se importasse com seu êxito, mas já era algo melhor que a revista em quadrinhos.

A isca continuava posta como sempre. O fedor do peixe apodrecido lhe invadiu violentamente o nariz. Embora já houvesse passado mais de duas semanas desde que ele armara a "Esperança", não havia resposta alguma. Que raios seriam o motivo? Na estrutura da armadilha, ele tinha confiança. Se ao menos os pássaros fizessem o favor de morder a isca, depois já estaria tudo garantido, sem dúvida. Porém, como nem sequer visavam a comida, o homem continuava feito um barco sem porto...

Aliás, que parte da "Esperança" desagradava tanto assim aos corvos e por que droga de motivo? Não havia sinal de nenhum ponto suspeito em parte alguma, por mais que ele procurasse. De qualquer maneira, por estar sempre revirando o lixo deixado pelos humanos e sempre perambulando ao seu redor, o corvo é um bicho excepcional no que diz respeito à precaução. Sendo assim, o único jeito era ver quem tinha mais paciência. Até que o peixe podre dentro do buraco na areia acabasse se tornando por completo uma repetição na consciência das aves... A persistência em si não significa a derrota. Talvez o começo do verdadeiro fracasso seja, pelo contrário, o momento em que se sente que a persistência equivale à derrota. Para início de conversa, justamente com esse pensamento que ele havia escolhido o nome "Esperança". O cabo da Boa Esperança não ficava em Gibraltar. Mas na Cidade do Cabo, certo?

    O homem arrastou as pernas e voltou vagaroso à casa... A hora de dormir havia chegado de novo.

29

Ao vê-lo, a mulher apagou o lampião com um sopro, como se, enfim, se houvesse lembrado de fazê-lo, e se deslocou para a parte iluminada ao lado da porta. Será que pretendia continuar com o trabalho? Em um rompante, o homem sentiu subir à garganta um impulso impossível de controlar. Parou em frente à mulher e com um tapa repentino derrubou a caixa de contas que estava sobre o joelho dela. Os grãos pretos, parecidos com sementes de grama, voaram pela parte de terra batida da casa, confundindo-se imediatamente com a areia. A mulher retribuiu fixamente o olhar dele com uma expressão temerosa, sem palavras. Já a expressão do homem pareceu se desgrudar de seu rosto, caindo de uma vez. Dos lábios que pendiam sem forças, desbordou um gemido frio, acompanhado de uma saliva amarelada.

    — É em vão... Não é uma resistência fútil? É completamente vão tentar falar disso... Logo, logo, o veneno já vai começar a se espalhar...

A mulher permaneceu calada, como esperado. As contas de vidro que ela terminara de passar pelo fio tiritavam ligeiramente entre seus dedos. Brilhavam como gotas de melado. Um pequeno tremor começou a subir rastejando pela perna do homem.

— É isso mesmo! Logo, logo, a coisa vai acabar assim, sem ter mais volta... Um belo dia, quando se derem por si, já vai ter sumido toda essa cambada da vila, sobrando só nós dois... Eu é que sei... É verdade, estou dizendo... Logo, logo, com certeza, vão deixar a gente nessa fria... Quando a gente se der conta da traição, será tarde. Todo o esforço que a gente tiver feito até então vai acabar virando uma reles piada...

Ainda com o olhar fixo deitado sobre a conta que apertava entre o punho, a mulher balançou a cabeça, desfalecida.

— Isso não tem como, sabe? Só porque alguém vai embora daqui, não quer dizer que logo vai conseguir começar a vida em outro lugar.

— Não dá no mesmo? Seja como for, mesmo estando aqui, eles não estão vivendo uma vida propriamente dita.

— Mas é que tem a areia...

— A areia? — Com os dentes ainda cerrados, o homem traçou um círculo com a ponta do queixo. — E para que serve essa tal areia? Não é verdade que, além de causar sofrimento, ela não vale nem um centavo?!

— Não, mas a gente a vende!

— Vende? Para quem vocês vendem uma coisa dessas?

— Ora, deve ser para as construções... Para misturar com o concreto...

— Não diga asneiras! Se misturarem essa areia cheia de sal no cimento, isso sim seria uma calamidade! Sem contar que seria uma infração ao Código de Obras ou algo assim...

— É claro que eles estão vendendo em segredo. Até o transporte eles fazem pela metade do preço.

— Já chega de absurdos! Se depois a fundação de um prédio ou de uma represa ceder, aí vai ser tarde demais para arrependimentos, quer façam pela metade do preço, quer deixem de graça!

De repente, a mulher o interrompeu com um olhar acusador. Demonstrou uma frieza que contradizia sua atitude passiva de até então, mantendo os olhos pousados e inertes sobre o peito dele.

— E por acaso eu vou me importar com isso? É gente que eu nem conheço, tanto faz!

O homem vacilou. A mudança de fisionomia da mulher foi tamanha que parecia haverem trocado sua face por outra. Então era essa a verdadeira cara do povoado, agora revelada pela mulher. Até ali, para ele a vila apenas executava unilateralmente as sentenças. Ou era uma planta carnívora sem vontade própria, quando não uma anêmona-do-mar voraz, com a qual ele havia se deparado e da qual se tornara nada mais que uma vítima infeliz. Se bem que, pensando no ponto de vista da vila, eles provavelmente achavam ser, eles próprios, os abandonados. Naturalmente, não havia nenhuma razão para eles sentirem alguma obrigação para com o mundo externo. Se o homem representava para eles parte do grupo de agressores, isso queria dizer que as presas que traziam à mostra estiveram, do mesmo modo, voltadas contra ele. Ele ainda não havia pensado dessa maneira, nenhuma vez sequer, na relação entre ele e a vila. Era natural que ele se sentisse atordoado, sem saber o que fazer. Não por isso, contudo, haveria de recuar agora, pois seria o mesmo que abrir mão de sua própria legitimidade.

— Bem, o que acontece com os outros até pode ser indiferente a você — prosseguiu ele exasperado, buscando se recompor. — Mas, com um negócio charlatão desses, quer dizer que, no fim, há alguém lucrando um bom tanto, não é? Eu acho que não tem por que você se pôr do lado desse bando...

— Não, porque o comércio da areia quem faz é a cooperativa.

— Entendo. Mas, como é de se imaginar, com uma quantia maior ou menor de investimento, eles devem ter comprado ações, ou...

— Só que os comerciantes desse tipo, que até barco conseguiam manter, já foram embora daqui faz muito tempo. Deste jeito mesmo como está, a gente está sendo é muito bem tratado pela cooperativa. Não tem nada de injusto, na verdade. Se acha que é mentira, é só pedir para conferir o livro de contas, que, com uma só olhada, você logo entenderá...

Em meio à confusão e à insegurança reinantes, o homem, por fim, se pôs em pé. Sentia um desânimo profundo. Seu mapa de estratégias, em que amigos e inimigos estavam nitidamente pintados cada qual com uma cor, se borrara com um tom intermediário e se tornara algo incompreensível, mais análogo a um quebra-cabeça. Pensando bem, não havia nenhuma necessidade de se zangar daquela maneira por algo que não passava de uma revista em quadrinhos. "Ora, não existe, em lugar nenhum, quem me dê atenção tão minuciosa a ponto de se importar com o fato de eu rir ou não como um idiota", pensou ele e, do fundo da língua enrijecida, começou a emitir um murmúrio entrecortado:

— Bem, é... É óbvio que é assim... Quem quer saber de gente desconhecida? Isso é verdade...

Em seguida, palavras que nem mesmo ele poderia ter imaginado se projetaram à revelia de seu controle, sem qualquer coesão:

— Que tal se, mais para a frente, a gente comprar um vaso com alguma muda de planta? — Ainda que ele mesmo houvesse se espantado com o que disse, perante a expressão ainda mais desnorteada da mulher, ele soube ainda menos como recuar, e apenas continuou: — É que, se a gente não tem algo assim para relaxar, não dá para aguentar esta paisagem desolada...

A mulher respondeu com uma voz desassossegada:

— Pode ser um pinheiro?

— Pinheiro? Ah, eu odeio pinheiros... Pode ser qualquer coisa, até mato. Lá para os lados do promontório, parecia estar crescendo bastante capim, até. Como se chama aquilo?

— Deve ser carriço-da-areia ou glênia-do-litoral. Mas, pensando bem, não seria melhor uma árvore?

— Se for uma árvore, prefiro que seja uma de galhos finos e folhas grandes, como um bordo ou um kiri. Uma dessas em que as folhas ficam farfalhando com o vento...

Uma dessas que farfalham... Um folhedo que se contorce farfalhante, ligado ao tronco, sem poder escapar, ainda que quisesse...

Sem relação com seus sentimentos, sua respiração começou a estridular. Teve a sensação de que iria cair em prantos. Apressado, agachou-se junto à área do piso de terra batida onde haviam caído as contas e passou a vasculhar a superfície da areia com as mãos muito desajeitadas.

A mulher se levantou esbaforida.

— Não, pode deixar, eu mesma faço. Isso aí é só a gente passar na peneira que, em dois toques...

30

Certo dia, enquanto urinava e observava a lua projetada sobre a borda do buraco, do tamanho perfeito para caber em um abraço, o homem foi acometido por um calafrio violento. Será que teria se resfriado? Não, ele tinha a impressão de que aquele calafrio era de uma espécie bem diferente. O calafrio que se sente antes de ter uma febre ele já havia experimentado inúmeras vezes; aquele, porém, era completamente distinto. Não tinha tomado nenhuma lufada de ar, tampouco ficado com os pelos arrepiados. O que estava tremendo não era a superfície de sua pele, mas o tutano dos ossos. Como pequenas ondulações sobre a água, a sensação ia se expandindo lentamente de dentro para fora, traçando círculos. Uma pontada difusa ressonava por seu esqueleto, sem dar sinais de que cessaria. Parecia que uma folha de flandres, trazida pelo vento, havia atravessado seu corpo, retinindo.

Devido ao tremor, ele começou a fazer certas associações mentais a partir da superfície lunar. Ela lhe dava a sensação tátil de uma sarna com esparsas manchas brancas polvilhadas, como se fossem de farinha grossa. Um sabonete barato completamente seco... Aliás, melhor dizendo, uma marmita de alumínio enferrujado. Em seguida, ajustou ainda mais o foco da visão e fez correspondência com uma imagem impensável: uma caveira branca. Símbolo universal para o veneno. Os comprimidos polvilhados de branco no fundo do frasco mortífero. Falando nisso, os comprimidos de cianureto de potássio que haviam estragado tinham a textura bem semelhante à da superfície da lua. Aquele frasco ainda estava enterrado ao pé do degrau próximo à entrada da casa, certo?

Seu coração se pôs a quicar descompassadamente, como uma bolinha de pingue-pongue rachada. Dentre tantas coisas que havia para associar no pensamento, por que ele teria trazido de novo à memória algo tão sinistro quanto aquilo? De qualquer modo, na aragem de outubro vem contido certo eco de remorso bem doloroso. Cascas de sementes já vazias, cujo conteúdo havia rebentado, iam com o vento a cada vez que este as fazia assoviar como uma flauta. Enquanto olhava para a beira do buraco lá no alto, sob a maquiagem pálida do luar, o homem pensou que aquele sentimento ardente poderia ser, quem sabe, inveja. Inveja da cidade, do trem de quem vai para o trabalho, dos semáforos nos cruzamentos, dos anúncios nos postes de luz, das carcaças de gatos, das drogarias vendendo cigarros — enfim, inveja de tudo isso que expressava a densidade do mundo da superfície. Assim como a areia havia devorado o interior dos pilares e das paredes de madeira, quem sabe a inveja houvesse aberto um buraco dentro do homem, fazendo dele uma panela vazia sobre o fogareiro. A temperatura de uma panela vazia sobe vertiginosamente. Em breve, ele poderia acabar explodindo, incapaz de suportar esse calor. Antes de resmungar sobre esperança, a questão primeira era saber se ele conseguiria superar o instante presente.

Ele desejava um ar mais leve! Desejava pelo menos um ar fresco, ao qual não estivesse misturado o sopro de sua exalação! Se ele pudesse subir até o alto do paredão para observar o mar uma vez ao dia, ainda que fosse por trinta minutos, que espetacular seria! Ao menos isso eles deveriam lhe permitir. O rigor da vigilância no povoado estava agora extremado, impossibilitando a fuga; portanto, não seria essa uma reivindicação bastante razoável, levando em consideração seu trabalho fiel de mais de três meses até então? Até presidiários encarcerados têm minimamente o direito de um horário para se exercitar.

— Eu mereço! Assim não dá! Ficando o ano inteiro com a cara na areia deste jeito, logo mais eu vou virar um picles humano. Será que, de vez em quando, não podem me deixar dar uma caminhada por aí ou algo do gênero?

A mulher permaneceu quieta, como se incomodada. Sua fisionomia era a de alguém que não sabia o que fazer com uma criança birrenta por ter perdido seu doce.

— Não tem essa de dizer que eu não posso! — zangou-se o homem sem refletir. Em virtude da frustração que se enroscava em sua memória, enfim trouxe à tona até mesmo a escada de corda, que, para ele, era difícil mencionar: — Pois saiba que, outro dia, enquanto eu estava fugindo, eu vi com estes olhos... Aqui mesmo, nesta fileira, existem não sei quantas casas onde deixam a escada de corda pendurada, não é verdade?!

— Sim, só que... — titubeou a mulher, como se buscasse pretextos. — É que, em geral, isso é só para as pessoas que já vivem aqui há várias gerações.

— Quer dizer que, para a gente, não existe essa possibilidade?!

A mulher deixou a cabeça pender sem nenhuma resistência, como um cachorro desolado. Mesmo que o homem começasse a beber o cianureto de potássio diante de seus olhos, ela iria apenas ignorá-lo, calada.

— Que assim seja; eu mesmo vou negociar diretamente com eles!

É claro que, no fundo do coração, ele sabia que essa possível negociação não daria em nada. O homem já estava acostumado a que se esquivassem dele. Foi por isso que, quando o já conhecido ancião, vindo junto com o pessoal do cesto, lhe ofereceu prontamente uma resposta, ele achou espantoso, chegando a se apalermar.

Mas todo o seu espanto seria praticamente insignificante quando comparado ao conteúdo da resposta.

— Pois é, né... — disse o ancião, com o modo demorado de quem fala enquanto organiza registros antigos dentro da cabeça, e continuou: — Não é um assunto assim, impossível... Bem, é só um exemplo, mas se vocês dois, enquanto o pessoal assiste, vierem para a frente da casa... Se vocês, sabe, mostrarem para a gente esse, digo, mostrarem como vocês fazem aquilo, aí vai ter um motivo para todo mundo, hã, para todo mundo concordar que não tem problema...

— Fazer o quê?

— Ué, aquilo... Sabe, quando um macho e uma fêmea se juntam... Aquilo...

Ao redor, o pessoal que carregava o cesto soltou em uníssono uma risada ensandecida. O homem, como que amarrado ali à força, permaneceu estancado no mesmo lugar, começando a compreender devagar, porém já prevendo o que queriam. Começou a compreender a si mesmo enquanto compreendia a situação. E, diante da proposta, nem sequer conseguiu se escandalizar.

Um único feixe de lanterna elétrica foi planar junto aos pés do homem como um passarinho dourado. Funcionou de sinal para que mais sete ou oito raios formassem em conjunto um disco de luz e rastejassem pelo fundo do buraco. O homem sentia que, pressionado pela excitação dos homens no alto do paredão, quente como resina queimada, acabaria sendo infectado pela loucura deles antes mesmo de poder se revoltar.

Voltou-se detidamente para a mulher. A figura que até instantes atrás estivera ali manejando a pá agora havia desaparecido. Será que ela havia se entocado dentro de casa? Ele espiou pela porta e experimentou chamá-la:
— O que você acha?
A voz sufocada da mulher se fez ouvir detrás da parede.
— É só não dar bola para eles!
— Mas é que eu queria poder sair...
— Nem em sonho!
— Ora, não precisa pensar de um jeito tão exagerado...
A mulher se pôs a ofegar dolorosa e terrivelmente.
— Você tem certeza de que não perdeu um parafuso da cabeça? Só pode ser isso... Você está louco! Porque isso eu não deixo, de jeito nenhum! Eu não sou nenhuma depravada!

"Será mesmo? Será que eu enlouqueci?" Ele repensava e hesitava diante do furor dela, mas por dentro do homem ia se espalhando uma corrupção... Depois que já havia sido pisoteado tanto assim, de que lhe serviria a honra? Se ele tinha escrúpulos por ser observado, até os observadores também os deveriam ter na mesma medida... Não existia necessidade de pensar no ser observado e no observar como coisas distintas. Havendo ou não diferença, encararia aquilo como um ritual irrisório para desaparecer. E ele também, afinal, precisava considerar o que ganharia como prêmio... A superfície, onde poderia caminhar livremente por toda parte! "Eu quero meter a cara para fora da superfície desta água pestilenta e encher plenamente os pulmões!"

A mulher das dunas

Ele mirou onde a mulher parecia estar e, de supetão, jogou-se contra ela de corpo inteiro. O grito da mulher, aliado ao som de ambos emaranhando-se e estatelando-se contra a parede, provocou lá no alto uma inflamação e um desvairamento bestial. Assovios, bater de palmas, berros vulgares que não formavam palavra alguma... O número de pessoas havia aumentado bastante, parecendo estarem mescladas entre eles, inclusive, algumas moças. O número de lanternas que se aglomeravam buscando a porta da casa, do mesmo modo, havia pelo menos triplicado em relação ao inicial.

Talvez ele tivesse obtido sucesso contra a mulher somente porque a pegara de surpresa; e, por ora, conseguiria arrastá-la para fora da casa. Ela se mostrava frouxa como uma sacola, conforme o homem agarrava seu colarinho. As luzes que cercavam o buraco por três lados, sem deixar vão, eram como as fogueiras de algum festival noturno. Embora não estivesse tão quente, um suor que lembrava uma película pegajosa escorria rente às axilas, e mesmo os cabelos dele estavam encharcados até as raízes como se lhe houvessem jogado água. Um clamor similar a um zumbido, refreado por um pedaço de tábua, espraiava suas grandes asas negras por toda a extensão do céu. O homem teve a ilusão de que essas asas eram suas. E a sensação nítida de que a cambada que o fitava do alto do paredão, com a respiração presa, era de fato ele próprio. Era pelo menos uma parte dele, e a saliva libidinosa que de suas bocas gotejavam era, ela própria, o desejo carnal do homem. Mais que uma vítima, ele se imaginava como um avatar para os verdadeiros perpetradores daquele ato.

O cordão das calças deu mais trabalho do que ele imaginava. Além do fato de que não conseguia enxergar bem as mãos, o tremor dobrava a grossura de seus dedos. Ele agarrou a parte frouxa do tecido junto às nádegas, pensando, antes, em rasgar as calças com um puxão; porém, no instante em que elevou os quadris da mulher, ela contorceu o corpo e se desvencilhou. O homem partiu em seu encalço, chutando areia para tudo que era lado. Logo foi repelido de novo com uma rigidez de ferro. Agaturrando-se a ela, o homem implorou:

— Por favor... Eu lhe peço... Eu nem vou conseguir, mesmo... É só a gente fingir...

No entanto, não havia mais necessidade de persegui-la. A mulher já não tinha mais a intenção de escapar. Ao mesmo tempo que se ouviu um som de pano sendo rasgado, o ventre do homem foi erguido do solo conforme intencionado pela mulher, que concentrava a raiva e o peso de todo o corpo na ponta dos ombros. Ele abraçou de imediato os joelhos e se dobrou. A mulher inclinou o corpo e começou a socar a cara dele. O movimento podia até ser lerdo à primeira vista, mas cada um dos socos carregava uma essência úmida capaz de quebrar pedras de sal. Fez sangrar o nariz do homem. Com a areia grudando-se ao líquido, o rosto dele se converteu em um torrão.

A euforia no alto do paredão também acabou esmorecendo, como um guarda-chuva com uma vareta quebrada. Os queixumes, risadas incontidas e vivas de encorajamento já não mantinham o passo de antes, criando muitos intervalos. Nem mesmo os xingamentos obscenos motivados pela embriaguez eram agora capazes de lhe levantar o espírito. Houve quem arremessasse algo, mas este foi logo admoestado por outro espectador. O encerramento foi tão abrupto quanto a abertura. Ouviu-se um longo chamado de alguém que ordenava a volta ao trabalho, e a fileira de luzes desapareceu por completo, não deixando para trás nem mesmo um fragmento de fervor, dando lugar ao vento escuro do norte, que soprava violento.

Sujo de terra e espancado, ainda assim o homem tinha, em algum recôndito da consciência — a qual parecia agora uma roupa íntima molhada e transparente, que deixava entrever a dor das batidas do coração —, a impressão difusa de que tudo ocorrera conforme mandava o roteiro. Os braços ardentes da mulher passavam por baixo das axilas do homem, e ele sentiu o cheiro do corpo dela invadir suas fossas nasais como um espinho. Imaginou que, envolvido pelos braços aos quais tinha confiado toda a sua existência, ele se convertia em uma pequena pedra lisa e escorregadia às margens de um rio. O que dele restara parecia prestes a se liquefazer e escorrer para dentro do corpo da mulher.

31

Transcorreram várias outras semanas de noites e de areia sem qualquer mudança para melhor.

A "Esperança" também permanecia, como de costume, sendo ignorada pelos corvos. É evidente que o peixe seco usado de isca já havia deixado de ser um peixe seco. Ainda que fosse ignorado pelos corvos, como era de se esperar, não o fora pelas bactérias. Certa manhã, ao experimentar cutucá-lo com a ponta de um bastão, notou que o peixe havia se transformado em um líquido preto viscoso, deixando de recordação apenas sua pele. Decidiu trocar a isca e aproveitar o ensejo para averiguar em que condição estava o mecanismo. Removeu a areia, experimentou abrir a tampa e ficou estarrecido. Aconteceu que, no fundo do balde, encontrou água acumulada. Era apenas um volume de uns dez centímetros, porém de uma água transparente, muito mais próxima de ser considerada pura que a água fornecida todos os dias, na qual flutuavam partículas metálicas. Teria chovido recentemente? Não, fazia pelo menos uma quinzena que não chovia ali. Então seria a água que restara da chuva de meio mês atrás? Ele gostaria de dizer que sim, porém, para sua infelicidade, esse balde costumava vazar água. Na verdade, no instante em que o levantou, já escorria água por debaixo. A não ser que se tratasse da ramificação de um lençol de água subterrânea, a água devia vir vazando pouco a pouco àquela profundidade; assim, o homem deduziu que o líquido vinha sendo constantemente reabastecido por alguma fonte. Do ponto de vista da lógica, ao menos, tinha de ser isso. Mas, nessa areia absolutamente seca, de onde diabos a água estava sendo guarnecida?

O homem não foi capaz de conter a excitação que lhe subiu gradualmente pela garganta. Havia apenas uma resposta imaginável. Ação capilar na areia. Embora a areia estivesse sempre seca em virtude do alto calor em sua superfície, não havia erro em afirmar que ela operava como uma bomba que sugava para o alto a umidade do subterrâneo. Desse modo, poderiam facilmente ser explicadas tanto aquela quantidade imensa de neblina que as dunas vomitavam ao amanhecer e ao entardecer quanto aquela umidade anômala que se agarrava a paredes e pilares e fazia apodrecer a madeira. No fim das contas, a aridez do terreno arenoso não era culpa de uma mera escassez de água, mas, aparentemente, tinha origem no fato de que a sucção decorrente da ação capilar não era suficiente para fazer frente à rapidez da evaporação. Em outras palavras, o reabastecimento da água vinha sendo realizado ininterruptamente. Porém, o ciclo hidrológico ali possuía uma velocidade que seria quase impensável em terrenos comuns. E queria dizer então que, por casualidade, em algum momento, a "Esperança" havia interrompido tal ciclo. Possivelmente, a posição em que ele enterrara o balde ou os vãos deixados pela tampa teriam criado alguma relação acidental que fazia a água sugada para cima fluir para dentro do recipiente, sem evaporar. Qual seria tal posição ou relação, ele ainda não era capaz de explicar bem, mas, se conduzisse uma investigação adequada, sem dúvida conseguiria repetir o mesmo resultado. Também não estava excluída a possibilidade de ele descobrir um mecanismo de reserva de água com eficiência ainda mais elevada.

Caso obtivesse êxito nesse experimento, já não teria que se render no caso de lhe cortarem a água. E não pararia por aí, pois o areal todo era uma bomba. Sim, era como se ele estivesse de fato sentado sobre uma bomba de sucção. Precisou acalmar sua euforia, então prendeu a respiração e se manteve completamente imóvel por alguns momentos. Não precisava ainda dizer nada a ninguém. Essa era uma arma importante, a ser usada apenas quando chegasse a hora certa.

O riso lhe escapou naturalmente. Ainda que conseguisse manter silêncio a respeito da "Esperança", ocultar o arrebatamento de seu coração seria difícil, obviamente. O homem, de súbito, fez um som estranho por trás da mulher, que se ajeitava para dormir, e a abraçou pelos quadris; foi rechaçado e permaneceu caído no chão, voltado para cima como estava, esperneando e rindo ainda mais. Era como se estivessem usando um balão de papel inflado com gás hélio, produzido especialmente para a ocasião, para lhe fazer cócegas na barriga. A mão que mantinha sobre o rosto parecia prestes a sair flutuando com suavidade pelos ares.

Embora a mulher também houvesse dado uma risada, sem saber o que mais fazer, devia tê-lo feito somente para acompanhá-lo. Se o homem imaginava uma malha de veios de água abrindo caminho pela areia para se esgueirar até a superfície, espalhando-se por toda a vista como cílios de prata, a mulher, em contrapartida, decerto pensava no sexo que fariam em breve. Pois bem, que assim fosse. Salvo pelo náufrago que, por pouco, conseguiu escapar do afogamento, não existe nenhum modo de alguém compreender o estado mental de quem quer rir apenas pelo fato de poder respirar.

Era ainda um fato que ele estava no fundo do buraco tal como antes, mas sentia como se houvesse escalado até o topo de uma torre muito alta. Quem sabe o mundo tivesse virado de ponta-cabeça, invertendo suas saliências e reentrâncias. Como quer que fosse, o fato é que ele havia escavado água no meio da areia. Ou seja, contanto que possuísse aquele mecanismo, nem mesmo a cambada da vila poderia se meter com ele de modo imponderado. Por mais que lhe cortassem a água, ele já poderia se safar sem se deixar intimidar. Só de pensar na maneira como aquela cambada entraria em pânico, alvoroçada, a risada lhe subia de novo pela garganta. Era como se já estivesse fora do buraco, mesmo ainda enclausurado nele. Ao dar meia-volta, foi capaz de ver o fosso em sua totalidade. Um mosaico é algo bastante difícil de julgar caso não o observemos a distância. Ao tentarmos inspecioná-lo demais, aproximando a vista, acabamos nos perdendo dentro de uma de suas peças. E, mesmo conseguindo escapar de uma peça, logo nos prendemos a outra. O que ele tinha observado até então não era a areia, mas talvez um simples grão.

Ele poderia dizer o mesmo sobre *aquela outra* ou sobre seus companheiros de trabalho. Tudo que lhe tinha passado pela cabeça até então eram apenas minúcias ampliadas de modo aberrante: narinas carnudas... lábios repletos de rugas... lábios finos e inexpressivos... dedos planos... dedos tortos... partículas brancas dentro dos olhos... uma verruga filiforme abaixo da clavícula... veias roxas passando pelos seios... Eram somente imagens de partes assim que lhe vinham em profusão, causando-lhe vontade de vomitar. Para olhos usando uma lente grande-angular, porém, tudo é minúsculo e se mostra como insetos. Aqueles, rastejando por ali, eram seus colegas de trabalho sorvendo um *bancha* na sala dos professores. Este outro, grudado ao canto de cá, metido dentro da cama úmida, era *aquela outra*, nua e com os olhos ainda entreabertos, sem fazer menção de se mexer, apesar de as cinzas do cigarro terem começado a cair. E longe de qualquer sentimento de inveja, ele comparava esses pequenos insetos a moldes para fazer doces, que são apenas formas sem conteúdo. Nem por isso, entretanto, ele precisaria ser um confeiteiro tão radical a ponto de não aguentar ficar sem assar doces que nem sequer lhe foram encomendados, assando-os assim mesmo só para poder usar os moldes. Somente depois de apagar o passado é que ele talvez pudesse reestabelecer relações com os insetos. A mudança da areia havia sido, ao mesmo tempo, a mudança dele próprio. Junto com a água, quem sabe ele houvesse sacado de dentro da areia um eu diferente.

Assim, a pesquisa sobre o mecanismo para acumular água foi adicionada à sua lista de afazeres diários. O local para enterrar o balde... o formato do balde... a relação entre a duração do dia e a velocidade de acúmulo da água... a influência que a temperatura e a pressão atmosférica exerciam sobre a taxa de eficiência... Registros de números e diagramas foram sendo computados com empenho. Claro que a mulher não fazia a menor ideia de como ele conseguia ficar tão extasiado por uma mera armadilha para corvos. Ela sossegou ao concordar consigo mesma que, afinal, os homens nunca param quietos sem algo que os entretenha, e, se ele se contentava com algo assim, por ela estava tudo bem. Além disso, o homem começara a demonstrar uma atitude interessada pelo trabalho extra que ela fazia, ainda que ela não soubesse dizer qual teria sido o estímulo para tanto. Não estava nada mal. Excluindo o fato de não entender muito bem a fixação com a armadilha para corvos, ela ainda saía lucrando. Mas os cálculos e as motivações do homem eram bem consistentes. A pesquisa do mecanismo levou mais tempo do que supusera, pois era preciso conciliar diversas condições. Ainda que a quantidade de dados aumentasse, ele não conseguia encontrar com facilidade uma lei que os regesse. E, para obter dados ainda mais precisos, seria necessário, a todo custo, confirmar pelo rádio a previsão ou o boletim geral do tempo. O rádio se tornara então uma necessidade comum para ambos.

Depois de um último registro de quatro litros em um único dia no início de novembro, começou a ser traçada uma curva de declínio a cada dia subsequente. Parecia ser culpa da temperatura, não restando ao homem outra alternativa senão esperar até a primavera para um experimento confiável. Não tardou para que chegasse um inverno longo e severo, no qual, junto com a areia, vinham voando fragmentos de gelo. Nesse período, para adquirir um rádio de qualidade razoável, decidiu oferecer uma mão diligente à mulher em seu trabalho extra. O interior do buraco até tinha a vantagem de bloquear o vento, mas ali a luz do sol não chegava durante praticamente o dia inteiro, tornando muito difícil, mesmo com muita boa vontade, aguentar a estação. A quantidade de areia carregada pelo vento não diminuía nem mesmo nos dias em que ela estava congelada, sem dar trégua ao trabalho de cavar. Foram muitas as vezes que as rachaduras nos dedos se abriram e deixaram escorrer sangue.

Mesmo assim, de algum modo eles suportaram até que o inverno passou e se transformou em primavera. No início de março, finalmente, adquiriam o rádio e instalaram sobre o telhado uma antena bem alta. A mulher girava o botão para a esquerda e para a direita pela metade do dia, toda feliz e repetindo exclamações de maravilhamento. No fim desse mês, a mulher engravidou. E, ao cabo de outros dois meses, depois que grandes pássaros brancos passaram voando de oeste para leste ao longo de três dias, ela subitamente teve um corrimento de sangue, reclamando de uma dor terrível. Alguém da vila que dissera ter um veterinário na família diagnosticou que talvez fosse uma gravidez extrauterina, e que teriam de levar a mulher no triciclo a motor para ser internada em um hospital da cidade. No intervalo até que viessem buscá-la, o homem se encostou ternamente a ela e lhe estendeu uma das mãos, enquanto com a outra se manteve massageando-lhe a região dos quadris.

Não demorou para que o triciclo viesse estacionar no alto do paredão. A escada de corda foi lançada para baixo pela primeira vez depois de meio ano. A mulher foi embrulhada

A mulher das dunas

junto com o colchonete como uma crisálida para, depois, ser içada com uma corda. Já quase na borda do buraco, a mulher observou o homem com os olhos praticamente cegos pelas lágrimas e pelas remelas, como se fizesse a ele algum apelo. Ele desviou o olhar, fingindo não vê-la.

A escada de corda permaneceu, mesmo depois de a mulher já ter sido levada embora. O homem estendeu uma mão temerosa e experimentou tocá-la de leve com a ponta dos dedos. Depois de confirmar que ela não desaparecera, começou a subir devagar. O céu estava manchado de amarelo. O homem tinha as mãos e os pés lânguidos, pesados, como se houvesse saído de dentro da água... Ali estava ela, a escada de corda que ele tanto havia esperado...

O vento soprava como se quisesse derrubar com um golpe o ar que ele exalava pela boca. Ele deu a volta pela borda do buraco e experimentou escalar até o ponto de onde se podia avistar o mar. O mar também estava sujo de amarelo. Ele tentou respirar fundo, mas sentiu apenas uma aspereza no ar, sem encontrar o sabor que imaginava. Ao se voltar para trás, viu que, na periferia do vilarejo, se erguia uma nuvem de areia. Devia ser o triciclo carregando a mulher... Aliás, antes de se separar dela, quem sabe teria sido melhor revelar-lhe a verdade sobre a armadilha.

Algo se moveu no fundo do buraco. Era sua própria sombra. Logo acima da sombra estava o mecanismo para acumular água, com uma das arestas de madeira deslocada. Alguém devia ter pisado ali por engano na hora de transportar a mulher para fora. Ele retornou afobado para consertá-la.

A água havia se acumulado até a quarta marcação riscada por ele, conforme previsto por seus cálculos. A avaria não parecia ter sido grande coisa. Dentro da casa, o rádio cantava algo com uma voz rouca. O homem conteve a custo os soluços de choro que estivera prestes a dar e mergulhou as mãos na água dentro do balde. Ela estava cortante de tão fria. Agachado, assim mesmo como estava, não fez menção de mover o corpo.

Não havia nenhuma necessidade em especial de fugir às pressas. O bilhete de ida e volta que ele tinha agora em mãos estava em branco, com lacunas para que seu portador pudesse escrever, ele mesmo, à vontade, tanto o destino quanto o local de regresso. E mais: na verdade, seu coração estava prestes a estourar com o desejo de contar a alguém sobre o mecanismo para acumular água. Se fosse mesmo falar disso, não existia nenhum interlocutor adequado além das pessoas da vila. Podia não ser naquele mesmo dia, mas quem sabe não seria então no próximo que o homem faria a revelação a alguém?

Depois disso, enfim, ele voltaria a se dedicar à fuga.

Notificação sobre requerimento de morte presumida

Pessoa desaparecida: Jumpei Niki
Data de nascimento: 7 de março de 1927

Foi registrado por   Shino Niki   o requerimento de declaração de morte presumida da pessoa desaparecida supracitada, pelo que a pessoa desaparecida deve submeter a este tribunal, até a data de 21 de setembro de 1962 , declaração de que ainda vive. Na ausência desta última, será aceito o requerimento de declaração de morte presumida. Ainda, caso o estado de vida ou óbito da pessoa desaparecida seja do conhecimento de alguém, favor registrar a devida ocorrência neste tribunal até a data supracitada.

18 de fevereiro de 1962
Tribunal da Vara de Família

Kobo Abe

NOTIFICAÇÃO DE JULGAMENTO

Comunicante: <u>Shino Niki</u>
Pessoa desaparecida: <u>Jumpei Niki (nascido a 7 de março de 1927)</u>

Referente ao caso de declaração de morte presumida da pessoa desaparecida supracitada, reconhecendo que o estado de vida ou óbito da pessoa desaparecida permaneceu desconhecido por <u>7</u> anos desde <u>18 de agosto de 1955</u> apesar de realizados os devidos procedimentos de notificação pública, outorga-se o seguinte julgamento.

DECISÃO JUDICIAL

Declara-se por meio desta a morte presumida da pessoa desaparecida Jumpei Niki .

5 de outubro de 1962
Tribunal da Vara de Família
Juiz da Vara de Família

Sobre o tradutor

Fernando Garcia, nascido em 1983, é tradutor de japonês, inglês e espanhol. Graduou-se em tradução japonês-português pela Universidade Federal do Rio Grande do Sul (UFRGS). Após estar afiliado por um ano à Universidade de Hokkaido como pesquisador de literatura comparada, passou a trabalhar em tempo integral como tradutor *freelancer*, dedicando-se também à tradução das obras de Natsume Soseki e outros autores. É também instrutor licenciado da escola Urasenke de cerimônia do chá, oferecendo aulas em diversos idiomas. Atualmente, reside em Otaru, Japão.

ESTE LIVRO FOI COMPOSTO EM GOUDY OLD STYLE CORPO 11,6 POR 15,7
E IMPRESSO SOBRE PAPEL PÓLEN SOFT 80 g/m² NAS OFICINAS DA MUNDIAL
GRÁFICA, SÃO PAULO — SP, EM NOVEMBRO DE 2021